KB059674

얼음 나라

혼

웅갈트

망다르그 산맥

아마조네스 나라

캉다아

바살다

코라카르 나라

시랑란

소금

뮈지달

베르도안

붉은 강 나라

해 뜨는 제국

오팔

신밧드 산

거인들의 섬

오르배라고 불리는

얼음 바다

바일라바이크

싱-리

크시안-진

동굴 나라

뀌투성이 사막

카라걸

윌란

크시낭

비취 나라

뢰키스

비취 해안

닐랑다르 왕국

흑진주 해협

연꽃 나라 알리자드

연꽃 해협

향신료 섬

코모도 섬

셀바 섬

키눅타 섬

지의 큰 섬

오르배
섬의
비밀

Le Secret d'Orabae_le voyage de Cornélius

Korean Edition is published by arrangement with Edition Casterman S.A.
through Pauline Kim Agency, Korea

본 저작물의 한국어 판권은 Pauline Kim Agency를 통해 Edition Casterman S.A 와의
독점 계약으로 도서출판 솔에 있습니다.

오르배 섬의 비밀

1

프랑수아 플라스 지음 ㅡ 공나리 옮김

코르넬리우스의 여행

솔

일러두기

- **굵은 글씨**와 고딕체로 표기된 단어와 표현들은 프랑수아 플라스의 상상의 세계에서 창조된 조어들입니다. 작가는 사물이 지닌 본성과 그 속에 담겨진 신비성을 기초로 한 독특한 표현을 통해 작가 고유의 세계관을 보여줍니다.
- **굵은 글씨** 단어들은 책 뒤편의 낱말 풀이에서 의미를 찾아보실 수 있습니다.
- 책 앞뒤의 지도는 소설에 등장하는 지도들입니다. 지도와 함께 코르넬리우스와 지야라의 여행길을 따라가볼 수 있습니다.

말을 타고 어스름이 깔린 둑길을 가고 있었다. 소나기가 얼음 장같이 차가웠다. 온몸이 오들오들 떨렸다. 어둑해진 해변에는 성난 파도가 하얀 거품을 뿜어내며 거세게 밀려들고 있었다.

한 농부가 조금만 더 가면 오른쪽으로 여관 가는 길이 나올 거라고 알려주었지만, 하마터면 갈림길을 보지 못하고 지나칠 뻔했다. 비 때문에 군데군데 웅덩이가 생겨 길이 사라져버렸기 때문이다. 말은 양쪽 귀를 축 늘어뜨린 채 어디로 가야할지 몰라 버둥거렸고, 나도 덩달아 불안해졌다.

농부의 가랑이 사이에 웅크리고 앉아 송곳니를 드러내고 으르렁대던 누런 개의 눈빛이 자꾸만 떠올랐다. 진흙이 말라붙어 털이 엉기고 꼬질꼬질한 그 개는 거슴츠레한 눈동자로 나를 주시하고 있었다. 억수같이 쏟아지는 비가 뒤에서 나를 바라보는 두 존재의 불편한 시선을 집어삼켰다. 제발 저승사자들이 아니기를!

얼마나 걸었을까, 어디선가 깃발이 세차게 펄럭이는 소리가 들려왔고, 이내 시커먼 나무 덤불 사이로 여관이 눈에 들어왔다.

나는 말에서 내려 고삐를 쥐고 마구간으로 들어갔다. 바들바들 가엾게 떨고 있는 말의 옆구리를 짚으로 오랫동안 쓸어주었다. 그리고 목덜미를 계속 문질러주면서 건초를 한 아름 먹였다. 한참을 그런 다음 여관 출입문 쪽으로 가자 마치 동화 속 이야기처럼 문이 스르륵 열렸다.

여관 주인인 듯한 한 노인이 보기 민망할 정도로 다리를 심하게 절면서 내게 다가왔다. 다른 손님들의 모습은 보이지 않았다. 그는 수프 한 그릇과 맥주 한 사발을 내왔고, 내 앞에 자리를 잡고 앉았다.

음식을 먹고 있을 때 누가 날 쳐다보는 것을 끔찍이 싫어하기도 하지만, 그를 신경 쓸 틈도 없이 내 머릿속은 걱정거리로 가득 차 있었다. 천 상인*에게 물건도 받지 않고 비단 여섯 상자의 대금을 미리 지불해버린 탓이다. 그 비단들은 노란 밀랍으로 봉인된 상자에 담겨져 미지의 나라로부터 배달될 것이라고 했다.

상인이 내게 보여준 것은 '**구름천**'이라는 비단 한 조각이었다. 그 천을 손에 든 순간 어찌나 가볍고 조직이 섬세한지 나도 모르

---

* 갖가지 직물들과 옷감 등을 파는 상인.

6

게 탄성을 내질렀다. 이제껏 본 다른 어떤 천들과도 비교할 수 없을 정도로 부드러웠다.

상인은 낮과 밤의 밝기에 따라 그 천의 색깔도 시시각각 바뀐다고 주장했다. 그러고는 잠시 갠 하늘을 향해 천을 내밀어 실험을 해 보였다. 그러자 구름천이 금세 환하게 빛났고, 곧이어 몰려온 먹구름에 빛이 사그라지는가 싶더니 희미하게나마 그 빛을 머금고 있는 게 아닌가.

나는 넋을 놓고 그 광경을 바라보았다. 나머지 상자들을 열어 물건을 확인해볼 생각도 못하고 대금을 모두 지불해버리고 말았다. 일주일 안에 물건이 배달될 거라는 약속만 받았을 뿐이었다. 그러고 나서 갑자기 매서운 비바람이 몰아치는 통에 상인이 보여준 견본 조각조차 챙기지 않고 출발을 서둘렀다. 상인의 말만 듣고 거액의 돈을 몽땅 지불해버리다니! 이제와 슬슬 걱정이 되기 시작했다. 항상 신중하지 못하고 이런 식이었다.

손바닥만 한 샘플 조각이라도 눈앞에 보여주지 않고서 아버지와 삼촌에게 어떻게 구름천과 이번 거래에 대해 설명할 수 있단 말인가. 그 두 분은 지금껏 한 푼 두 푼에 온 신경을 곤두세우고 장사를 해온 천생 상인들이 아니던가! 아버지는 늘 내게 말씀하셨다.

"상인이라면 마땅히 사리를 판단하는 능력이 있어야 한다."

또 삼촌은 늘 이렇게 강조하셨다.

"상인은 항상 신중하고 명석해야 한다."

일을 시작한 지 얼마나 되었다고 벌써 이런 실수를 저지르다니! 이번 구름천 계약이 내 앞날에 걸림돌이 될 것만 같았다.

어머니는 이런 어설픈 자식에게 관대하신 편이지만, 내가 상인으로서 자질이 있는지 미심쩍어 하는 것은 아버지나 삼촌과 마찬가지였다. 나의 단점은 사람을 쉽게 믿고, 외지인에게 지나치게 개방적이라는 점이다. 여기까지 생각이 미치자 갑자기 식욕이 뚝 떨어졌다. 숟가락을 탁 내려놓고 반도 채 먹지 않은 수프 접시를 앞으로 밀어냈다.

여관 주인은 나를 방으로 안내해주었다. 계단을 올라가면서 그가 든 촛불이 벽에 걸린 그림 한 장을 비추었는데, 그 그림이 내 시선을 순식간에 사로잡았다. 작은 풍경화가 걸려 있는 벽 주위의 공간이 광활하게 펼쳐져 있는 것만 같았다.

"그림 좋아하우?"

여관 주인이 물었다.

"글쎄요, 초상화는 좋아하는데…… 네, 좋아합니다. 아버지는 집 안을 꾸미기엔 초상화만큼 좋은 게 없다고 늘 말씀하셨죠. 하지만 이 그림 속의 푸른 산은 자꾸 눈길이 가네요. 마치 다다를 수 없는 먼 곳에 있는 것 같으면서도 손을 뻗으면 닿을 듯 생생

하네요."

"아, **아련한 쪽빛** 말이군요. 혹시 화창하게 맑은 날 육안으로 볼 수 있는 가장 먼 곳의 지평선이 뚜렷한 푸른빛으로 변해가는 걸 본 적이 있소?"

"음, 없습니다만, 이 그림을 보면 무슨 말씀을 하시는지 알 것도 같군요. 자세히 보니까 풀숲에 파묻힌 형형색색의 이륜마차와 여러 가지 악기를 연주하고 있는 갈색 피부의 사람들이 보이네요. 이제껏 이런 풍경은 본 적이 없습니다."

"그건 장례용 마차지요. 이 그림은 여기서 수천 리외* 떨어진 **인디고 섬**이란 곳을 그린 것입니다. 허나 손님께서 피곤하실 터이니……"

"아니, 아닙니다. 괜찮으시다면 계속 말씀해주시죠."

주인은 계단을 오르는 내내 고통스런 표정을 지으며 두 계단마다 멈춰 서 잠깐씩 쉬었다. 계단을 끝까지 오르자 어떤 방으로 나를 안내했다. 방 안에는 오래된 책들이며 동물들의 뼈들과 함께 온갖 잡다한 물건들이 산더미처럼 쌓여 있었다. 그는 탁자 위에 커다란 책 한 권을 올려놓더니 책장을 뒤적였다. 그가 펼친 면에는 알파벳 소문자 i 모양의 지형이 그려져 있었다.

"이게 인디고 섬이요. 땅이 아주 단단하죠. 여기 **긴 섬**이 보이

---

* lieue. 길이 단위. 1리외는 4킬로미터

9

죠? 그 바로 위에 있는 푸른 점이 조금 전에 본 그림에서 손님의 시선을 끈 푸른 산이지요. 지금은 사화산인 걸로 알고 있소. 이 두 섬은 바다 위에 떠 있는 것이 아니라 거대한 풀밭 위에 마치 섬처럼 솟아 있는 땅이지요."

"아까 그림 속에서 본 신기한 마차가 지나가는 곳이 바로 그 평원이겠죠?"

"그렇소. 그 마차로 고인을 운구하는 거요. 가족들이 마차를 둘러싸고 푸른 산을 향해 가는 중이지요."

"그럼 푸른 산이 묘지인가요?"

"꼭 그렇다고는 할 수 없소. 수레를 끄는 소가 지쳐 쓰러지면 바로 그곳에서 소를 죽이고 수레를 태웁니다. 그때 사람들은 푸른 산을 향해 악기를 연주하며 연회를 열지요. 그리고 돌아오는 길에는 내내 씨앗을 뿌리면서 옵니다. 우기가 시작되어 그 씨앗들이 싹을 틔우면 신성한 산을 향해 간 고인의 발걸음을 따라 긴 꽃길이 만들어지는 거죠. 여기 이 긴 섬에서 시작된 색색의 선들이 바로 그 꽃길입니다."

여관 주인이 지도를 가리키며 말했다.

"그럼 실제로 푸른 섬까지 가본 사람이 있나요?"

"그건 불가능해요. 그 산은 언제나 지평선 끝에 있기 때문에 도달할 수 없는 곳이지요."

"신기루 같은 곳이군요!"

"아뇨, 그게 아니라 단지 그 산은 이 **긴 섬**에서 출발할 때만 보인다는 겁니다. 다른 곳 어디에서도 그 산은 보이지 않습니다."

"지금 농담하십니까? 끝까지 포기하지 않고 간다면 언젠가 도착할 수 있지 않겠습니까?"

"그렇지 않아요!"

"왜죠? 가는 도중에 늪이라도 있나요?"

"아니요, 그곳 땅은 흙도 부드럽고 걷기에도 좋습니다. 평원을 덮고 있는 풀들 역시 아주 가냘프고 보드라와 발걸음이 수풀에 스치는 소리를 듣고 있노라면 평생 그곳을 걸어도 좋다는 생각이 들 정도지요. 하지만 그 산에는 절대 도착하지 못합니다. 댁이 걸어가는 만큼 푸른 산은 더 멀어질 테니까요."

"뭐라고요? 평생을 걸어도 그곳에 갈 수 없다고요?"

"그렇소. 이미 많은 사람들이 시도해봤다오."

여관 주인은 한동안 지도책 너머로 나를 뚫어져라 쳐다보더니 입을 열었다.

"내 말이 안 믿겨지나 봅니다그려."

"그게 좀……"

"저 물건을 좀 집어주겠소?"

그는 내 등 뒤로 무언가를 가리켰고, 나는 작은 나무로 만든 나비 모양의 가벼운 기구를 찾아 집어 들었다. 여관 주인은 그 기구를 한 손에 쥐고 다른 한 손으로는 날개 부분을 구부렸다 폈다 반복했다.

"이건 하늘을 나는 기구를 축소한 모형입니다. 내가 발명했지요. 다가가는 사람으로부터 산이 뒷걸음을 친다면, 다른 방법으로 가면 되지 않겠어요?"

"그래서 그곳까지 날아갔나요?"

"그러지도 못했소. 날아오르기 위해 높은 낭떠러지에서 뛰어내려보긴 했지만 말이오."

"아!"

"하지만 공중에 떠 있던 시간은 아주 잠깐이었소. 뛰어내리자마자 바로 돌덩어리처럼 떨어져버렸지요. 아래에 대나무 숲이 없었더라면 즉사했을 겁니다. 사람들이 날 구했을 땐 두 다리가 모두 부러져 있었소."

그가 회상에 잠겨 있는 동안 나는 그 기구를 유심히 들여다보았다. 버드나무 가지로 만든 가는 뼈대 위로 날개를 덮고 있는 얇은 천이 나의 눈길을 사로잡았다. 내가 천 상인에게서 구입한 것과 상당히 비슷해 보였다. 여관 주인이 물었다.

"그 천에 관심이 있소?"

"예! 저는 천 상인이거든요."

"그렇군요. 이 천은 세상에서 가장 가벼우면서 질긴 천이지요. **구름풀**이라는 것으로 만들었소."

"방금 뭐라고 하셨나요?"

"구름풀 말이요? 잘 보시오. 이 평원의 풀들은 목화솜같이 밝은 빛이 나는 털 뭉치를 만들어내고 있지요. 약한 바람에도 날아가버릴 정도로 아주 가볍다오. 그 털 뭉치들이 날아오를 때가 바로 수확하는 시기라오. 솜뭉치가 아직 줄기에 달려 있을 때 따야 하고 땅에 떨어진 것은 쓰지 않아요. 솜뭉치에서 실을 자아내면 공기처럼 가벼운 구름천이 탄생한다오. 그 천은 빛의 양에 따라 색깔을 바꾸지요. 새벽에는 장밋빛, 정오에는 연푸른빛, 구름 아래선 진줏빛, 석양 아래에선 오렌지빛, 땅거미가 질 땐 보랏빛, 밤이 되면 청색으로 바뀌지요. 이 두 섬의 이름도 바로 여기에서 나온 거라오. 인디고 섬에 대해 들어본 적이 있소?"

"아뇨, 전혀요. 그 섬은 어디에 있습니까?"

"바로 우리 발아래 있소."

나는 맥이 빠졌다. 챙 없는 모자를 비딱하게 눌러쓰고 비단으로 덧댄 긴 외투를 입고서 이상한 억양으로 말하는 이 절름발이 노인이 나를 놀리고 있는 건지 모른다는 생각이 들었다. 여관 주인이 빙긋 웃으면서 말했다.

"아시다시피 우리가 사는 이 땅은 엄청나게 넓소, 젊은 양반.

둑길 위에서 보는 세상보다는 훨씬 더 넓을 거요."

"아니, 어르신, 제가 겨우 둑길이나 왔다 갔다 하면서 장사를 한다고 생각하십니까? 제 아버지와 삼촌은 꽤 성공한 상인입니다. 해외에도 지점을 갖고 계시죠. 저희 사업은 어르신 생각보다 훨씬 큽니다."

"그래요? 그럼, 회사 이름이 뭐요?"

"반 혼입니다. 제 이름은 코르넬리우스 반 혼이고요. 어르신 성함도 여쭤봐도 될까요?"

"내 이름은 이븐 브라자딘이요. 내가 설마 손님에게 거짓말을 늘어놨을까봐 그러오?"

여관 주인은 손가락으로 지도책의 펼쳐진 부분을 두드렸다.

"이 섬은 실제로 존재해요. 풀로 덮인 넓은 평원도 말이지요. 이 평원은 고리 모양의 안개강으로 둘러싸인 **오르배 섬**의 중심부에 펼쳐져 있소. 거대한 오르배 섬 전체로 보자면 작은 일부분일 뿐이지요."

"그럼 그 큰 섬은 어디에 있습니까?"

"말했잖소. 우리 발아래 있다고. 우리가 사는 세상의 반대편 말이오."

그는 나를 훑어보았다.

"손님은 아직 젊어요. 동시에 자신의 미래에 어떤 일이 일어날지 전혀 모르고 있지요. 내가 지금 말할 수 있는 것은, 댁이 매일 돈이나 세면서 평생 옷감이나 잴 사람으로는 보이지 않는다는 거요."

"저는 상인의 아들입니다. 제가 어르신의 말을 잘 이해했다면 이 굉장한 천을 만드는데 필요한 풀은 푸른 산 근방에서만 얻을 수 있다는 말씀 같은데요?"

"맞아요, 젊은 양반."

"우리 같은 상인들은 돈이 된다면 아주 멀리까지도 여행할 준비가 되어 있습니다. 이 구름천을 대량으로 구할 수만 있다면 분명……"

여관 주인은 내 말을 멈추기 위해 한 손을 들어올렸다.

"부자가 될 거라고요? 그런 생각은 꿈도 꾸지 마시오. 댁은 그곳이 얼마나 멀리 떨어져 있는지 상상도 못할 거요. 아마 절대로 그곳에 갈 수 없을 거요. 다가갈수록 지평선 너머로 달아나는 푸른 산만큼이나 멀지요. 쉽게 말하면 아무리 용을 써도 결코 닿을 수 없는 곳이라고나 할까…"

"혹시, 어르신은 어디에서 오셨습니까?"

"오르배 섬에서……"

"그럼 정말 세상의 반대편에서 오셨다는 건가요?"

"믿기 힘들겠지만 사실이오."

"제가 어떻게 하면 어르신 말을 믿을 수 있을까요?"

"내 생각엔, 물건을 보지도 않고 여섯 상자나 사는 것보다 어려운 일은 아닐 거요."

"내가 구름천을 샀다는 사실을 알고 계셨나요?"

"손님이 이 여관의 문을 두드린 건 우연이 아니오."

나는 여관 주인과 밤새 이야기를 나누었다. 아침이 오자 비가 그쳤고, 나는 다시 마을을 향해 길을 나섰다. 이윽고 우리 가게에 도착했을 때 바삐 일하고 계신 부모님을 만났다. 그리고 마음을 졸이며 구름천 여섯 상자가 배달되기만을 기다렸다.

한 달이 지난 뒤, 부모님은 장부 지출란에 붉은색 잉크로 내가 날린 막대한 금액을 민망할 정도로 크고 진하게 써놓으셨다. 아버지는 내가 그 돈을 다 탕진해버렸다고 생각했다. 삼촌은 내가 위기를 모면하고자 이야기를 지어냈다고 여겼다. 내게 물건을 판 사람은 떠돌이 행상이었기 때문에 잡을 길이 없었다. 이런저런 생각을 하던 중에 문득 이븐 브라자딘을 다시 만나야겠다는 생각이 들었다. 구름천에 대해 아는 유일한 사람인 그가 나에게 어떤 정보라도 줄 수 있을 터였다.

다시 여관으로 찾아갔다. 대낮에 본 여관은 비 내리던 밤에 내게 피신처가 되어주었던 때처럼 그리 좋아 보이지는 않았다. 문을 두드리자 젊은 남자가 문을 열어주었다.

"어르신은 떠나셨습니다. 하지만 손님이 돌아오실 것을 알고 계셨습니다. 그리고 제가 직접 손님에게 이것을 전하라고 당부하셨습니다."

그가 내게 건넨 꾸러미 속에는 작은 책이 들어 있었고, 펜으로 『인디고 섬 이야기』(이븐 브라자딘)이라고 쓰여 있었다. 책을 감싼 스카프를 펼치자 세상의 어떤 비단보다도 부드럽게 사르르 흘러내렸다.

바닥에 떨어진 스카프를 눈높이까지 들어 올리자 한줄기 빛이 구름 사이로 통과해 들어오는 듯했다. 빛을 받은 스카프는 내 눈앞에서 반짝였고 한동안 그 빛을 머금고 있었다.

마치 실 한올 한올에 빛이 서려 있는 것처럼 보였다. 그때 여관 주인의 모습이 아른거려 미소가 절로 나왔다. 하늘을 나는 기구에 매달려 푸른 산에 가기 위해 애쓰고 있는 그의 모습이 눈앞에 펼쳐졌다. 언젠가 나도 꼭 그 땅을 밟으리라. 이븐 브라자딘은 내게 선물만 남기고 간 것이 아니다. 자신을 찾아오도록 숙제를 남기고 떠난 것이었다.

나는 빚을 갚기 위해 열심히 일했다. 덕분에 셈이 빠르고 언어에 능통한 유능한 상인이 되었다. 아버지와 삼촌은 내게 해외 지점을 맡기셨다. 그리하여 남쪽 바다 반대편 끝에 있는 **바살다**라는 도시까지 가게 되었다. 그곳은 사막의 대상들이 들고 나는 **해뜨는 제국**에 속한 도시 중 하나였다. 우리는 바살다에서 갖가지 천들과 값비싼 카펫, 향, 장뇌* 등을 사들였다. 이 물건들은 다시 배에 실려 북쪽의 추운 도시로 이송될 것이다. 우리 회사는 얼마 전부터 북쪽 지방에 대상들을 위한 숙소를 운영하고 있었다. 최근에 해뜨는 제국의 **카들림 술탄**이 외국 상인들의 출입을 허락한다는 칙령을 내린 덕분이었다. 바살다에 도착한 첫째 날 저녁, 나는 테라스로 나가 도시의 전경을 바라보았다. 반짝이

---

* 樟腦. 녹나무로부터 추출하여 만든 결정체로서 독특한 향기가 있다. 약재 등으로 사용된다.

는 별들로 뒤덮인 까만 밤하늘 아래, 도시는 빼곡히 들어선 둥근 지붕들로 우아한 곡선미를 뽐내고 있었다. 서늘한 밤공기는 아직도 낮의 터질 듯한 향기를 머금고 있었고, 어두운 정원 곳곳에선 재스민 꽃내음이 은은히 번져가고 있었다. 성벽 너머로 한줄기 밝은 빛이 종려나무 아래 고요히 흐르는 강물을 비추다 언덕 너머로 사라졌다. 다음 날 나는 아버지에게 이곳에 정착하고 싶다는 편지를 썼다. 당시 스물다섯 살이었던 나는 이곳에서 두 해 이상 머물 생각은 아니었다. 어찌 되었든 다시 돌아가서 아버지와 삼촌의 뜻에 따라 회사의 사업을 맡아야 했기 때문이었다.

우리 회사가 운영하는 대상 숙소는 도시 입구 목 좋은 곳에 자리 잡고 있었으나 생각만큼 썩 많은 이익을 가져다주지는 않았다. 나는 마당을 넓히고 객실을 늘렸다. 마구간을 깨끗이 청소했고 우물은 더 깊이 팠다. 요리사와 이발사도 고용했다. 이 모든 것을 마련하는 데는 막대한 자금이 들었지만, 신발 밑창에서 사막의 모래가 떨어질 날이 단 하루도 없는 대상 우두머리들은 다른 곳에서 쉼터를 찾으려 했다. 외국인이 운영하는 숙소를 그다지 달갑게 여기지 않았기 때문이다.

비록 대상들 중 한 사람도 알지 못했지만, 나는 적어도 한 가지만은 확실하게 알고 있었다. 그들이 동방의 해뜨는 제국과 잿빛 하늘의 북쪽 나라로부터 왔다는 걸 말이다. 그들은 협상의 기술이 말[言]에 있다고 믿었다. 그 까다로운 방랑자들은 **나스튀**라는 체스 게임에 미쳐 있었던 것이 그것을 증명해주고 있었다. 나스튀는 장기판 위에 상아로 만든 조각돌을 놓고 하는 게임이다. 다만 체스와 다른 점이라면 구경하는 사람들이 개입하는 것을 허용한다는 점이다. 점수를 딸 때마다 옆에서 훈수 두는 사람의 역할은 더 커진다. 그 게임에서 가장 중요한 역할을 하는 것은 말이지만, 또한 침묵과 시선, 동작, 입 모양, 옷매무새를 고치는 행위 등도 전혀 무의미하지 않았다. 남의 말에 쉽게 넘어가는 얇은 귀와 순진한 눈짐작으로는 게임에서 지기 마련이다. 단 한 수로 판을 뒤집는 데에는 그리 긴 시간이 필요치 않다. 나는 매일 저녁 시장 골목길을 여기저기 거닐면서 사업이란 것이 어떻게 굴러가는 것인지를 몸소 익혔다. 한 번의 전투만으로 전쟁이 절대 끝났다고 생각하지 말 것을, 그리고 더 멀리 뛰기 위해서는 잠시 멈춰 있을 줄도 알아야 한다는 것을 배웠다.

나는 대담성과 함께 행운을 타고난 사람이다. 승패와 상관없이 그날 게임 참가자들을 모두 시장의 한 식당으로 초대해서 함께 먹고 마시며 하룻밤을 보냈다. 대상들은 조금씩 나에 대한 불신을 없애는 것 같았다. 그들은 자신들의 언어로 나를 '코르넬리이스 베이'라고 불렀고, 온갖 이야기를 들려주었다. 무서운 이야기, 경이로운 이야기, 집을 떠나 겪었던 위험과 놀라운 일들에 대한 이야기…… 그들에게 진정한 상인이란 가만히 앉아서 돈이 굴러 들어오길 바라는 사람이 아니라, 언제나 모험에 나설 준비가 되어 있는 사람이었다. 그들 모두는 내게 자신들처럼 사막의 황금빛 모래 먼지 속으로 길을 떠나라고 권했다.

나는 십여 마리의 **걷는 새**를 사들였다. 걷는 새는 매우 튼튼하고 지구력 있는 동물이지만, 주인의 말을 알아듣고 복종하게 만드는 데는 오랜 시간 훈련이 필요했다. 첫 번째 여행으로 나는 **웅갈릴 산**으로 가는 대상 행렬에 참여하기로 결정했다. 그들은 북서쪽으로 삼십오 일간의 여행을 계획하고 있었고, 그곳을 다스리는 산적 두목들에게 붉은 후추를 비롯한 각종 철제 무기들을 쉽게 팔 수 있으리라 예상하고 있었다.

길을 가면서 말로만 듣던 **윌뤼쥘 바람**과 맞닥뜨렸다. 그것은 짐승도 눈물을 흘리게 하고, 사람에게는 살갗을 벗겨내는 듯한 고통을 맛보게 하는 실로 매서운 바람이었다. 적갈색 석양빛 속에서 무서운 섬광과 함께 모래 폭풍이 격렬히 몰아쳤다. 사흘 낮 사흘 밤 동안 폭풍은 쉼없이 몰아쳤고 나는 걷는 새 위에 바짝 엎드려 웅크리고 있었다. 얼굴을 수건으로 감싸고 있는데도 모래바람의 채찍질은 얼굴을 때려댔다. 코는 줄곧 막혔고 귀도 제대로 들리지 않았다. 마침내 바람이 그쳤을 때, 벼락이 사막의 모래 위 여기저기에 유리가 갈라진 것처럼 지그재그로 금을 그려놓은 모습을 발견할 수 있었다. 몸에 두른 천을 너무 꼭 쥐었던 탓에 왼손에서 손톱 두 개가 사라지고, 오른손 엄지손가락의 손톱도 빠져버렸다. 하지만 그 여행의 끝에서 나는 투자한 것보다 몇 배나 되는 이익을 건졌다. 동행한 동료들 또한 일이 잘되어 돌아오는 길 내내 우리는 만족감에 젖어 있었다. 동료 중 한 사람은 나와 같은 천 상인이었는데 그는 각 지역별로 생산되는 천의 종류를 모두 알고 있었다. 그는 특히 가벼운 천을 선호했고, 삼십여 개의 직조 공장에서 물건을 받고 있었다. 그도 구름 천에 대한 소문을 들은 적이 있다고는 했지만, 한낱 떠도는 전설과도 같은 이야기로만 생각하하는 것 같았다. 그는 오히려 내게 사막 반대편 끝에 있는 **아마조네스의 나라**의 입구까지 같이 가기를 제안했다. 그곳에서 열리는 **기약 없는 장**에서 주머니 두둑이 돈을 벌 수 있을 거라고 나를 유혹했다. 나는 그의 부추김에 이끌려 그곳에 가보기로 했다.

그날 아버지에게 해뜨는 제국에서 일 년 동안 더 있어야 할 것 같다는 편지를 써 보냈다.

'기약 없는 장'이란 언제 어디에서 열릴지 확실히 알 수 없기 때문에 붙여진 이름이다. 장이 열리는 정확한 장소를 미리 아는 것은 불가능했다. 따라서 상인들은 이 오아시스에서 저 오아시스로 정보원들을 보내고 맞이하느라 분주했다. 정보원들은 진정 사막을 날아다니는 새와도 같은 자들이었다. 그들은 비밀리에 어떤 장소에서 진을 치고 있다가 마치 새가 이삭을 주워 먹듯 정보를 주워 담은 후, 천막을 걷고 다시 다른 장소로 이동한다. 그곳에선 먼저 들은 정보와 정반대의 이야기를 들을 수도 있다. 그들은 그런 식으로 소문과 사람들의 희망 사이에서 정처 없이 날아다닌다. 그들은 언제 끝날 지 모를 여행과 불안 속에서 잠조차 쉽게 이룰 수 없다. 다만 점성술과 주사위에 운명을 맡긴 채 더 멀리 앞으로 나아간다. 왜냐하면 그들은 **아마조네스 전사**들이 조만간 도착하리라는 것을 이미 느낌으로 알고 있었기 때문이다. 가장 직감이 뛰어난 이는 다른 사람들보다 며칠 먼저 장차 일어날 일을 내다보았다.

그들이 선택한 도시는 갑자기 어디에서 왔는지 모를 인파로 갑작스레 붐비기 시작한다. 상인들이 뿜어대는 열기는 끝이 보이지 않는다. 작은 다툼이 일어나기도 하고, 어디선가 칼이 등장하며, 들개들은 공원 구석에서 서로 물어뜯고 싸움을 한다. 밤에는 개들이 앓는 소리를 내고, 그중에는 불에 그슬린 자국을 몸에 새긴 채 어슬렁거리는 놈도 있다. 그런 짐승과는 눈도 마주쳐서는 안 되는 법이다.

만약 정보원들이 틀리지 않았다면, 첫새벽에 용감무쌍한 아마조네스 전사들이 말을 몰고 도착할 것이다. 그들이 가져온 상

아마조네스 전사들과 기약 없는 장

상할 수 없을 정도로 부드러운 모피들 가운데서도 가장 잘 팔리는 것은 푸른 늑대 가죽이다. 반대로 그들은 성기게 짠 망사와 호박, 주석, 코리 조개*, 유향乳香, 청금석靑金石 가루와 같은 것들을 필요로 한다. 그들은 거래의 대가로 어떤 종류의 돈도 받지 않는다. 설령 마음을 혹하게 만드는 반짝이는 금속일지라도 말이다. 또한 그들은 절대 말을 하지 않는다. 단지 물건을 앞에 펼쳐놓고 거래가 성사되길 기다리면, 아마조네스 전사의 입술에서 "취!" 하는 소리만 들릴 뿐이다. 입술로 소리만 내면 좋다는 뜻이고, 소리를 내면서 검은색 화살 깃을 만지면 싫다는 뜻이다. 이런 식의 거래는 하루 종일 이어진다. 먼저 모피 거래가 이루어지고, 그다음으로 그들이 필요로 하는 다른 소비재와 교환이 이루어진다. 어떠한 법칙이나 중재도 그들의 좋고 싫음의 기준이 될 수 없다.

해가 질 즈음, 아마조네스 전사들은 길을 떠나 사막 너머로 사라진다. 멀리서 들리는 그들의 노랫소리는 마치 밤에 내리는 빗소리처럼 주위로 퍼져나간다. 많은 이들이 오직 그 아련한 노랫소리를 들으러 일부러 찾아오기도 한다. 그 소리가 새들이 지저귀는 것이나 나무 숲 사이로 부는 바람 소리보다 더 아름답기 때문이다.

---

* 인도, 세네갈 등지에서 장식용으로 쓰이는 조개.

그런 야릇한 분위기 때문인지, 아마조네스 전사들의 기약 없는 장은 대부분 진위를 확인할 길이 없는 온갖 소문들로 가득 채워져 모든 지역 보부상들의 관심을 끌었다.

피스타치오** 한 접시와 함께 차를 마시던 중, 나는 **구름천**에 관한 이야기를 다시 듣게 되었다. 어떤 사람이 그 경이로운 천에 대해 열을 올리며 떠벌리고 있었다. 한 무리의 사람들이 그가 하는 이야기를 듣고 있었는데, 어떤 이는 의심스럽다는 얼굴로, 또 어떤 이는 완전히 매혹된 듯한 얼굴로 귀를 기울이고 있었다. 나도 그들 속에 끼어들었다.

"구름천은 실제로 존재합니다."

떠벌리던 사람이 힘주어 말했다.

"주변 환경에 따라 몸 색깔을 바꾸는 도마뱀에 대해 들어보셨겠지요? 그 베일 같은 천은 도마뱀과 똑같은 능력을 가지고 있습니다. 밤과 낮의 빛깔을 자신의 섬유조직 속으로 끌어모으지요."

"그 천은 어디서 구할 수 있습니까?"

누군가 물었다.

"**비취 나라**에 있습니다."

"두란, 당신은 너무 순진하군요! 몸 색깔을 바꿔 자기를 숨길

**pistachio. 중·서아시아 원산의 식물로서 열매의 겉껍질을 제거한 흰 속껍질과 과육을 식용한다. 날것으로 먹거나 과자, 아이스크림의 재료로 사용한다.

줄 아는 도마뱀은 진짜 있지만, 하늘의 빛을 따라 색깔이 변하는 천이 존재한다니!"

"지금 나를 사기꾼 취급하는 거요?"

"아니, 그렇다기보다는… 순진하다는 거지! 그 나라는 너무 멀어서 확인해보러 가기도 어렵다면서요. 당신은 아무도 본 적이 없는 그런 천 조각을 왜 굳이 믿으려 하는 거요?"

내가 끼어들었다.

"구름천은 실제로 있소."

모두 내 쪽으로 고개를 돌렸다. 나는 그 두란이란 자에게로 다가갔다. 그가 어떤 대상단의 힘 있는 우두머리라는 말을 들은 적이 있었다.

내가 계속해서 말을 이었다.

"그 천을 직접 본 적이 있습니다."

"제 말을 지지해주셔서 고맙소. 자신의 무지를 인정하고 그로부터 벗어나려는 용기 있는 사람을 만나는 것은 기쁜 일이지요."

"하지만 내가 본 구름천은 비취 나라에서 온 것이 아니었어요. 당신이 말한 비취 나라란 곳은 어디쯤 있습니까?"

"동쪽이요. 아주 멀지요. 겨울을 피해서 걸어가도 최소 여섯 달에서 여덟 달은 족히 걸릴 겁니다."

"혹시 한가운데에 푸른 산이 있는 크고 둥근 지형을 한 나라가 아닌가요?"

이렇게 묻자 모든 사람이 웃음을 터뜨렸다.

"아, 물론 산이 있소. 엄청나게 높지요. 때문에 그 나라에 갔다가 다시 돌아오는 사람을 찾기가 힘들지요. 그 산은 거의 넘기가 불가능하다고 보면 됩니다. 하지만 푸른빛은 아니오. 눈이 사시사철 녹지 않기 때문에 흰색에 가깝지요. 그 산들을 넘어야만 비취 나라로 들어갈 수 있습니다. 다른 길은 없어요."

"당신은 길을 알고 있나요?"

"그런 귀한 정보를 이렇게나 많은 사람들 앞에서 드러내 말하고 싶지는 않소. 더군다나 당신이 누구인지도 모르지 않소? 그곳으로 가는 길에 대해 말해주면 얼마를 주시겠습니까?"

"한 푼도 줄 수 없소."

그가 한심하다는 듯 돌아섰다.

"하지만 만약 당신이 나를 그곳으로 안내해준다면……"

이어서 내가 제시한 금액을 들은 그는 너무나 엄청나다고 여겼던지 말을 더듬기까지 했고, 이에 더 많은 사람들이 몰려들었다.

나는 단호한 목소리로 말했다.

"이 중에도 혹시 관심 있는 사람이 있다면, 내 말을 잘 들으십시오. 나는 내년에 대상단을 하나 꾸릴 작정입니다. 대상단이

꾸려지면 그 산이 얼마나 높든지 기어이 넘어갈 생각입니다. 비취 나라로 가는 통행로를 반드시 찾아내겠소. 짐승들과 식량, 그리고 경험 많고 용기 있는 동료들이 필요합니다. 만약 행운의 신이 내 편이라면, 도시 전체를 뒤덮을 만큼 많은 구름천을 가지고 돌아올 수 있을 겁니다. 나와 함께 부자가 되기 위해 같이 떠날 자 없습니까? 누가 함께 가겠습니까?"

사람들은 주저했다. 장사꾼들은 바보나 미치광이가 아닌 이상 몽상 같은 일에 막대한 돈을 쉽게 쏟아붓지 않는 법이다. 비록 그것이 엄청난 이익을 가져다줄 수 있다는 사실을 직감하더라도 말이다.

그럼에도 두 사람이 손을 들었다. 모든 사람은 그중 한 사람을 알고 있었다. 그는 **베르도안 부족**의 존경받는 늙은 짐승 몰이꾼인 캉비즈였다. 그는 한 손은 이마에 다른 한 손은 가슴에 올려놓은 채 다가와 나를 껴안았다. 나보다 나이가 두 배쯤은 되어 보였다. 또 다른 사람은 아무 말 없이 나를 향해 머리만 숙여 인사한 뒤 바로 모습을 감추었다.

나는 바살다로 되돌아갔다. 아버지에게는 앞으로 최소한 두 해 정도 더 외지에서 머물게 될 것이라고 편지를 썼다. 그리고 두란에게 사람들을 모집하고 필요한 짐승과 장비를 사들이는 일을 맡겼다. 캉비즈가 필요한 자금의 반을 투자했다. 덕분에 식량은 부족하지 않을 것 같았다. 준비하는 동안 두 번째 장사꾼은 단 한 번도 모습을 드러내지 않았다.

나는 어느 방향으로 가야 할지 감이 오질 않았다. 여기에선 지도도 거의 구할 수가 없었다. 짐승몰이꾼들의 기억만이 지도를 대신했다. 다행히 술탄이 정식으로 임명한 지리학자가 한 명 있었는데, 그는 왕국 간의 협정에 대해 연구한 적이 있다고 했다. 그를 찾아가자 내 앞에 양피지로 된 옛날 지도를 여러 개 펼쳐놓았다. 거기에 그려진 비취 나라는 각양각색으로 묘사되어 있어서 어떤 것이 정확히 맞는 건지 가늠하기 어려웠다. 참 난처했다. 하지만 그는 해뜨는 제국과 그 인접 지역을 그린 지도에 대해 굉장한 자부심을 갖고 있었다. 그는 지도를 탁자 위에 올려놓고, 한가운데쯤에 있는 도시 하나를 집게손가락으로 가리켰다.

"이곳이 **시랑단**이오. 해뜨는 제국에서 가장 동쪽에 있는 도시지요."

그의 손가락이 지도의 반대편 끝으로 옮겨갔다.

"여기가 **카라귈**이오. 여기에서 하얀 산들의 고개가 내려다보이지요. 비취 나라는 해뜨는 제국 쪽에 있는 하얀 산들을 넘고 넘어 더 멀리 가야 하오. 시랑단과 카라귈 사이에는 두 가지 경로가 있소이다. 가장 안전한 길은 남동쪽으로 **오팔 해**를 향해 **뢰키스** 항까지 큰 고리 모양으로 따라가는 길이오. 그다음엔 회색 강을 따라 카라귈 쪽으로 비스듬히 올라가면 되지요. 꽤 긴 여정이긴 하지만, 가는 도중 여러 지점에서 안전한 상거래를 할 수가 있소. 다른 한쪽은 시랑단에서 카라귈까지 일직선으로 가는 길인데, 소금 바다와 **바위투성이 사막**을 통과해야 해요."

"이쪽이 훨씬 거리가 짧군요."

나는 다른 길을 가리키며 말했다.

"하지만 그 길은 추천하지 않겠소."

"왜요?"

"너무 위험해요. 여태까지 그 길로 간 사람은 없소."

나는 그에게 **비취 나라**와 **인디고 섬** 사이에 어떤 연결 고리가 있는지 물어보았다. 그는 '인디고'라는 단어를 다시 말해보라고 했다. 하지만 그 단어에서 아무것도 연상하지 못했다. 그에게 이브 브라자딘의 책도 보여주었지만, 입을 삐죽거릴 뿐이었다. **오르배**라는 섬에 관해서도 전혀 들어본 적이 없다고 했다. 반면 나는 지구 반대편에 그 큰 섬이 분명히 존재한다고 강하게 주장했다. 이브 브라자딘은 그쪽 세상에서 온 사람이었다. 그의 책에 분명히 기록되어 있었다. 그렇다면 다른 증거도 있지 않을까? 해안선을 기록한 것이라든지, 그곳까지 함께 항해한 선원들의 이름이라든지…… 지리학자는 고개를 내저으며 콧방귀로 답했다. 지구가 둥글다는 생각은 그에게 어이없다는 미소를 짓게 할 뿐이었다.

"당신처럼 교육받은 사람이 어떻게 그런 바보 같은 이야기를 믿을 수 있단 말입니까? 우리 발아래 땅이 또 있다고요? 하늘에서 비가 내리는 일은 결코 없을 거고, 땅 쪽으로 머리가 붙어 있는데 어떻게 걸어 다닌단 말입니까?"

그 말에 나는 도와줘서 고맙다는 인사만 남기고 재빨리 나와버렸다.

우리 대상단은 어느 봄날 아침 바살다를 떠났다. 그로부터 한 달 뒤에 시랑단에 도착했다. 그곳은 서양 삼목杉木이 우거진 정원으로 둘러싸인 거대한 도시였다. 우리는 도시의 여러 구역으로 흩어졌다. 이곳에 가족이 있는 사람들도 많이 있었다. 회의는 둘째 날 저녁에 열렸다. 두란은 조심스럽게 남쪽 경로를 선택했다. 하지만 나이가 훨씬 많은 캉비즈는 남쪽 길로 가는 것을 반대했다.

"나는 대상단을 이끌고 뢰키스에 열다섯 번이나 가보았소. 눈을 감고도 그 길을 찾아갈 수 있소이다. 내 재산을 모두 그곳에서 불렸소. 난 오직 사막을 통해 가는 길을 찾으러 여기에 온 것이오."

"캉비즈 말이 맞소!"

어둠 속에서 목소리가 들려왔다.

우리는 일제히 뒤돌아보았다. 말없이 고개 숙여 내게 인사하고 사라졌던 또 다른 장사꾼이었다. 그는 사막의 족장들이 하듯 몸을 굽혀 절했다.

"나는 이드리스 칸이라고 합니다. **뮈지달 부족** 사람이고 시랑단 출신입니다. 대상단은 출발 준비가 다 되었소. 짐승들과 식량도 준비해왔소이다. 나는 사막길을 잘 알고 있소. 위험한 것은 사실이지만 거리상 훨씬 가깝습니다. **붉은 꽃 계곡**만 잘 빠져나갈 수 있도록 행운이 뒤따르면 될 겁니다."

"행운이라고요? 쯧쯧, 그곳에서 돌아오지 못한 자들에게 물어보시구려!"

두란이 말하고는 이를 악물었다.

나는 두란에게 의아한 눈빛을 보냈다.

두란이 계속해서 말을 이었다.

"붉은 꽃 계곡이란 소금 바다와 바위투성이 사막 사이에 있는 가시덤불 계곡이오. 좋은 계절이라 불리우는 시기엔 아무런 위험이 없지요. 나무들이 잠을 자는 시기니까요. 하지만 살인의 계절이 시작되면 얘기가 달라져요. 나무들이 잠에서 깨어나 아무 이유 없이, 마치 칼날처럼 길고 뾰족한 수천 개의 가시들을 곤두세우기 시작해요. 힘도 엄청나게 세어져서 그 어떠한 생명체도 그곳에서 빠져나오지 못해요."

"좋소. 그렇다면 좋은 계절에 그곳을 통과하면 되겠군요."

내가 말했다.

"하지만 그 계절이 언제인지 예측하기가 어렵소. 나무들이 스스로 살인의 계절을 결정하기 때문이오"

"그렇다면 몸을 숨길 만한 어떠한 방법도 없단 말입니까?"

"삼십 걸음 이상 움직이는 모든 물체는 그 어떤 것이라도 모두 나무가 꿰뚫어버린다고 하오. 짐승 위에서 몸을 웅크리고 있거나 짐승의 발치에서 숨어 지나가는 것, 두 가지 모두 소용없는 짓입니다. 짐승이든 사람이든 날카로운 가시들이 우박처럼 무더기로 쏟아져, 결국엔 끔찍한 신세가 되어버리지요. 마치 나무들이 여기저기 흩어진 피를 빨아 새 수액을 채우려는 것처럼 보이지요. 믿기지 않지만요."

"하지만 살인의 계절 동안 그 숲은 아름다운 붉은 꽃으로 뒤덮인다는 것쯤은 모두 알고 있는 사실이지요."

이드리스 칸이 흥미롭다는 듯 입술을 삐죽이며 말했다.

"언제 출발할 겁니까?"

"내일입니다."

"그럼 난 이만 가서 쉬어야겠소."

우리 대상단은 이드리스 칸 수하와 모두 합해 예순 명의 사람들과 그 두 배가 되는 짐승들로 꾸려졌다. 우리는 삼 주 동안 오아시스에서 오아시스로 이동했다. 이윽고 눈을 못 뜰 정도로 밝은 빛이 지평선 뒤로 춤추듯 어른거리는 소금 바다 부근에 이르자 사막다운 사막이 시작되었다. 낮에는 참기 어려울 정도로 열기가 극한에 다다랐다. 첫날부터 사막의 소금기는 입안의 침을 몽땅 앗아갔다. 피부는 타들어갔으며 눈은 쓰라렸고 짐승들의 발 가죽도 상해버렸다.

두란은 짐승들이 넓은 호수와 비슷해 보이는 은색 신기루를 향해 달려가지 못하도록 고삐를 단단히 붙잡고 있으라고 우리에게 주의를 주었다. 강한 햇빛 때문이 만들어낸 그 거품 같은 눈

속임은 사실 움직이는 모래늪이었다. 사막에서 유일한 길이라 곤 소금 조각들로 굳어진 좁은 모래길밖에 없었다. 너무 밝은 낮에는 그 길을 알아보기가 어려웠지만, 밤에는 무수히 많은 반짝이는 곤충들이 그 길 위에서 서로 뒤엉겨 있는 덕분에 일종의 길 안내자가 되어주고 있었다.

우리는 자연스럽게 어스름한 별빛과 은은한 곤충들의 반짝임을 따라 밤에만 움직일 수 있었다. 대상단 무리는 곤충들의 빛을 헤치면서 희미한 빛을 따라 조금씩 앞으로 나아갈 수밖에 없었고, 긴 행렬의 끝으로 갈수록 앞사람을 의지하여 갈 수밖에 없었다. 그러다 캉비즈의 마부 중 한 사람이 길을 잃고 끌고 가던 세 마리의 짐승들과 함께 커다란 소금 웅덩이에 빠져 순식간에 움직이는 모래늪으로 빨려들어 갔다. 우리가 그를 구출하려고 했지만 소용 없었다. 행렬의 선두에 서 있던 두란만이 우리에게 동작을 멈추라고 소리쳤다.

일곱번째 밤에 어디선가 둔탁한 울림이 들려왔고, 그 소리로 사막의 중간 지점을 뜻하는 **청동산** 근처에 다다랐음을 알 수 있었다. 전설에 따르면, 군부대 하나가 땅속에 통째로 묻혀 있어, 그들이 울리는 북소리가 땅을 통해 울려 나와 정적 속에서 사람들 귀에까지 들리는 것이라고 했다. 두란은 잠들어 있는 병사들을 깨워 화를 당하지 않도록 조심해야 한다고 신신당부했다. 그

때 그곳의 지리를 완벽하게 알고 있던 이드리스 칸이 산 뒷편으로 돌아가는 것이 좋겠다고 말했다. 빠져나오지 못할 위험에 처할 수 있는 청동산을 피하고 마실 물도 구해야 한다면서 말이다. 그의 말이 맞았다. 산 뒷편이 쉬운 길은 아니었지만, 기온이 낮아 어느 정도 몸을 식힐 수 있었고 물도 넉넉히 마시고 저장할 수 있을 만큼 충분했다.

이드리스 칸은 어딘지 신비로운 구석이 있는 사람이었다. 뭐지달인들이 대부분 그렇지만, 그 또한 뭐지달 사람 특유의 기품을 지닌 사람이었다. 잘 다듬어진 턱수염과 날카로운 눈빛, 정확한 몸짓, 적은 말수가 그랬다. 심지어 피로조차 그에게 아무 영향도 미치지 않는 것 같았다. 수통 하나와 야자열매 한 주먹만 있으면 새벽이 오기도 전에 자신의 사냥개 카이르와 함께 가장 먼저 출발했고, 몇 시간 뒤 해 질 녘에 우리 그림자들이 길어지고 희미해지면 쏜살같이 달려와 행렬의 뒤를 둘러보는 이도 그였다. 그는 가볍게 고개를 숙여 내게 인사하고 다시 자기 위치로 돌아가곤 했다.

청동산을 지나고 난 뒤, 소금 바다는 두 마리의 짐승을 더 데려갔고, 한 늙은 마부의 시력을 앗아갔다. 우리는 마치 조난을 당해 기진맥진한 사람들처럼 고개들을 하나하나 가까스로 넘어갔다. 피부는 붉게 달아올랐고, 점점 거칠게 말라갔다. 갈 길이

멀었지만 어떻게든 겨울 전에 카라쾰에 도착해야 한다.

이 시기에는 악명 높은 붉은 꽃 계곡의 살인 나무들이 공격적이지 않은 것처럼 보였다. 나무들은 새순이 돋아나 있었고, 잎은 그리 무성하지 않았다. 하지만 멀리서도 빽빽하게 늘어선 나무 둥치들이 어두운 주랑柱廊을 형성하고 있는 것이 보였다. 작은 무리의 자고새*들이 소리 내어 울며 발치를 지나갔다. 이드리스 칸은 땅으로 뛰어내리면서 한 손으로는 사냥개 카이르의 목줄을 쥐고, 다른 한 손으로는 주머니 끝을 쥐고 있었다. 그 주머니는 며칠 전부터 움직이는 무언가가 들어 있어 내 호기심을 자극했다. 그가 단번에 주머니의 입구를 풀자 그 속에서 사막의 토끼가 뛰어나왔다. 토끼는 네 발로 서서 귀를 쫑긋거리고 눈을 깜빡이더니, 열 번쯤 깡충거리다가 냅다 내빼기 시작했다. 이드리스 칸은 묶어두었던 카이르의 끈을 풀어주기 전에 잠시 뜸을 들였다. 카이르는 토끼를 쫓아 살인 나무들 사이로 사라졌다. 나는 숲 속 깊은 곳에서 점점 작아지는 개 짖는 소리에 오랫동안 귀를 기울이고 있었다. 다시금 주위에 정적이 감돌았다.

반 시간 가량 지났을까 이드리스 칸은 사냥개를 부르는 신호를 보냈다. 한 번, 두 번⋯⋯ 열 번. 하지만 괴로운 비명만 들릴

---

* 꿩과에 속하는 새로서 종이 매우 다양하다. 야생이었으나 식용을 위해 오늘날은 대량 사육된다.

붉은 꽃 계곡을 지나가는 코르넬리우스 일행

뿐이었다. 마침내 카이르가 돌아왔을 때 들썩이는 옆구리에 길게 긁힌 자국이 선명하게 눈에 들어왔다. 이드리스 칸은 몸을 굽혀 그 상처를 유심히 살폈다. 가시에 긁힌 자국임이 분명했다. 그는 그것을 긍정적으로 판단했다. 만약 나무가 지나가는 사냥개에게 무시무시한 반응을 보이기 시작했다면, 다른 모든 나무도 연쇄적으로 수만 개의 칼날 같은 가시를 곤두세우며 짐승을 공격했을 것이기 때문이었다. 그는 천을 찢어서 카이르의 상처를 감싸준 다음, 우리에게 앞으로 나아가라는 신호를 보냈다.

우리는 조심스럽게 걸어 들어갔다. 최대한 소리를 내지 않고 아주 조금씩 앞으로 나아갔다. 숲은 점점 더 조밀해지는 느낌이었고, 구불구불한 길에선 그 굴곡 때문인지 새들의 지저귐이 더 크게 울렸다. 그보다 더 조용한 곳은 세상에 없는 것 같았다. 나무가 드리운 그늘은 마음을 특별히 안정시키는 것 같았다. 두려움이 사라졌다.

캉비즈와 나는 아이들을 겁주기 위해 지어낸 옛날이야기를 농담 삼아 나누면서 걸어갔다. 도망치다가 붙잡힌 모습 그대로 하얗게 백골이 된 대상 무리를 발견하기 전까지는 그렇게 웃으며 갈 수 있었다. 조금 더 앞으로 가서 다른 유골들을 발견했을 때, 우리는 웃음기를 완전히 잃었고, 처음 숲에 들어왔을 때처럼 진지해졌다. 식물 줄기가 구멍을 숭숭 낸 해골들이 마치 표지

판처럼 여기저기 걸려 있었고, 우리는 입을 쩍 벌린 턱뼈로 된 함정 속을 걷고 있는 느낌을 떨쳐버릴 수 없었다.

목구멍은 갈증으로 타고 있었지만, 목덜미는 땀으로 범벅이 되어 있었다. 이런 대조적인 몸 상태는 우리를 더 짜증나게 만들었다. 마침내 그곳을 벗어나 목동들이 다니는 인근의 고개 위로 올라갔을 때는 너도 나도 탈출의 기쁨을 나누었다. 목동들은 그 숲에서 이렇게 많은 사람이 나오는 모습을 예전에는 본 적이 없다고 말했다. 그들은 마치 지옥에서 막 나온 악마의 수행원들을 본 것처럼 아연실색한 표정으로 우리가 지나가는 모습을 바라보고 있었다.

바위투성이 사막이 내려다보이는 마지막 고개에 도착하려면 산마루를 따라 아직 이틀은 더 가야 했다. 그 고개에서 내려올 때는 엄청난 바윗길을 통과해야만 했다. 낮에도 햇빛이 잘 들지 않아 컴컴하고 언제 떨어질지도 모르는 돌덩어리들 틈에서 고개를 숙인 채 걸어가야 했다. 발밑으로는 끊임없이 갈라진 틈이 보였다. 멀찍이 앞에서 걷고 있던 두란은 가끔 우리에게 빨리 오라고 소리를 질렀다. 이 미로의 끝에는 자연적으로 만들어진, 마치 성처럼 생긴 구조물이 있었는데 사막으로 들어가는 입구를 상징하는 것 같았다. 수천 년 전부터 서쪽에서 이어져 온 바위투성이 길은 이곳에서 시작되고 있었다. 몇 년 전 단 한 번 이곳까지 와봤을 뿐인데도 정확하게 이 문을 찾아낸 두란의 실력에 나는 감탄했다.

　늙은 상인 캉비즈는 **석질인**石質人들을 만나길 고대하고 있었다.

그들은 짙은 안개가 껴 있을 때만 움직이고 상거래에도 관심이 없었기 때문에 여간해서는 그들을 만날 수가 없었다. 척박한 환경은 외부의 침입으로부터 그들을 보호해주는 역할을 하고 있었다. 그들은 목에 전천후 식량인 딱딱해진 치즈로 만든 목걸이를 두르고, 거대한 거북 위에 올라탄 채 음침한 광야를 지칠 때까지 돌아다닌다. 많은 사람들이 그들이 지닌 야만성과 느긋한 천성에 대해 이야기한 바 있었다. 아마도 그들의 탄생에 얽힌 옛이야기는 **해뜨는 제국**의 가장 아름다운 전설에 견줄 만할 것이다.

이 지역은 날씨가 꽤 추웠다. 습기 탓에 바닥의 돌이 미끌거렸다. 우리는 안개 속에서 바짝 몸을 숙인 채 더욱 느리게 나아갔다. 캉비즈는 규칙적으로 몸을 일으키고 공기 중에 코를 벌름거리더니 턱수염을 들어 올린 채 눈을 반쯤 감고 말했다.

"그들이 여기에 있다. 그들이 여기에 있어."

어느 날 캉비즈가 또다시 그런 행동을 하고 있을 때, 나는 거대하고 무거운 어떤 덩어리가 움직이면서 내는 바위 긁는 소리를 들었다. 동시에 갑자기 파충류의 자극적인 냄새가 내 후각을 자극했다. 스무 발자국 정도 떨어진 곳에서 거북이 비슷한 괴물 같은 형상이 느닷없이 드러났다. 그 위에 한 사람이 타고 있었는데, (정말 사람이 맞던가?) 거북의 등딱지에 딱 들러붙은 채 두꺼운 외투 속에 푹 파묻혀 있었다. 마치 이 땅 위에 사람이라곤 흔적도 없던 아득한 시대에서 갑자기 튀어나온 듯했다. 그는 우리를 보고 놀라지도 않고 그저 멈춰 섰다. 거북은 고개를 들고 우리가 여기에 왜 있는지 살피는 듯 서 있었다. 기둥과 같이 튼튼한 거북의 네 다리는 백 년 묵은 올리브나무 둥치 같았고, 사람의 발 크기와 비슷한 다섯 개의 강한 발톱이 바위 위에서 견고하게 버티고 있었다.

석질인들은 몸을 움직이지 않았다. 그들은 가죽으로 만든 기다란 모자 그늘 속에 얼굴을 묻고 있었다. 잠시후 석질인과 거북이 서서히 움직이더니 자갈이 굴러가는 소리를 내며 멀어져 갔다. 그들의 느릿한 움직임은 주변에 흐르는 시간을 마치 두터운 공기층에 끈끈하게 들러붙여 매우 느리게 가게 하는 듯 느껴졌다. 심장이 쿵쾅거리고 구역질이 날 정도였다. 한참이 지나서야 우리는 그들의 느림에 영향받고 있음을 깨달았다. 두 생물체가 사라진 뒤에도 우리 정신은 그 엄청나게 무거운 옷가지에 눌려, 꿈도 생각도 모두 마비된 듯했다.

바위가 조금씩 뜸해지기 시작하더니 마침내 바위땅이 끝나고 부드러운 카펫 위를 걷는 듯한 편한 길로 들어섰다. 하지만, 바위땅을 지나오느라 너무 많은 체력을 소모해버린 탓에 짐승들 가운데 삼 분의 일 정도가 다리를 절었고 많은 사람이 석질인병이라 불리는 일종의 쇠약 상태에 빠져 있었다. 그 증상은 무기력과 극도의 피로감을 불러일으켜 결국 조금 쉬기로 했다.

하루는 천막 아래에서 차를 마시며 나스튀를 두고 있었다. 보통 때 같으면 사냥개 머리 위에 손을 얹은 채 앉아서 무심하게 게임을 지켜보고만 있었을 이드리스 칸이 갑자기 자리에서 일어나 게임을 중단시켰다. 그리고 살짝 앞으로 몸을 기울이면서 느닷없이 말했다. 그의 목소리는 점잖은 동시에 단호함이 느껴졌다.

"코르넬리이스 베이, **구름천**을 보고 싶소."

"친애하는 이드리스 칸, 나는 그것을 본 적이 있다고 했지, 갖고 있다고 말한 적은 없어요."

"좋소. 당신은 이곳 사람이 아니오. 눈 빛깔과 밝은 머리색으로 보아 북쪽 출신이겠지. 당신은 우리가 지나가야 하는 나라들에 대해 아무것도 알지 못하면서도 가장 위험한 경로를 택했소. 나는 당신이 바살다에서 나스튀 두는 것을 이미 여러 차례 보았소. 코르넬리이스, 당신의 자부심과 용기는 대단하오. 용맹스럽지만 그렇다고 우연에 몸을 내던질만큼 미친 사람도 아니오. 어떤 확신이 당신을 이끌고 있소. 나는 그 천을 내 눈으로 직접 보고 싶을 뿐이오."

그것은 위협도, 청원도, 명령도 아니었다. 우리가 함께 겪은 고난을 생각한다면, 그의 청을 거절하는 것은 그를 모욕하는 것이나 다름없었다. 캉비즈와 두란도 가까이 다가왔다.

석질인과 만난 코르넬리우스 일행

해뜨는 제국의 모든 상인들은 목에 작은 가죽 주머니를 걸고
다닌다. 거기에는 떠돌아다니는 악령이나 귀신들로부터 보호해
주는 부적이 들어 있었다. 나는 목에 걸고 있는 주머니를 열었
다. 거기에는 어두운 빛깔의 윤나는 스카프 한 장이 네모진 모양
으로 접혀 들어 있었다. 그것을 펼치자 검푸른 빛의 커다란 스카
프가 모습을 드러냈다. 깊은 푸른빛을 띤, 작은 반짝이는 점들
이 빼곡히 박혀 있는 비단이었다.

"여기 이 천을 보시오. 내가 이 천을 주머니에 넣었을 바로 그
때, 바살다의 밤하늘 빛 그대로요. 이것이 바로 구름천이라는
것이오. 살펴들 보시오."

나는 신성한 제물이라도 되는 듯 양손으로 천을 늘어뜨려 사
람들 앞에 내밀었다. 천은 하늘 높이 뜬 태양 때문에 우리 눈앞
에서 재빨리 밝은 빛깔로 변하고 있었다. 캉비즈가 천을 건네받
았다. 그의 마디 굵은 황갈색 큰 손이 반짝이는 은빛 천의 물결
속으로 의심스러운 듯 이리저리 헤엄쳤다. 두란과 이드리스 칸
도 차례로 그 천을 만져보고 싶어 했다.

"이제 당신의 고집을 이해하겠소. 코르넬리이스 베이!"

캉비즈가 외쳤다.

"이런 보물을 보고도 찾으러 가지 않는 자는 없을 것이오. 장
사꾼의 꿈이 바로 이런 것 아니겠소!"

"이 천은 **비취 나라**에서 온 것입니다."

두란이 말했다.

"예전에 남쪽 바다의 항구에서 이 구름천을 팔았었지만 거래는 곧 중단되었소. 그 뒤로는 어디에서도 이 천을 찾아볼 수 없었지요. 카라쿰에서조차 말이오. 내 아버지가 젊었던 시절에는 구할 수 있었다고 하지만, 천 무게의 삼백 배에 달하는 금을 주어야만 살 수 있었다고 합디다. 어떻게 그것을 가지고 있는지 궁금하군요."

내가 여섯 상자의 구름천을 배달받기로 했던 이야기를 해주자 그들은 다시금 놀라며 소리를 질러댔다. 한 나라 전체를 다 주어도 그 값을 다 치르지 못할 것이라고도 했다. 내가 지불한 금액이 그 가치에 그리 알맞게 보이지는 않았지만, 어쨌든 내가 지불한 돈 때문에 우리 회사는 거의 파산 지경에 이르렀고, 물건도 받지 못했다고 설명했다. 천을 사들인 그날 나는 둑길 위에서 밤을 맞았고, 서글픈 눈빛을 한 농부와 비에 젖은 그의 개를 만났다. 그들이 불행을 몰고 온 사자使者처럼 느껴졌다.

나는 사람들에게 구름천을 발견하게 된 정황을 설명해주었다. 그리고는 이븐 브라자딘의 책을 꺼내 **오르배 섬**에 대해 아는 사람이 있는지 물어보았다. 단 한명도 아는 사람이 없었다. 오히려 그들은 지구 반대편에 대륙이 있다는 가설에 재미있어 했다. 그들에게 손바닥처럼 평평한 땅 아래에는 암흑만이 존재하며, 산과 하늘은 서로 이어져 있다는 자신들의 믿음에 한 점 의심도 품지 않았다.

나는 구름천을 다시 잘 접어 주머니 속에 집어넣었다. 그것은 마치 살아 있는 동물처럼 슬그머니 주머니 속으로 되돌아갔다.

우리는 야영지에서 짐을 재정비했다. 물건을 교환할 때 사용할 값비싼 물건들은 작은 상자에 단단히 담겨 우리와 함께 여행하고 있었다. 우리는 상자들을 운반하는 짐승들을 특별히 보살폈다.

충분히 휴식을 마치고 다시 길을 나섰다. 드디어 지평선 너머로 흰 산맥이 보이기 시작하자 우리는 몸이 달아오르는 것을 느꼈다.

과일나무가 무성한 풍요로운 정원으로 둘러싸인 **카라길**은 친절하고 간략한 법률적 수속절차로 외국인을 맞이했다. 우리는 그 도시에서 가장 큰 대상 숙소에 머물기로 결정했다. 그곳은 마구간과 편안한 객실, 그리고 온천물이 나오는 목욕탕을 갖추고 있었고, 온천에 배치된 안마사들은 여행길에서 쌓인 모든 피로를 싹 씻어주었다. **바살다**로부터 이 먼 거리를 오는 데는 다섯 달밖에 걸리지 않았다.

우리는 강둑 위에 쌓인 단 위에 세워진 이 도시의 안쪽을 둘러보러 나갔다. 밤낮으로 열리는 도시의 시장에서는 여러 나라의 언어를 들을 수 있었다. 북쪽 대초원 지대로부터 온 가느다란 눈매의 사람들이 보이는가 하면, 어디서 왔는지, 그리고 어디로 가는지 알기 어려운 사람들도 많이 보였다. 머리채를 길게 땋아 늘어뜨린 카라킬의 여인들은 은장신구로 머리에 아름다움을 더하고 있었다. 그들의 미모에 홀린 몰이꾼 몇몇은 그곳에 정착하길 원했고, 그래서인지 도시의 주민 대부분은 혼혈 인종으로 구성되어 있었다. 그들의 얼굴은 세상에서 가장 행복하다는 표정을 짓고 있었다 .

나는 두란에게 고개를 넘을 때 필요한 안내인을 찾아봐 달라고 부탁했다. 커다란 외투를 두른 한 젊은이가 생글거리며 우리를 찾아왔다. 검은 머리를 길게 늘어뜨린 그의 이름은 뒬이었다.

우리는 그에게 마른 살구와 아니스* 케이크를 대접했다. 몸을 씻고, 향수를 뿌리고, 수염을 손질한 뒤 새 옷으로 갈아입은 우리는 산을 넘기 위한 모든 조건을 다 받아들일 준비가 되어 있었다. 그러나 뒬은 우리의 제안을 듣자마자 손사래를 쳤다.

"나리님들, 제 생각에는 무리입니다. 당신들이 데려온 **걷는 새**들은 첫눈이 내리면 지쳐 쓰러질 겁니다. 나리들도 매서운 추

---

* anis. 나무 열매의 일종. 맛이 부드러워 전통적으로 사탕, 과자, 술의 풍미를 돋우는 데 사용되었다.

위에 익숙하지 않으실 것이고요"

"짐승들은 다른 적당한 것으로 바꾸면 되오. 외투도 사면 그만이고."

"하지만 이 많은 인원을 다 끌고 갈 수는 없어요. 이렇게 큰 대상단이 그렇게 좁은 길을 지나갈 수는 없습니다. 인원을 많이 줄여야 해요. 한눈에도 몇 명인지 셀 수 있는 정도여야 합니다."

"꼭 필요한 인원만 데려가겠다고 약속하겠소."

"이번 여행은 아주 위험합니다. 여러분은 산의 영혼을 모르시지요? 끔찍한 눈사태로 우리를 묻어버리려 들 겁니다."

"우리는 용감하오. 그리고 우리를 지켜주는 수호신들도 함께 하신다오."

"나리들, 구름천을 구하러 비취 나라에 가시는 거라고 하셨죠?"

"값나가는 물건이 있는 곳이라면 어디든 간다오."

"저런! 산맥 이쪽 저쪽 그 어디에서도 그것을 찾지 못하실 겁니다. 저희 집안은 대대로 안내인을 업으로 하고 있죠. 제 아버지의 아버지는 마지막으로 구름천을 운반하신 분이죠. 말 한 마리의 등짝에 꼭 맞게 실을 만큼의 양이었다고 합니다. 산 너머에서 마지막으로 들어온 것은 청차靑茶*와 **달빛 돌**이 든 상자였습

---

* thé bleu. 발효차의 하나로 백차와 홍차 사이의 반발효차를 일컫는다.

니다만, 이 두 가지 역시 점점 더 귀해지고 있습니다."

그가 한 마지막 말에 우리는 큰 충격을 받았다.

캉비즈는 실망을 감추지 못했고 오랜 여행으로 인한 피로감 탓인지 한동안 얼빠진 표정을 지었다. 아름다운 그의 흰 수염은 아래로 떨구어진 턱 위를 지나 놀란 가슴을 누르며 짓이겨져 있었다. 캉비즈가 여행을 여기에서 접을 것이라는 느낌이 들었다. 그는 자신의 운을 더는 시험하지 않을 것이다.

"코르넬리이스 베이, 나를 용서하시오."

마침내 그가 입을 열었다.

"만약 구름천이란 것을 결코 찾을 수 없다면, 나 자신과 부하들의 인생을 험한 산을 넘어가는 기약 없는 고난에 바치게 하고 싶지 않소. 여기까지 온 것만으로도 만족하오. 내 나이에 걸맞지 않는 진정 아름다운 여행이었소. 하지만 더는 남은 생을 허비하지 않겠소."

"친애하는 캉비즈, 충분히 이해합니다. 당신에게 죄송할 따름입니다. 이곳에서의 사업이 성공하길 빕니다."

두란이 말을 이었다.

"나는 계속 가고 싶소. 하지만 더 많은 대가를 주었으면 하오. 걷는 새 말고 다른 짐승을 책임지지는 않겠소. 나는 구름천으로 얻을 수 있는 이득만큼의 물건들을 내 몫으로 달라는 것이오."

"말도 안 됩니다. 누구도 그것을 보장할 수는 없어요. 당신도 잘 알지 않습니까, 두란."

"나를 잡든지 놓든지 둘 중 하나만 하시오."

"그렇다면 놓겠습니다. 당신은 카라쿨까지의 여행에 대해서만 대가를 받을 겁니다. 더 이상은 아무것도 없소. 자, 이드리스 칸, 당신은 어떻게 하겠소?"

이드리스 칸은 캉비즈를 향해 몸을 돌리며 물었다.

"캉비즈, 내 사냥개 카이르를 맡아주시겠소?"

"이드리스 칸, 내게 그런 부탁을 하다니 영광이오. 내가 가장 아끼는 매처럼 당신 개를 보살피리다."

늙은 상인이 대답했다.

이드리스 칸은 대답을 듣고 몸을 일으켜 내게로 왔다.

"그럼 이제 명령을 내리시오, 코르넬리이스 베이. 언제 출발합니까?"

대상단을 정비하고 짐을 새로 꾸리는 데 며칠이 지나갔다. 새로운 안내자 될은 스무 마리 정도의 야크를 사도록 권했다. 염소처럼 날렵한 야크는 소와 같은 종種으로 긴 털을 가지고 있었다. 될은 마지막까지 남겨둔 열 명 정도의 정예 요원들에게 따로 세 사람의 안내인을 붙여주었다. 우리는 의복과 덮을 것, 마른 과일과 빵을 넉넉하게 준비했다. 이제 산을 넘을 준비가 다 된 것이다. 나는 두란에게 수고비를 주었고, 나의 벗 캉비즈에게는 마음을 다해 작별을 고했다.

　나는 모래와 안개의 나라, 하늘 아래서 빛이 쉼없이 변하는 나라에서 온 사람이다. 높은 산들이 만든 큰 그늘아래, 경사가 심한 절벽에 난 길을 통해 사람이 기어올라 갈 수 있으리란 걸 이전에는 상상조차 해본 적이 없다. 나 스스로를 벌주고 저주하기 위해 이곳에 와 있는 것 같았다. 발아래로 계곡들이 빼곡히 들어서 있는 것이 보였다. 고개를 하나 넘으면 또 한 고개가 시작되었고, 그것들은 언제나 높게만 느껴졌다. 난생 처음으로 구름 속도 걸어보았다. 느릿하게 미끄러지듯 흘러가는 유령 같은 구름들은 삐죽빼죽 솟은 산마루 구석구석까지 들어차 우리의 몸도 함께 감쌌다. 몸을 돌려 아래를 내려다보았을 때, 저 아래 마을은 커다란 부드러운 플란넬천*으로 덮여 있는 것처럼 보였다. 곧이어 눈밭과 얼음판이 펼쳐졌고, 씽씽 불어대는 세찬 바람은 앞서가는 산악 안내인들을 뒤따라가는 것조차 힘들게 만들었다. 가까스로 불을 피웠지만 불꽃이 충분히 타오르지 않아 우리 몸을 제대로 덥혀주지 못했다. 별들이 다이아몬드보다 더 밝게 빛나는 아름다운 밤이었지만 추위는 우리를 얼어 죽일 정도로 무자비했다.

어느 날, 야크 한 마리가 길에서 벗어나 마치 돌덩어리가 굴러떨어지듯 깊은 계곡의 구덩이 속으로 쳐박혀버렸다. 발밑에서는 굉음을 울리며 산이 무너져 내리면서 차가운 숨결을 우리에게 곧장 내뿜었고, 머리 위로는 마지막으로 넘어야 할 산등성이가 퍼붓는 비바람과 번개 때문에 요동치고 있었다.

될은 신 앞에 엎드려 우리의 목숨을 구해달라고 빌었다. 그가 신의 응답을 받았는지는 그 자신만이 알 뿐이었지만, 그는 우리

---

* flannel. 영국에서 짜기 시작한 얇은 모직천.

를 천둥과 번개가 내리치는 눈보라 가운데로 이끌었다.

　며칠이 지난 어느 날 아침, 멀리 보이던 산봉우리가 갑자기 낮아진 듯한 느낌이 들었다. 드디어 산 반대편으로 내려가고 있었다.

　비취 나라로 내려가는 길에서 첫 번째 국경요새들을 발견했다. 동쪽을 향해 두 달을 더 가서 높은 성벽으로 둘러싸인 윌란이라는 도시에 당도했다. 도시 입구에선 마침 큰 시장이 열리고 있었고, 숙박할 장소를 정하자마자 우리는 시장으로 달려가 분위기를 살피고자 했다. 뒬은 매우 조심스럽게 행동할 것을 충고했다. 하지만 아무것도 하지 않고 어떻게 원하는 물건을 찾아낼 수 있단 말인가? 일단 손님들의 눈길을 끌어야 하고 욕심을 부추겨야 한다. 우리 같은 장사꾼들에게 그건 그리 어려운 일이 아니었다. 우리 대상들은 사람을 만나는 즉시 흥미를 불러일으킬 줄 안다. 왜냐하면 우리는 긴 여정이 빚어낸 갖가지 사건들과 이곳저곳에서 주워 모은 새로운 소식들을 짐 꾸러미 속에 담아왔고, 언제든 그것들을 장황하게 늘어놓을 준비가 되어 있기 때문이다. 짐승들은 무거운 짐 탓에 쓰러질 것만 같았고, 우리 역시 기진맥진해 있었다. 하지만 잠들어 있던 도시에서 앞으로 있을 새로운 거래에 대한 기대는 절로 흥이 나게 했다. 우리는 지루함에 맞서는 싸움꾼들이다. 많은 사람이 벌써 우리가 가진 물건들

59

비취 나라 국경에 도착한 코르넬리우스 일행

을 보기 위해 다가왔다. 그들은 우리가 가진 호박琥珀 덩어리와 산호 구슬을 보고는 최근 수확한 벽돌 모양으로 뭉쳐놓은 청차青茶와 달빛 돌을 내밀었다. 흰색의 광물인 달빛 돌은 달의 변화 주기에 맞춰서 밝기가 바뀐다고 한다. 나는 크기가 커피 원두만 한 달빛 돌 세 개를 샀다. 돈벌이라기보단 그저 호기심 때문이었다. 그 돌 하나는 같은 무게를 지닌 에메랄드 열 개의 값어치를 지녔다.

이곳에선 아무도 직접 거래를 하지 않았다. 거래를 원하는 이가 사무실로 찾아오면 벽에 등을 기대고 서 있던 중개인 중 한 명이 거래가 있을 곳으로 의뢰인을 데리고 간다. 그러면 상대편도 중개인과 함께 와서 거래를 시작한다. 대화는 오직 두 중개인의 귀를 통해서만 전달된다. 두 중개인은 자신의 오른손을 상대방 중개인의 오른편 소맷자락에 슬그머니 넣은 채 신호로 소통한다. 사람들은 한동안 두 소매가 서로 맞붙어 부드럽게 파도치듯 움직이거나 혹은 격렬하게 위로 솟아오르는 것을 볼 수 있다. 마침내 상대편 소매를 손가락으로 거머쥐고, 자신의 소매는 걷어올린 채 손 하나가 밖으로 튀어나온다. 거래를 성사시킨 중개인이 확정된 가격을 콧소리로 노래하듯 크게 외친다. 만일 앞에 서 있던 고객이 불만을 표시하면 두 중개인은 다시 흥정을 재개한다. 흥정이 절정에 이르렀을 때, 그들의 소맷자락은 마치 비단으로 감싼 좁은 회랑에 빠진 담비들이 싸우는 것처럼 보인다. 반면 소매 위로 보이는 그들의 얼굴은 밀랍 가면과도 같이 조금의 표정 변화도 없다.

이드리스 칸은 나만큼이나 참을성이 없었다. 통역관들과 중개인들은 우리가 그들의 언어와 관습을 잘 모르는 것을 이용하여 바가지를 씌우고 있었다. 수많은 질문과 대답이 오가고 나서야 그들 중 일부가 우리가 구름천을 사고 싶어 한다는 것을 이해했다. 순간 그들의 얼굴이 일그러졌고, 몸을 좌우로 흔들면서 팔을 높이 쳐들어 거위가 날갯짓하는 듯한 몸짓을 해 보였다. 그 모습을 보고 우리는 웃음을 터뜨렸지만 무슨 뜻인지는 전혀 이해하지 못했다. 잠시 뒤 그들 중 한 명이 우리 쪽으로 다가오더니 무형의 완벽함 사원과 다섯 개의 고요 요새 사이에 있는 뱀 시장에서 저녁무렵 만나자는 뜻을 전했다.

저녁이 되자 우리는 미지의 음식을 맛볼 기대를 하면서 뱀 시장으로 향했다. 바구니 속에서 똬리를 틀고 있거나 목도리처럼 목에 둘러져 있는 뱀들은 그들 앞에 놓인 운명을 알지 못하는 것처럼 보였다. 날이 잘 선 칼을 든 여러 명의 전문 요리사가 요리를 시작했다. 작은 도마며 커다란 솥단지 같은 것들이 이쪽 골목 끝에서 저쪽 골목 끝까지 서로 말을 거는 듯 달그락거리고 있었다. 이드리스 칸은 식사를 주문했다. 동료들을 기다리면서 우리는 조그마한 의자 위에 한 명씩 자리를 잡고 앉았다. 설탕에 절인 망고와 고수* 잎을 넣고 익힌 고기 요리 냄새를 코로 먼저 느끼면서 우리는 입맛을 다셨다.

식사를 하려던 참에 근위병들이 우리를 찾으러 이곳에 왔다. 갑자기 누군가의 손이 내 어깨를 누르는 것 같았는데 잠시 후 음식들이 놓여 있던 탁자가 뒤집어지면서 내 몸이 땅바닥에 나뒹굴었다. 분노한 이드리스 칸은 저항하며 발버둥쳤다. 하지만 이미 날카로운 예닐곱 개의 칼끝이 우리를 겨누고 있었고, 구경꾼들은 비명을 지르며 흩어졌다.

정신없이 병사들에게 얻어맞은 후 목에 올가미가 채워진 우리는 강제로 떠밀려 가면서도 무슨 일이 일어났는지 알 수 없었다. 청동으로 만든 성문이 비참한 우리 행렬 앞에서 양쪽으로 활짝 열렸다. 병사들이 우리를 감옥으로 내던졌다.

한 달이 넘도록 감옥에 갇힌 채 아무런 설명도 듣지 못하고 굴욕적인 나날을 보냈다.

어느 날 아침, 감옥의 창살 너머로 흰 산의 정상이 햇빛을 받아 빛나는 것을 볼 수 있었다. 저 곳에 이르기 위해, 그리고 저 산을 넘기 위해 그토록 오랜 여정을 밟아오지 않았던가. 눈부신

---

* 향신료로 쓰이는 향이 강한 풀로서 코리앤더라고도 하며, 향채香菜의 일종. 원산지는 지중해 연안이고 쌀국수에 들어가는 향신료 중 하나이다.

햇살 탓에 흐릿하게 보이는 산의 윤곽은 자유로웠던 시절과 갇혀 있는 지금을 구분 짓고 있는 것처럼 보였다.

갑자기 간수가 문을 열었고, 눈을 몇 차례 깜빡인 다음에야 문 뒤에 뒬이 서 있는 것을 알아볼 수 있었다. 그는 허락을 얻어 우리를 면회하러 온 것이었다. 그는 다음과 같은 이야기를 들려주었다. 곧 이곳에서는 누구도 구름천을 사고 팔 권한이 없으며, 오로지 비취 나라의 황제만이 그것을 사용할 권리를 가지고 있다는 것이었다. 더불어 황제는 오래전부터 구름천이라는 이름을 입 밖에 내는 것을 금지했다고도 했다. 그리고 그것을 어기는 자에게는 죽음을 내린다고 했다. 또한 우리의 재판은 초승달이 뜨는 날 열릴 것이고, 판결이 내려지면 다음 달이 뜰 때 사형 집행이 이루어질 것이라고 했다.

"좋소."

이드리스 칸은 이 침울한 소식에 아랑곳하지 않고 끼어들었다. 그는 눈썹을 치켜뜨며 내게로 눈길을 돌렸다.

"코르넬리이스 베이, 우리는 언제 떠날 거요?"

나는 뒬 쪽으로 몸을 돌렸다. 뒬은 계속해서 말하기를, 구름천의 이름을 말하는 것조차 금지되어 있기 때문에, 재판은 왕궁 안에 있는 동굴에서 비공개로 열릴 것이라고 했다. 어떠한 기록도, 어떤 증인도 없을 것이며 대중이 선고 내용을 알아서도 안 되기에 처형은 한밤중을 타 도시 외곽에서 집행될 것이라고 했다. 그렇다면 그때가 바로 탈출하기에 가장 좋은 순간일 것이다. 만약 우리가 뒬을 시켜 보초들을 돈으로 매수할 수만 있다면 말이다. 이드리스 칸은 눈썹을 치켜올려 우스꽝스러운 표정을 지었다.

"뒬, 정확히 코르넬리이스가 시키는 대로 하게. 필요한 것들을 챙기고, 돈도 충분히 쓰게. 내 짐 상자들은 잠겨 있지 않다네."

"내 것도 마찬가지요."

우리 두 사람 모두 안내인을 신뢰한다는 사실에 안심이 되었다. 간수가 면회 시간이 끝났다는 뜻으로 문을 세차게 두드렸다.

재판은 예고처럼 비공개로 이루어졌다. 우리는 길게 이어진 복도와 끝이 보이지 않는 계단을 지나 소용돌이 모양의 장식들과 향 연기로 가득 찬 둥근 천장의 큰 방으로 끌려갔다. 우리의 재판을 담당할 재판관은 비단 속에서 길을 잃은 두꺼비 같은 모습으로 거만하게 앉아 있었다. 감정없는 비석과도 같은 그는 두꺼운 입술을 삐죽이 내밀고는 부풀어 오른 두 눈으로 우리를 경멸하는 표정으로 굽어보고 있었다. 우리는 그 앞에 무릎을 꿇었다. 네모진 포석鋪石이 깔린 바닥은 이러한 광경이 수백 년 전부터 같은 방식으로 되풀이되어 왔음을 증명하고 있는 듯했다. 판결은 시장에서 이루어지는 상거래와 비슷한 방법으로 내려졌다. 한마디 말도 없었고, 문서 기록도 남겨지지 않았다. 구름천에 대한 금기가 극도의 경계심을 민들이낸 것이다. 재판의 '서류'라 할 만한 것들은 배석 재판관들끼리 손을 맞잡고 수화를 나누는 것이었는데, 그것조차 긴 소맷자락 속에서 은밀하게 이루어졌다. 그들의 행동이 멈추자 세 사람의 서기가 일제히 들고 있던 붓을 맑은 물이 담긴 통 속에 집어넣더니 갑자기 백지 위에 휘갈기기 시작했다.

고개를 수그리고 있던 나는 이런 말도 안 되는 동작으로만 이루어진 밀담이 어떤 물건을 가운데에 두고 진행되고 있음을 깨달았다. 나는 그 물건이 작은 수첩 같은 것이라는 것을 알아챘다. 더 많은 것을 알아내려고 고개를 들자, 병사 한 명이 다가와 숙이라는 뜻으로 등을 내리쳤다. 배석 재판관 중 한 명이 문제의 수첩을 돌려보도록 명령했고, 마침내 내 코앞까지 오게 되었다. 그것은 다름 아닌 이브 브라자딘이 쓴 **인디고 섬**에 대한 이야기를 기록한 수첩이었다! 그들은 **오르배 섬**에 갈 수 있는 유일한 수단이자 언젠가 내게 푸른 산을 보게 해줄 수 있는 유일한 희망을 빼앗아 간 것이다. 그들이 이 수첩을 갖고 있다는 것은, 분명 우리의 다른 소지품도 손에 넣었음을 뜻하는 것 아닐까? 재판은 몇 시간이나 계속되었고, 누구도 단 한 번의 질문도 하지 않았다. 단지 일정한 간격으로 떨어지는 물방울 소리만이 시간이 얼마나 흘러가는지를 알려주고 있었다. 한 방울씩 떨어지는 물방울 소리를 들으며 우리는 무릎을 꿇은 채 판결을 기다리고 있었다. 법관 한 명이 작은 막대기들이 쌓여 있는 판결대를 향해 걸어가더니 흰색 막대기 두 개를 집어 여러 조각으로 잘게 부순 다음 화로 속에 집어넣었다. 조각들은 불꽃 아래서 몸을 뒤틀며 사라져갔다. 그는 재판관이 앉아 있는 쪽으로 몸을 돌렸다.

이드리스 칸이 이를 악문 채 입을 열어 그 의미를 해석했다.

"사지를 찢고, 장작더미에서 태운다."

재판관은 미동도 하지 않았다. 배석 법관들 사이에서 한바탕 새로운 소매 속 밀담이 이루어지더니 새로운 판결이 하나 더 나왔다. 법관은 이번엔 청동인 것 같은 검은색 막대를 두 개를 집어 물이 가득 담긴 대야 쪽으로 걸어가더니 하나씩 차례로 물속에 집어넣었다. 막대들은 바닥까지 곧장 가라앉았고 재판관은 머리를 흔들었다.

이드리스 칸이 우물거리며 말했다.

"익사형溺死刑."

서기들의 몸놀림이 더 빨라졌다.

그들이 든 붓은 곡예를 하는 것처럼 하얀 종이 위에서 춤을 추고 있었다.

우리는 새로운 감옥으로 끌려갔다. 그곳은 궁전의 지하 가장 깊은 곳에 자리하고 있는 빛이라곤 찾아볼 수 없는 깜깜한 곳이었다. 만약 될이 말한 것이 사실이라면, 처형은 다음 초승달이 뜰 때 집행될 것이다. 목에 걸고 있던 가죽 주머니에서 구름천과 함께 넣어둔 달빛 돌 조각들을 꺼냈다. 간수들이 구멍을 통해서 볼 수 없을 만큼 멀찍이 떨어진 감옥 한쪽 구석에 그것들을 놓았다. 그 돌들이 달의 주기를 빛의 밝기로 알려줄 것이다. 참을 수 없을 것 같던 긴 시간이 지나고 마침내 세 개의 돌들이 조금씩 밝은 빛을 띠기 시작했다. 가장 밝은 빛을 띨 때, 돌 주위에는 맑은 여름밤 보름달 주변에서 볼 수 있는 빛 같은 푸르스름한 후광이 어른거렸다. 그 후로 빛은 조금씩 사그라들어 희미하게 떨고 있는 작은 빛만 보이더니 마침내 우리 모두를 암흑 속에 남겨두었다. 초승달이 뜰 때가 온 것이다. 빗장을 푸는 소리가 들렸고 문이 열렸다. 흔들거리는 횃불의 밝은 빛이 눈을 어지럽혔다.

무거운 발걸음으로 계단을 한참 오르고 난 후, 반대 방향으로 난 긴 복도를 지나 마당을 통과했다.

호송을 맡은 보초는 우리를 빨리 걷게 하려고 옆구리를 후려치곤 했다. 다른 간수들은 우리의 얼굴을 보지 않기 위해 우리가 지나가는 내내 등을 돌리고 서 있었다. 그렇게 우리는 성벽이 나올 때까지 걸어갔다. 간수 한 명이 성벽에 낮게 난 문을 열어젖혔다. 문 바로 아래서 강물이 찰랑거리는 소리가 들려왔다.

간수가 다리 뒤쪽을 한 방 때리자, 우리는 무릎을 꿇었다. 갑자기 눈앞이 캄캄해졌다. 사람들이 우리에게 커다란 자루를 뒤집어씌운 것이다. 그리고는 우리를 들어 올렸다. 이제 차갑고 세찬 강물 속으로 던져질 차례가 온 듯했다.

뎔이 우리를 배신한 것이다.

그런데 물속으로 풍덩 던져질 것이라는 예상과는 달리, 몸이 어딘가에 거칠게 부딪혔다. 배 위로 던져진 것이다. 배가 균형을 잡지 못하고 흔들리고 있는 것을 느꼈다.

간신히 다리를 움직여보았지만 고통만이 느껴졌다. 왼쪽 무릎에 달걀만 한 커다란 혹이 생긴 것을 느꼈을 때, 다시 심한 매질이 시작되었다. 더는 움직일 수가 없었다.

배가 출발했고 우리를 어디로 데려가는지 알 수 없었다. 단지 물의 흐름을 따라 도시 아래쪽을 향해 가고 있다는 것만 느낄 수 있었다. 이젠 아무도 우리를 건드리지 않았다. 달조차 뜨지 않는 칠흑 같은 밤에 도시를 부정한 시체로 더럽히지 않으려고 우리를 멀리 떨어진 깊은 강물 속으로 던져 넣을 속셈인 것 같았다. 도대체 그 구름천이란 것이 얼마나 대단한 것이기에 그것을 원하는 사람들을 이처럼 욕보인단 말인가! 구름천을 어디에서 구할 수 있는지 물어본 것밖에는 없는데 말이다.

나는 철썩이는 물소리를 들으며 어디론가 강 한가운데로 흘러가고 있다는 것을 느꼈다.

갑자기 고함과 휘파람 소리가 들리더니 많은 사람들이 와락 달려오는 것 같은 느낌이 들었다. 화살이 날아가는 소리가 붕붕 귓가에 맴돌았다.

다른 배가 부딪치는 충격이 느껴졌다. 우리가 있는 배로 누군가 넘어왔다. 세찬 몸싸움이 일어난 듯 헐떡이는 소리, 집합을 알리는 신호, 욕설, 거친 숨소리, 칼끼리 부딪치는 소리 등이 들렸다. 누군가가 우리를 들어 올렸다. 이럴 수가! 나는 몸이 반쯤 물에 잠긴 채 질질 끌려가고 있었다. 머리가 뱃전에 세게 부딪쳤다. 다른 배로 옮겨진 것 같았다. 다른 몸뚱이 하나가 내 위로 무겁게 내려졌다. 탈출에 성공한 것일까? 숨을 몰아쉬며 겨우 목소리를 내서 물었다.

"이드리스 칸?"

반대쪽에서 웃음 섞인 목소리가 들려왔다.

"코르넬리이스 베이?"

누군가 명령을 내렸다. 될 같았다. 그는 배신한 것이 아니었다. 우리를 가두고 있던 자루가 몇 번의 칼질 끝에 열렸다. 드디어 올가미가 벗겨진 것이다. 차가운 공기를 한입 가득 들이마셨다. 세찬 물결로 배가 기우뚱했다. 물길을 헤쳐나가려 했지만 강바닥의 자갈에 부딪혀 배가 멈추었다. 긴 머리를 땋아 내린 될은 내 옆에서 칼을 든 채 빙긋 웃고 있었다.

"야크 타본 적 있나요? 코르넬리이스 베이."

"전혀 없소만……"

"그럼 오늘 밤에 배우셔야겠네요."

우리는 해안으로 뛰어 내려갔다. 위쪽으로 키 큰 소나무들 아래에서 마구를 갖춘 야크들과 수하誰何를 하는 사람들이 보였다. 뒬이 내 소매를 끌며 내달렸다. 우리는 달렸다. 이드리스 칸은 이미 내 앞에서 달리고 있었다.

그를 뒤따라 뛰어갔지만 무릎이 말썽이었다. 너무 아파서 걸음을 내딛을 수 없었다. 내가 넓적다리를 부여잡고 절뚝거리는 동안, 다시금 화살 공격이 시작되었다. 어디에서 날아오는지 알 길이 없었다. 마치 말벌집을 건드린 것처럼 화살들이 빽빽히 날아오고 있었다. 뒬이 털썩 주저앉았다. 번들거리는 투구를 쓴 군사들이 쉰 목소리로 고함을 지르면서 자갈밭 위를 뛰어다녔다. 그러다 다시 활 시위를 당겼다. 화살들이 빗발치듯 쏟아져 내렸다. 더 이상 앞으로 나아갈 수 없었다. 앞서 간 이드리스 칸은 내가 처한 상황을 알아차리지 못했다. 그는 거의 야크가 서 있는 곳에 도착해 있었다. 그가 안장 위로 올라타는 것이 보였다. 나는 뒬 곁에 몸을 웅크리고 숨었다. 뒬은 더 이상 움직임이지 않았다. 그의 몸을 어깨 위로 들쳐 매려고 애쓰며 말을 걸었지만 아무런 대답이 없었다. 화살에 이미 목숨을 잃은 것이었다. 군사들이 위험할 정도로 매우 가까이 다가오고 있었다. 그들의 대열은 이미 언덕 위쪽까지 넓혀지고 있었다.

"코르넬리이스 베이!"

이드리스 칸이 갑자기 소리쳐 불렀다.

화살들이 그를 향해 날아갔다. 그는 상황을 금방 알아차리고는 내 쪽으로 야크를 돌렸지만 주위 사람들이 말렸다. 사람들이 야크의 고삐를 쥐고 놓아주지 않았기 때문에 그는 언덕 위쪽을 향해 되돌아갈 수밖에 없었다. 그들은 나무 사이로 사라졌다.

나는 일어나서 양손을 모아 입에 대고 외쳤다.

"이드리스 칸!"

"코르넬리이스 베이!"

"캉비즈에게 내 안부나 전해줘요, 이드리스 칸!"

나는 강을 향해 뛰었다. 그리고는 얼음장같이 차가운 물로 뛰어들었다. 숨이 넘어갈 것만 같았다…… 나는 물이 흐르는 반대 방향으로 헤엄쳐 갔고, 소나무로 무성한 언덕은 점점 멀어졌다. 언덕 위를 달리는 검은 그림자들이 보였고 화살 하나가 내 앞으로 물살을 가르며 떨어졌다. 조금 더 멀리 또 한 개가 떨어졌다. 활의 사정권 밖으로 벗어나 한 굽이를 지나자 성채가 시야에서 사라졌다. 나는 이 나뭇가지에서 저 나뭇가지로 몸을 의지하며 나아가다가 자갈밭을 발견했다. 강 한가운데 있는 작은 섬이었다. 다행스럽게도 어두운 밤이었다. 아마도 오늘 밤이 우리의 사형 집행일 전날 밤이 아니었을까 싶었다. 나는 자갈밭 위를 달렸다. 온통 가시덤불이었다. 무릎은 까지고, 양 볼과 손은 긁혀 수많은 생채기가 나 있었다. 나는 채찍처럼 뻗어 있는 가지들을 밀쳐낸 뒤 강 맞은편에서 다시 물속으로 들어갔다. 꽤 높은 곳에서 많은 물이 한꺼번에 세차게 밀려오고 있었기에 물살이 제법 빨랐다. 나는 그 속에서 온갖 쓰레기와 함께 휩쓸렸다. 여기저기 베인 상처는 화상을 입은 듯 쓰라렸지만 나는 여전히 살아 있었다. 이가 딱딱거리며 서로 부딪치는 소리가 더욱 두렵게 만들었다. 이대로 추위에 얼어 죽는 것일까?

새벽녘에 어떤 마을의 초입에 당도했다. 나는 일부러 눈에 띄지 않으려 밭길로 에둘러 들어갔다. 이 근방에선 가장 악명 높은 악마도 나처럼 금발 머리를 하고 있진 않을 것이고, 옅은 물색의 눈빛을 갖고 있진 않을 것이기 때문이다. 마을과 일정한 거리를 둔 채 강을 따라 계속해서 걸었다. 도중에 허수아비에게서 모자와 누더기를 빌려 입었다. 그러다 언덕 아래에 매여 있는 갈대더미를 가득 실은 보트 한 척을 발견했다. 두 사람의 뱃사공이 물에 발을 담근 채 낚시질을 하고 있었다. 살그머니 배에 올라타서 갈대 다발 아래 몸을 숨겼다. 두 낚시꾼은 준비해 온 음식으로 요기를 하고 나서 강 쪽으로 배를 밀었다. 나는 그만 잠이 들고 말았다.

잠에서 깼을 때 밤이 시작되고 있었다. 몸을 덮고 있던 갈대더미를 살짝 들어올려 밖을 살펴보았다. 강 위에는 백여 개쯤 되는 거룻배들이 떠 있었고, 도시의 반짝이는 불빛은 반쯤 내린 어둠 속에서 점점 멀어지고 있었다. 저녁 식사 시간인지 여기저기 불붙은 풍로 주변에서 왁자지껄한 소리가 들려왔다. 두 뱃사공은 어떤 거룻배 맞은편에 배를 정박시켰다. 누군가의 목소리가 두 사람을 부르자, 그들은 다른 배로 가버렸다. 캄비즈가 예전에 해준 말이 생각났다. 비취 나라의 대도시들에는 대부분 외국 상인들을 위한 구역이 따로 있고, **해뜨는 제국**의 상인들은 그곳에 지점 역할을 하는 숙박시설을 만들어놓는다고 했다. 나는 도시 가장자리에서 외국인 구역을 쉽게 찾아냈다. 구겨진 모자를 쓰고 고개를 숙이고는, 배고픔에 배를 움켜 잡고선 한동안 어두컴컴한 골목길을 아무 소득 없이 걸어 다녔다. 이 지역에서 내가 알고 있는 어떤 것과 마주치기를 간절히 바랐지만 말이다. 하지만 나는 곧 이곳이 상거래를 위한 도시가 아니라, 강을 따라 물건들이 운반되는 물의 도시라는 사실을 알았다.

둑을 따라 계속 걸어갔다. 고소한 냄새를 따라가다가 정박해 놓은 배 앞에 앉아 참깨를 씹어 먹으며 **나스튀**를 두고 있는 사람들을 발견했다. 그들은 해뜨는 제국에서 온 세 사람의 상인들이었다. 그들에게 다가서던 중 한 사람이 베르도안 억양으로 말하고 있다는 것을 알아챘다. 그들 관습대로 인사를 나누기 위해 가까이 다가가자, 그들은 대화를 멈추었다. 내 이름을 알려주었지만 그들은 잠자코만 있었다. 보잘 것 없는 차림새와 두 달 동안이나 감옥에 갇혀 빼빼 마른 몸을 하고 있던 내게 그들은 눈길조차 주지 않았다. 지푸라기라도 잡는 심정으로 캉비즈의 친구라고 말하자 그들이 곧 수군거렸고, 앞으로 다가올 십 년의 미래가 단 한순간에 결정되었다. 그들 중 한 사람이 다가오더니 내 어깨를 잡고 얼싸안았다. 이것은 환영을 의미했다. **베르도안 부족**에게서 진심으로 맺어진 이 우정은 상대방이 배신할 때에만 깨지는 것이라고 들었다.

그의 이름은 베에리였고, 나보다 네다섯 살 위로 보였다. 그는 캉비즈가 자기 아버지의 가장 친한 친구라고 했다. 다른 두 사람은 더 나이가 많아 보였는데, 계속해서 나를 뜯어보는 눈치였다. 그들도 각자 자신을 소개했고, 자신들이 속한 부족에 대해 설명해주려고 했다. 베에리는 음식을 가져오도록 시켰다. 배가 고파 죽을 지경이었다. 젓가락질 사이사이, 그들의 질문에 대답하려 애쓰면서 푸짐한 국수 한 사발을 먹어 치웠다. 졸음에 겨워 고개를 떨구곤 하자 그는 나를 방으로 안내해주었다. 잠자리로 기어들어가자마자 단숨에 잠에 빠져들었다.

다음 날 나는 우리가 처음 만났던 곳에 서 있는 그를 보았다. 그곳에서 그는 배에서 상품들을 내리는 광경을 지켜보고 있었다. 나는 그와 같은 식탁에 앉아 점심을 먹었다.

"이곳 크시냥에는 외국인이 거의 없습니다. 그리고 당신 같은 머리색을 지닌 사람은 없지요. 당신의 눈 색깔도 우리를 두렵게 만들죠. 너무 밝아요. 만일 도움 받길 원한다면 내게 진실만을 말하는 것이 좋을 겁니다."

베에리가 말했다.

나는 무모했던 여정과 캉비즈와 함께했던 카라귈까지의 좋았던 여행에 대해 이야기해주었다. 또한 위험으로 가득 찬 흰 산을 넘은 이야기와 월란 성에서 붙잡힌 일, 그리고 구사일생으로 탈출한 일까지 모두 들려주었다.

"그럼 꼭 이틀이 걸렸단 말이군요. 만약 그들이 아직도 당신을 찾고 있다면, 도시는 이미 검문을 강화했을 겁니다. 제 생각엔 당신이 죽었다고 여기는 것 같아요. 하지만 위험을 무릅쓸 필요는 없지요. 이곳 사람들은 호기심이 많습니다. 훤한 대낮에 그런 모습으로 돌아다니다간 금방 붙잡힐 거예요."

그는 나를 머리끝부터 발끝까지 훑어보았다.

"다른 옷으로 갈아입읍시다. 신분을 증명해줄 증명서도 필요합니다. 그것은 내게 맡겨주시구려, 코르넬리이스 베이. 당신이 최근에 차를 운반해온 배를 타고 이곳에 왔다고 말하겠소."

"고맙습니다, 베에리."

"당신이 내 조합원 중 한 명이라고 일러두겠소. 그렇게 하는 것이 귀찮은 질문들을 피하게 해줄 유일한 방법이지요."

　베에리는 여느 베르도안 사람들처럼 나를 자신의 집으로 데려갔다. 그리고 자신의 아름다운 아내 메이를 소개해주었다. 그들의 예쁜 아이들인 키안과 키아오, 그리고 아이들의 조부모인 동과 슈 등 모든 가족이 나를 보고서 놀란듯 눈이 동그래졌다. 나는 베에리와 키가 비슷해서 옷을 빌려입을 수 있었다. 나는 흰색 리넨으로 만든 바지와 검정색 두건, 그리고 어두운 회색 비단으로 만든 허리끈이 달린 긴 상의를 얻어 입었다. 베에리는 내게 합장을 하며 상체를 숙이는 인사법을 가르쳐주었다.

　나는 그에게 감사의 표시로 달빛 돌을 주려 했지만, 그는 완강히 거절했다. 자칫하면 그의 기분을 상하게 할 것도 같았다. 다음 날부터 그는 나를 도시의 권력자들에게 소개시키기 시작했다. 나는 '금빛 머리'라는 이름으로 외국인 상인 명부에 이름을 올렸다.

　"이 이름은 당신이 지은 건가요, 아님 그들이 붙인 건가요?"

　내가 물었다.

　"내 생각입니다. 당신을 보호하기 위해서죠."

　그는 강변을 따라 걸으며 말했다.

　"여기 사람들은 당신같이 밝은 머리카락을 지닌 사람이 불행을 몰고 온다고 믿고 있어요. 하지만 내가 붙여준 이름은 당신을 부자로 만들어줄 것이오. 어제 한 말은 빈말이 아니오. 나는 동업자가 필요해요. 나 혼자 모든 일을 다 할 수 없기 때문이오. 어젯밤에 당신이 보았던 두 상인은 잠시 스쳐 가는 사람들일 뿐이오. 그들은 여기서 이미 이득을 챙겼고, 곧 떠날 거랍니다. 나는 이곳에서 가족을 보살피고 창고 관리도 해야 하지요. 그러니 사업을 확장시키기 위해 날 도와줄 누군가가 꼭 필요하오. 당신은 여행을 좋아하니 그 일을 맡아주지 않겠소? 이곳은 매우 넓은 나라요. 매우 넓고도 아름다운 나라지요."

나는 한동안 생각에 잠겼다. 흰 산으로 향한 길은 윌란을 지나간다. 내가 받은 선고는 공식적인 기록을 남기지 않았고, 물에 빠져 죽은 것으로 처리되었을 것이다. 이제 그곳으로 돌아갈 수는 없을 것이다. 이븐 브라자딘을 만난 후, 나는 뒤를 돌아보지 않고 계속 앞으로 나아갈 생각만 해왔다. **아련한 쪽빛**은 곳곳에 보이지만, 나그네의 발 앞에서는 도망만 친다. 하지만 나그네의 취향도 장소에 따라 달라지는 것이 아니겠는가……

"당신의 제안에 어떻게 감사해야 할지 모르겠군요, 베에리……"

"받아들이는 겁니까?"

"네. 받아들이겠습니다."

베에리는 상인 숙소를 구경시켜주었다. 중심부에 있는 건물의 정면은 둑 바로 앞쪽에서 바라다 보였다. 뒤편으로는 널찍한 마당이 펼쳐져 있었고 바닥에는 벽돌들이 불규칙하게 깔려 있었다. 기둥을 따라 양쪽으로는 마구간과 작업실, 그리고 객실이 배치되어 있었다. 그곳에서 상인들은 하인들과 함께 머무를 수 있었고, 뱃사공들은 상품을 싣고 강의 상류와 하류를 오가며 상품을 실어 나르며 돈벌이도 할 수 있었다. 베에리는 도자기와 청차를 배로 열흘 정도 걸리는 해안가 항구까지 가져가 파는 일을 하고 있었다. 그는 화약도 사들였는데, 발화될 가능성이 매우 높은 이 위험한 가루는 도시 외곽의 강 하류에 있는 작은 섬에 따로 창고를 지어 보관하고 있었다.

"나는 이 화약으로 많은 돈을 벌었소."

그가 내게 말했다.

"여기선 잔치 때마다 화약을 터뜨려 불꽃놀이를 합니다. 처음엔 놀랄 수도 있지만 곧 익숙해질 거예요."

그는 내게 그의 고객과 상품 공급자들의 인장을 하나하나 구분하는 법을 가르쳐주었고, 상품의 품질을 검사하는 법도 자세하게 알려주었다.

아이들의 할아버지 동은 나에게 주판으로 계산하는 법을 가르쳐주었고, 여러 글자를 조합하여 한 글자를 만들어내는 신비로운 문자를 읽는 법을 끈기 있게 가르쳐주었다.

"금빛 머리, 당신은 주판은 매우 잘 다루지만, 글자에 대해서는 마치 늪에 빠진 오리가 헤매듯이 쩔쩔매며 어쩔 줄을 모르는구려."

대여섯 달이 지나자 나는 베에리를 대신할 수 있을 정도가 되었다. 나는 그가 장사 말고도 지도에 관심을 갖고 있다는 사실을 알게 되었다. 그는 엄청난 돈을 주고 사들인 비취 나라와 주변 지역의 지도들을 가지고 있었다. 그는 나에게만 그 지도들을 보여주었는데, 사실 나 이외에 누구도 지도에 대해 흥미를 느끼진 못했을 것이다. 다른 사람들의 눈에 지도 위에 그려진 표식들은 하늘 위에서 움직이는 구름보다 더 모호하게 보였다. 나와 이야기하면서 베에리의 손가락은 지도 위 이곳 저곳을 가리켰고, 강물 위를 혹은 도시 위를 날아다녔다.

"이 골짜기에서 청차를 재배합니다. 셀레나이트 광산이 있는 곳의 주민들은 벼랑에 굴을 파고 생활하지요. 이곳은 비취 나라의 황제가 여름 야영을 하는 산입니다. 여기는 **데굴데굴 구르는 스님들**의 사원이 있는 곳입니다. 화약도 이 지역에서 생산되지요. 도자기를 만드는 흙은 서쪽 계곡에서 나오고 비단실을 뽑는 최상의 뽕나무는 남쪽 산악 지대에서 자란답니다."

"그럼… **구름천**은요?"

그는 질겁하며 뒤로 물러났다.

"목소리를 낮추세요, 금빛 머리. 여기에서도 그 단어를 말하는 건 매우 위험해요. **'말해선 안 되는 것'**을 소유하는 자는 오직 황제뿐이죠."

"'말해선 안 되는 것'이라고요? 무엇을 말하는 겁니까?"

"그 천 말입니다. 사람들의 말에 따르면 그 천은 상자 안에 봉해진 채 검은 천에 둘러싸여 밤에만 운반된다고 합니다. 그것을 나르는 배는 반드시 밤 시간에만 이동한다고 들었소."

"설마요! 왜 그렇게까지 조심하는 겁니까?"

"구름천은 밤하늘의 색깔인 인디고 블루 빛깔을 띨때 운반해야 한다고 여겨지고 있소. 그것은 아주 먼 나라, 세상의 반대편에서 오기 때문이오."

"오르배 섬!"

"전혀 들어본 적 없는 곳인데… 내 생각엔 비단 중에서도 특별한 것이 아닐까 하오. 만약 그런 것이 있다면 여기 비취 나라에서도 만들 수 있을 텐데 말이오."

"당신은 구름천을 본 적이 없나요?"

"당연히 못 보았소. 어떻게 그걸……"

나는 목에 걸고 있는 가죽 주머니에서 구름천 스카프를 꺼냈다. 그도 내 친구들처럼 탄성을 질렀다. 의구심과 경탄을 동시에 드러내는 탄성이었다.

"바로 이것 때문에 여기까지 흘러오게 된 겁니다, 베에리. 이것 때문에 소금 바다 속에서, 살인 나무 아래서 내 생명을 위험 속으로 몰아넣었고, 바로 이것 때문에 추위와 감옥을 무릅쓰고 흰 산을 넘어왔죠. 이 구름천이 어디로부터 오는 것인지 알아내기 위해서요. 난 황제가 아니지만 이것을 갖고 있습니다. 보이시죠?"

"나는 당신을 도울 수 없을 것 같소, 금빛 머리. 이곳에선 어떤 사람도 수도首都의 궁전까지 '말해선 안 되는 것'을 운반하는 **하늘 호송대**의 일원이 될 자격을 갖고 있지 않소. 그 호송대는 운반이 끝나면 쥐도 새도 모르게 사라져버리죠. 황제는 매년 그 일을 위해 어린 소년들을 차출한답니다."

"하늘 호송대란 꽤 대규모이겠군요."

"꽤 크다고 들었소. 식량의 양이나 교대를 위해 징집된 마흔 마리의 말들만 봐도 그러하오. 지나가는 길에 있는 모든 것들이 미리 꾸며진 것이라고 하오. 중간 역참으로 지정된 백여덟 곳의 사원들은 모두 데굴데굴 구르는 스님 종파에 속해 있죠. 하지만 어떤 사원도 그 여정의 순서를 정확히 알지 못한다고 합니다. 매일 밤 바뀌니까 말이죠. 단지 사원들은 언제나 준비된 상태여야 합니다."

"그들이 지나는 것을 사람들이 알 수는 있겠죠? 설마 그 많은 사람들이 아무도 모르게 지나갈 수는 없지 않나요? 밤에는 햇불도 밝혀야 할 테고 등불도 있어야 하는데 말이죠."

"그렇지 않소. 여행 하는 동안 내내 그들은 어떤 불도 밝히지 않는다고 합니다. 귀신이 아니고서야 그들이 지나가는 것을 볼 수 없지요. 그들은 야간용 지도를 사용하고, 달빛 돌로 빛을 내면서 소리 없이 걸어간다오. 말발굽에는 늑대 가죽을 씌우고 말 없이 손짓 발짓만으로 의사소통을 합니다. 마치 주변을 살피는 올빼미 같다고나 할까요? 그들이 지나가는 길에 있는 모든 살아 있는 것들은 사람이든 동물이든 즉시 사라집니다. 당신이 내게 보여준 것에 대해서 다시는 말하지 마시오, 금빛 머리. 당신은 사형에 처해질 것이고, 당신을 받아들인 나와 우리 가족 모두도 함께 벌을 받게 될 거요. 내 하인들과 고객들까지도… 모두 다 똑같은 처지가 될 거요."

"왜 그렇게 비밀스럽게 대하는 겁니까?"

"정말 모른단 말이오? 매일 아침 동트기 바로 직전에 은혜궁恩惠宮의 젊은 궁녀 두 명이 황제의 침실로 온다고 합니다. 하늘의 아들인 황제는 아직 자고 있고, 두 궁녀는 세 개의 커튼을 걷어 올리죠. 하나는 휴식의 눈꺼풀, 다른 하나는 꿈의 눈꺼풀, 또 하나는 망각의 눈꺼풀이라고 불리는 커튼들이죠. 처녀들은 창문을 크게 열어젖히고 '말해선 안 되는 것'으로 만든 깃발을 펼치죠. 그

때까지 밤 하늘 빛으로 물들어 있는 천 위에는 일 년을 상징하는 동물들이 수놓아져 있습니다. 호랑이, 용, 소, 원숭이…… 그 깃발은 황제의 얼굴과 떠오르는 해 사이에 놓여, 새벽빛을 천에 잡아두게 되죠. 황제의 잠자리 오른쪽에는 꿀 한 방울이 담긴 하얀 대리석 잔이, 왼쪽에는 이슬 한 방울이 담긴 비취 잔을 놓아둔답니다. 그런 다음 두 처녀는 깃발을 말아 상자 속에 넣어, 연월일을 표기한 다음 봉인하여 **밤의 대신**에게 보냅니다. 그리고 밤의 대신은 그것을 **일만 개의 변화무쌍한 하늘 궁전**으로 보내죠."

"매일 그 일을 한다고요?"

"매일 한답니다. 그것은 정신적인 기록으로서 '아침의 총명함'을 연장해두기 위함이죠."

"그렇다면 왜 그렇게 '하늘의 빛'을 보관해놓으려는 건가요?"

"황제는 어떤 결정을 내리는 문서를 작성할 때마다 그날 아침 잠에서 깨어날 때의 기분을 새겨놓은 인장을 찍습니다. 만약 문서를 해석하는 데 문제가 생길 경우 그 인장이 만들어졌던 순간으로 거슬러 가봐야 합니다. 상자의 봉인을 부수고, '말해선 안 되는 것'을 꺼내 본답니다. 그러면 그날 아침의 하늘이 맑아서 황제의 기분이 온화했는지, 아니면 반대로 하늘에 먹구름 끼어 기분이 나빴는지를 알 수 있습니다."

"황제의 변덕은 아무도 당할 수가 없나요?

"만약 그렇게 생각한다면, 그건 당신의 사고방식일 테지요. 여기에선 아무도 천자天子의 기분에 대해 왈가왈부하지 않아요. 황제가 산에서 여름을 보낼 때, 비는 그의 휴가를 방해해서는 안 됩니다. 황제의 야영지를 선택하기 위해 어느 장소에 햇빛이 내리쬘 것인지를 미리 알아보는 **기상예보관**이란 관직이 따로 있습니다. 그들은 대신보다 더 존경받지만, 예보를 조금이라도 잘못했다간 머리 위로 불호령이 떨어집니다."

"그렇군요. 황제는 하늘이 자신을 통해 통치한다는 것을 보여주려는 거군요. 베에리, 우리끼리 하는 말인데……(내 의도와는 달리 목소리가 본능적으로 작아졌다.) 나는 그것을 믿지 않습니다. 그런 모든 것은 황제의 권력을 신이 부여한 것처럼 보이게 하는 데 쓰일 뿐이지요. 보통 사람은 가질 수 없는 능력 말입니다. 황제는 나나 당신과 똑같은 인간일 뿐, 그 이상도 그 이하도 아니지요."

"당신의 생각은 당신 혼자 생각하는 것으로 끝내는 게 좋겠소, 금빛 머리. 이곳에서 우리는 황제의 법에 따라 살고 있소. 그가 인간이든 신이든 그리 중요치 않다오. 당신과 나의 안전을 위해서라도 그런 생각은 접어버리라고 말하고 싶소."

그 후 몇 달 동안 베에리는 자신이 직접 하기 어려운 일들을 조금씩 맡기기 시작했다. 상인 숙소는 번창했고, 베에리의 공급망은 온 나라 구석구석까지 가지처럼 뻗어 나갔다. 후미진 시골 구석까지 그를 따라다니는 게 즐거웠다. 나의 밝은 색 머리카락은 사람에게 거부감을 불러일으켰지만, 곧 장점이 되었다. 노련한 협상가인 베에리의 명성은 그의 대리인인 나에 의해 더욱 확고해졌다. 왜냐하면 그 '금빛 머리'는 언제나 현금으로 물품 가격을 지불해주었기 때문이다. 그는 내게 지나온 경로와 주변 지역에 대해 되도록 자주 소식을 전하도록 요구했다. 그는 그 지역을 완벽히 알지 않고서는 사업을 키우기 어렵다고 자주 이야기했다. 나는 어찌 생각하면 불법일지도 모를 작업에 열중하고 있었는데, 그것은 바로 구름천을 운반하는 하늘 호송대의 역참으로 이용되는 사원들의 위치를 파악하고 목록을 작성하는 것이었다.

그로부터 대략 일 년이 지난 후, 지 후라는 이름의 젊은 관리 한 명이 상인 숙소로 왔다. 그는 대단한 수완가로서 거의 모든 도시와 시골의 방언을 다 말할 줄 알았다. 그런 장점의 당연한 결과일지는 모르겠지만, 그에게는 두 가지 결점이 있었다. 바로 수다스럽다는 점과 지칠 줄 모르는 식욕이었다. 그는 어떤 숙소에서든지 주방장은 물론 주인과 안주인, 하인들과 금세 친한 사이가 되었고, 모든 손님들과도 살갑게 지냈다. 그러면서 캐러멜 맛이 나는 곰 발바닥 요리와 메뚜기 튀김, 꿀에 절인 후추, 응유凝乳*에 담근 살라만다 단자**, 다진 박쥐 고기 등을 내게 맛보게 했다. 한마디로 그는 먹지 못하는 것이 없었고, 자나 깨나 쉴 새 없이 먹어대는 사람이었다. 그러면서도 부지깽이처럼 빼빼 마른 몸을 유지하고 있는 것이 신기했다.

차 밭이든, 가파른 오솔길이든, 밝은 대나무 숲과 붉은 소나무 숲이든, 긴 논두렁이든 어디를 걷고 있든지 그는 쉬지 않고 말을 이어갔다. 먹은 것에 대해, 그리고 앞으로 먹을 것에 대해, 또한 먹었야만 했던 것에 대해 계속해서 이야기했다. 그래서 가끔씩 나는 "지 후, 이제 그만 좀 해요!"라며 불같이 화를 내는 때가 있었다. 그러면 그는 곧 뾰로통해졌다. 그러나 나비 한 마리

---

* 우유, 탈지유를 발효시켜 굳힌 것.
**도롱뇽 고기로 만든 완자.

가 날아가면 그는 다시 나비에 대해 이야기했고 나비들이 꿀을 빨고 있는 꽃에 대해 이야기했다. 그는 나비만큼이나 꽃을 좋아했고 특히 애호박꽃을 좋아했다.

"에론 여관의 여주인 린도 애호박꽃을 좋아했었지. 거기 음식이 참 맛있는데 그걸 먹었던 때가 언제였더라?"

한숨이 나왔다. 우리는 쉬기 위해 멈췄다. 그가 차를 끓이는 사이, 나는 베에리를 위해 그 지역의 대략적인 모습을 지도에 그려 넣었다. 지 후는 청차를 한 모금 마시고는 혀로 소리를 냈다.

"음, 맛있어… 금빛 머리, 당신은 차 수확에도 이른 수확과 늦은 수확이 있다는 것을 알고 있나요? 어떤 사람들은 처음 수확한 것에서 최상품을 얻고, 또 다른 사람들은 두 번째 수확한 것이 좋다고들 합니다. 그러나 중요한 것은 수확한 연도예요. 그 해에 비가 적당히 내렸는지, 바람은 많이 불지 않았는지, 일조량은 좋았는지, 세 번째 달은 떠올랐는지, 이런 조건들 말이에요. 은바늘 차에 대해 알고 있나요? 모른다고요? 당신도 그 차를 좋아하게 될 거예요, 금빛 머리. 찻잎이 서서히 퍼지면서 마치 연못의 물고기가 수면 위로 고개를 내밀듯 수직으로 떠오르지요. 찻잔 속에서 수증기를 헤치며 수영하는 것처럼 보인답니다."

"거기까지만, 지 후! 지금 지도 그리고 있는 거 안 보여요?"

그는 턱을 긁으며 쭈그리고 앉았다.

"그럼, 눈꽃차는 마셔보았나요? 뜨거운 물에서 빙글빙글 돌면서 이를 시큰거리게 만드는 얼음꽃 말입니다. 못 마셔봤다고요? 믿을 수 없어요! 그럼 불타는 숯차는요? 명상에 빠진 은둔자들과 만사 무사태평인 사람도 즉시 화를 내게 만든다는 용의 피는요? 야생 생강에 절인 후추술보다 더 독하답니다. 죽은 사람도 벌떡 일어날 정도니까!"

"그만, 지 후, 날 좀 불쌍히 여겨주길… 이제 그만해요!"

그는 한 손을 들어 올려 못마땅한 기색으로 몸을 돌려 풍경을 감상하는 척하다가, 갑자기 생각난 듯 다시 말하기 시작했다.

"그리고, 음… 회색 숲에서 나는 흑차黑茶는 사람을 차분하게 만든답니다. 너무 차분하게 해서 아예 절망에 빠뜨리기도 하지요. 그것은 십이 년마다 한 번 수확할 수 있는데, 외로운 물소의 해에 비오는 가을날에만 딸 수 있답니다. 혹시 마셔본 적 있나요?"

나는 폭발하고야 말았다.

"없어요!"

"없다고요? 정말이요?"

"귀찮게 하지 말아요, 지 후. 일하고 있는 거 안 보이나요?"

"아, 정말 안됐군요. 흑차 한 모금만 있으면 성마른 자들과 투덜대는 자들을 안정시킬 수 있을 텐데 말이죠……"

한숨이 흘러나왔다. 지 후는 분명 살아 있는 백과사전이다.

게다가 천성까지 밝아서 언제나 웃는 얼굴을 하고 있고, 용감하기까지 하다. 그는 깊은 구렁 위에 걸쳐진 구름다리를 가볍게 넘고, 호랑이 울음소리가 들리는 숲 속에서 마치 나무둥치처럼 잠을 잘 수 있었다. 한번은 곰 같은 강도 두 명이 앞길을 막아선 적이 있었다. 그들의 몽둥이가 공중에서 춤을 추고 있나 싶었는데, 무슨 일이 있어났는지 알아차릴 틈도 없이 바닥에 납작하게 널부러진 두 사람을 볼 수 있었다. 지 후가 자신의 솜씨를 발휘한 것이었다. 어떻게 지 후가 그들을 제압했는지 자세히 살펴볼 틈도 없었다. 하나는 숨을 헐떡이며 제 팔을 부여잡고 있었고, 다른 하나는 다리를 끌며 몸을 떨고 있었다. 지 후는 몸집이 큰 사람 쪽으로 가까이 다가가 주머니를 뒤졌다. 그 속에서 사과를 한 알 찾아내고는 크게 한입 베어 물었다. 그리고는 여전히 겁에 질려 눈을 이리저리 굴리고 있는 강도의 뚱뚱한 배 위에 털썩 눌러앉았다.

그렇게 우리는 무언가 먹으면서, 이야기하면서, 걸으면서 몇 달 동안 도로와 좁은 오솔길, 강과 운하를 지나갔다. 우리 뒤로는 짐꾼들이 등을 구부리고 우리 물건들을 운반하느라 애쓰고 있었다. 도착했을 때 베에리는 자신의 숙소 입구에서 나를 맞이했다. 양식 진주 귀고리는 메이에게, 귀염을 떨며 지 후 주위를 뛰어다니는 키안과 키아오를 위해서는 인형과 메뚜기 사육 상자를, 동과 슈를 위해서는 용을 수놓은 옷을 선물했다. 이웃 사람들과 주변 상인들, 하인들과 점원들까지 모두 와서 우리가 돌아온 것을 반겨주었다.

베에리는 나를 말할 수 없이 친절하게 대해주었고, 충분한 목욕과 휴식으로 피로가 모두 씻겨나갈 때를 기다렸다가 따로 나를 불렀다. 그는 물품 수송과 회계 현황에 대해 듣고 싶어 했다.

어느 날 그가 말했다.

"금빛 머리, 이곳의 모든 사람들은 당신을 존경하오. 그중에서도 내가 가장 그러할 거요. 당신은 내게 친구 이상이오. 처음 만났을 때부터 그랬다오. 내 딸들은 점점 커가고, 장인 장모는 점점 늙어갑니다. 세월은 흐르는 물과 같은데… 당신도 배우자를 얻는 게 어떻겠소?"

"친애하는 베에리, 나도 그런 생각을 해보긴 했습니다."

"대상 숙소가 지금처럼 잘 관리되었던 적은 없었소. 앞으로 일 년 이상 쓸 생활비가 모였다오. 만약 당신이 메이의 동생 위아와 결혼한다면 우리는 진짜 형제가 될 거요."

"기분 나쁘게 여기지는 마십시오. 저는 아직까지 여행과 앞으로 만나게 될 경이로운 일들에 대해 싫증이 나지 않았습니다. 물론 위아는 멀리서 보더라도 강가에 핀 꽃 가운데 가장 매혹적인 꽃과 같습니다. 그녀가 제게 너무 과분한 것은 아닌지…… 저는 이 문제에 대해 좀 특별한 점성술가에게 물어본 적이 있습니다.(사실 난 지 후가 메이의 아름다운 여동생 위아를 향한 비밀스런 열정을 간직하고 있음을 알고 있었다. 그는 하루에도 열 번씩 귀에 못이 박히게 그녀에 대해 말하곤 했다.) 우리가 미래에 대해 의논하던 차였으니, 결혼 말고 다른 주제에 대해 이야기했으면 합니다. **달빛 돌**에 대해 생각해보는 것은 어떨까요? 제가 갖고 있는 달빛 돌 세 개가 여기 온 이후 세 배나 값이 뛴 것으로 알고 있습니다. 지금은 더 귀해져서 공급이 딸리는 실정인데……"

"그 거래는 달빛 돌 중개인들이 맡고 있소, 금빛 머리. 나도 그것에 관해서는 아는 바가 없다오. 지금 우리 사업은 아주 잘되고 있는데 더 무얼 바라겠소? 일부러 긁어 부스럼을 만들 필요는 없는 것 아니겠소?"

"알고 있습니다. 신중함과 명민함을 잊어선 안 되겠지요. 사실 저는 전매인이 되고 싶은 생각은 없습니다. 대신 그 돌의 원천을 찾으러 가야겠다는 것이 제 생각입니다."

"당신 미쳤소?"

"사실 모든 거래에서 내게 흥미를 이끌어내는 것은 바로 기원을 찾아가는 것입니다. 물이 흘러나오는 원천을 찾아 가장 멀리 강물을 거슬러 올라가는 것 말입니다. 만약 고래기름을 팔아야 한다면, 고래작살을 던지러 갈 것입니다. 달빛 돌 광산은 대부분 북쪽 국경 지대 뒤편에 있는 **동굴 나라**에 있다고 합니다. 제 말은 흔히 볼 수 있는 그런 보통 달빛 돌을 구하러 가겠다는 게 아닙니다. 가장 아름답고, 가장 섬세한 안료로 쓰일 법한 돌을 찾아내고 싶다는 말이지요."

"**하늘의 가루** 말이군요!"

"그렇습니다. 지 후가 함께 갈 수 있겠죠. 하지만 그곳에 초라한 모습으로 갈 수는 없습니다. 자금을 조금 더 줄 수는 없겠습니까? 당신과 당신 가족에게는 어떠한 위험도 없을 것이라고 보장하겠습니다."

"그 하늘의 가루가 무엇에 쓰인다고 생각합니까?"

"그것으로 **하늘 잉크**를 만들 수 있습니다. 지 후가 만드는 법을 가르쳐주었지요. 순정한 달빛 돌 일 온스를 잘 빻아서 박쥐 골수와 부엉이 알의 흰자와 배합한 재스민유 칠 온스와 섞으면 됩니다. 그것을 달빛에 일 년 동안 노출 시킨 후, 사향고양이 젖 십이 온스를 섞습니다. 그것을 여과한 다음 비취 병에 담아 검은 칠을 한 상자에 보관하면 됩니다."

"그것을 어디에 쓰는지는 알고 있겠지요?"

"비밀 호송대가 지도 위에 여정을 표시하는 데 사용하지요. 그것은 밤에만 볼 수 있습니다. "

"내가 당신의 말을 제대로 알아들었다면, 당신이 황제의 궁전에 물건을 공급하는 상인이 될 수 있으리라 생각하는 거요?"

"네, 비슷합니다."

"그렇다면, **'말해선 안 되는 것'**과는 상관이 없는 거요?"

"나는 구름천이 어디로부터 왔는지 알아내기 위해 수없이 노력해왔습니다. 그것은 내 눈앞에서 끝없이 왔다 갔다 하고 있습니다. 사실 지금으로선 그것을 운반해 오는 수송단만이 그 기원으로 나를 데려다줄 수 있을 것 같습니다. 이미 당신에게 말했듯이, 나는 언제나 사물의 기원을 찾아 거슬러 올라가야지만 직성이 풀리는 성격입니다."

"금빛 머리, 당신처럼 고집 센 사람은 처음 보오."

"그럼, 조금 더 투자하는 것에 동의하십니까?"

그는 나의 팔을 붙잡았다.

"단지 당신이 걱정될 뿐이오…… 그리고 다시 길을 떠나기 전에 지 후를 기다리는 것이 좋겠소."

종종 지 후는 아무 설명 없이 훌쩍 떠날 때가 있었다. 한 달 또는 두 달이 걸리기도 했고, 돌아왔을 때는 믿기 어려울 정도로 굉장한 이야기 보따리를 한아름 안고 오곤 했다.

동굴 나라에 도착한 것은 오월의 어느 화창한 날이었다. 그곳은 고원지대에 자리한 깎아지른 듯 수직으로 움푹 패인 골짜기에 위치하고 있었다. 깊숙한 계곡 쪽으로 들어가려면 사람의 등을 타고, 아니 정확히는 어깨 위에 걸터앉아 가야만 했는데 그건 매우 신경을 곤두서게 만들었다. 우선 그 높이 때문에 현기증이 났고, 짐꾼이 발을 뻗어 낭떠러지 이쪽 끝에서 저쪽 끝으로 건너갈 때면 언제 끊어질지 모르는 다리를 건너가는 듯한 위태로움을 느꼈다. 이 지방을 지나려면 단지 무모함만으로는 모자란다. 인내심 또한 항상 지녀야 할 미덕이다. 나는 줄줄이 나오는 검문소에 보여줘야 할 공식 서류 다발을 갖고 있었다. 검문소를 지키는 사람들의 창백한 얼굴은 완고해 보였다. 그들은 서류 위에 커다란 나무로 만든 열린 문이 새겨진 붉은색 도장을 찍었다. 그리고 나중에 돌아오는 길에 닫힌 문이 새겨진 도장을 찍으려면 돈

동굴 나라 풍경

을 더 지불해야 한다는 것을 내게 이해시키려고 애썼다. 들어갈 때 내는 세금이 터무니없이 비쌌으므로, 나올 때는 어느 정도 줄었으면 하고 바랐다.

불굴의 참새 여관에 도착했을 때, 피곤해서 곧바로 쓰러질 지경이었다. 여관의 발코니는 별장처럼 멋들어지게 지어져 있었지만 그곳에 서서 해가 지는 것을 바라보고 싶은 생각은 별로 들지 않았다. 나무로 만든 발코니는 땅에서 백오십 미터도 넘게 떨어진 공중에 튀어나와 있었고, 벌레 먹은 흔적까지 나 있었다. 한밤중에 지 후가 찾아왔다. 그는 십여 일 전부터 내게 정보를 주기 위해 행상인 척하면서 이 지역을 조사하고 있었다.

"나는 이곳이 싫습니다, 금빛 머리. 정말 싫어요. 여기 사람들은 이상한 억양으로 말을 합니다. 마치 지하에 사는 짐승들 같아요. 그들의 모호한 언어만큼 주거지도 어둡기 그지없습니다. 그들의 생각은 물뱀의 꿈보다도 더 음흉하답니다. 여기에서 얻을 만한 것은 아무것도 없어요. 믿을 만한 사람도 아무도 없고요. 빛은 그들을 두렵게 만들고 밝음은 그들의 눈을 부시게 만듭니다. 태양은 그들을 소심하게 만들고요. 그리고 가장 나쁜 점은, 바로 음식을 제대로 먹지 않는다는 사실입니다."

"뭐라도 좀 드세요, 지 후. 내 벗이여."

나는 그에게 아몬드 세 개가 붙어 있는 커다란 막대 누가* 하나를 내밀었다. 우리가 만날 때를 대비하여 챙겨두었던 것이다.

"우리가 찾는 광산이 어디쯤인지 알 수 있겠소?"

"여기에선 모두가 알고 있어요. 하지만 그곳에 가는 것은 또 다른 문제입니다. 거기 가기 위해선 오만 가지 허가를 얻어야 하지요!"

"누가를 더 먹겠어요, 지 후?"

"어쨌든, 아무 소용없습니다. 동굴에 들어가는 것은 금지되어 있어요. 값나가는 보석류는 전부 황제만을 위한 것으로 규제되고 있습니다. 아무나 그것을 가져갈 수는 없어요."

"내일 내가 시장에서 물건 사는 사람 행세를 하고 나가보겠어요. 당신은 계속 정보를 캐보도록 하세요."

"또 거지꼴로 나가라는 건가요?"

"다 그만한 보상이 있을 거예요, 나의 벗, 지 후!"

나는 가장 좋은 옷을 차려입고 보석 시장으로 갔다. 긴 코에 금빛 머리칼을 지닌 사람이 자기 나라 말을 하는 것을 보기란 흔한 일이 아니다. 나는 약간의 돈을 주고 **달빛 돌**을 샀고 규칙적으로 들락거리며 더 까다롭게 물건을 골라 더 많은 돈을 지불했다. 에메랄드, 자수정, 백옥…… 의도한 대로 나에 대한 소문을

---

* nougat. 설탕, 꿀, 그 밖에 감미료와 호두, 아몬드 같은 견과를 배합해 굳힌 과자.

만들어갈 수 있었다. 달빛 돌 애호가에서 심미안을 지닌 사람으로, 갖고자 하는 물건이 있으면 결코 포기하지 않는 사람으로 소문은 퍼져나갔다. 귀족들은 나를 초대했다. 바위를 파서 만든 그들의 궁전은 밖에서 봤을 때는 내부를 상상할 수 없을 정도로 대단히 호화스러웠다. 나는 융숭한 대접을 받았지만, 지 후의 말이 맞았다. 동굴 나라 사람들의 생각은 종잡을 수가 없었고, 그들의 행동도 이해할 수 없는 것이 많았다. 피해야 할 말이나 몸짓, 예절상의 규칙과 환영 의례 등을 익혔지만 아무 소용이 없었다. 그 규칙이란 게 완전히 바뀌곤 했기 때문이다. 나는 그곳의 지도를 만들고 싶었지만, 미로 같은 회랑들과 사방으로 뻗은 분선分線들을 다 그리는 데는 평생이 걸려도 모자랄 것이란 걸 깨달았다. 가진 돈은 점점 바닥을 보였고, 교환할 만한 물건들은 아직 너무 멀리 있었다.

어느 날 밤, 흥분한 지 후가 내게 와서 말했다.

"금빛 머리, 내가 찾아낸 것 같습니다!"

"오리 간을 넣어 만든 브리오슈*가 아직 따뜻해요……"

"내 말을 못 믿을 거예요."

그는 손가락을 핥아가며 빵을 한입 두입 급하게 삼키면서 말

---

* brioche. 밀가루, 버터, 달걀, 이스트, 설탕 등으로 만든 달콤한 빵이다. 다른 빵에 비하여 버터와 달걀이 많이 들어가 맛이 고소하고 씹는 느낌이 매우 부드럽다.

했다.

"천천히 드세요. 지 후. 뭐라 말하는지 하나도 못 알아듣겠어요."

"우리한테 필요한 사람을 만났다고요. 이걸 좀 보세요!"

그는 주머니에서 돌 하나를 꺼냈다. 나는 그것을 엄지와 집게 손가락으로 들고 보았다. 거의 투명하게 보이는 대리석처럼 하얀 돌이 마치 구름을 막 벗어난 달처럼 약간은 어두운 빛을 발하고 있었다.

"이렇게 신비로운 돌을 어디에서 찾았나요?"

"내가 찾아낸 것이 아닙니다. 당신에게 누굴 좀 소개해도 될까요?"

나는 대답 대신 눈을 크게 떠 보였다. 지 후는 문을 열기 위해 몸을 일으켰다. 아이처럼 작고 가냘픈 실루엣을 한 사람이 한 명 걸어 들어왔다.

"이쪽은 위에랍니다."

지후가 누더기를 입은 어린 소녀를 소개했다. 화를 감출 수 없었다. 동굴 나라 사람들 사이에서 신분은 매우 엄격하게 구분되어 있어서 누더기를 입은 천한 신분의 사람을 숙소로 들일 수 없었고, 특히 외국인을 위한 숙소에는 관청의 철퇴를 맞을 각오를 하지 않는 한 그런 일은 좀체 일어나지 않았다.

소녀는 앞쪽으로 걸어나와 무릎을 꿇고 무릎 위에 손을 올려놓았다. 그리고는 꽤 오랜 시간 동안 그 상태로 가만히 앉아 있었다. 석고상처럼 멈춰 선 소녀는 내 뒤쪽 먼 곳을 보고 있는 것 같았다. 물기 어린 회색빛 눈은 마치 빛을 잃은 것처럼 보였다.

"위에는 앞을 보지 못해요. 그녀는 달빛 돌을 잠에서 깨우는 '최고의 **깨우는 자**' 위에-쉬의 손녀지요."

"'깨우는 자?' 지 후, 그게 뭐죠? 나를 놀리는 건가요?"

소녀가 이상한 목소리로 말하기 시작했다.

"가장 아름다운 돌들은 동굴 깊은 곳에서 그것들이 내는 소리를 통해 찾을 수 있어요. 물론 보름달이 떴을 때 내는 빛으로 발견할 수도 있지만, 달빛을 받기 힘든 깊은 동굴 속에 있는 것들은 잠을 깨우는 노랫소리에만 모습을 드러냅니다."

"위에는 그 노래를 부를 줄 아는 사람입니다. 아무도 그녀 같은 목소리를 낼 수 없죠."

지 후가 덧붙였다.

"그녀의 능력이 그렇게나 뛰어나다면, 왜 이런 누더기를 입고 있는 거죠?"

"저는 고귀한 가문 출신이에요."

위에는 성난 듯 대꾸했다.

"우리 가문은 이 나라에서 돌을 깨우는 가문 중 가장 오래된 가문이었답니다. 제 할머니인 위에-쉬는 노래로 대제례大祭禮를 이끌었죠."

"네가 입은 차림새로는 그 말이 믿기지 않는구나."

나는 조금 부드러워진 어조로 말했다.

"지금은 제가 천민이기 때문이랍니다."

"이해할 수가 없구나. 좋은 가문 출신이라는 거냐, 아님 천민이라는 거냐? 두 가지 모두일 수는 없지 않느냐? 천민은 가장 밑바닥 신분인 걸로 알고 있다. 가장 비루하고 가장 멸시받는……"

위에는 흔들림 없는 목소리로 계속해서 말을 이어갔다.

"대제례에서 돌을 깨우기 위해 제 할머니 위에-쉬가 노래를 하고 있던 어느 날 밤, 갑자기 일어난 지진으로 제례를 올리던 사원이 무너졌고, 그 사원이 있던 골짜기도 대부분 무너져버렸지요. 그곳에 있던 모든 사제들이 파묻혀 죽었죠. 제 할머니는 극적으로 살아남았지만 그 때문에 사람들은 그녀를 용서할 수 없었습니다. 우리 집안은 모든 재산을 몰수당했고, 신분이 추락한 할머니는 노래를 금지당했죠. 우리 집안은 신분마저 강등되었답니다."

"하지만 위에-쉬는 자신의 기예技藝를 위에에게 전수했지요. 위에가 우리를 안내할 수 있습니다. 벼랑 안쪽의 숨은 구석구석까지 모두 알고 있어요."

그녀를 대신해 지 후가 말을 이었다.

나는 조바심이 나는 것을 숨길 수가 없었다. 지 후가 전해주는 정보는 언제나 놀랍긴 하지만, 쉽게 써먹기에는 어려웠다. 예를 들어 서서 잠이 들었던 이야기라든지… 신기한 이야기를 듣고 다니는 것을 좋아하는 그의 취향을 반드시 고려하면서 들어야만 했다. 이것도 그런 이야기들 중 하나가 아닐까?

"왜 그녀가 우리를 도우려는 거죠? 그렇게 잘 알고 있다면 다른 사람들에게 돈을 받고 정보를 팔 수도 있을 텐데…"

위에는 아무런 말도 없이 손바닥을 펼쳐 보였다. 나는 궤짝 위에 걸터앉았다. 내 의지와는 달리 그녀가 부르는 노래는 시간의 흐름을 잊고 깊은 몽상 속으로 빠져들게 만들었다. 그녀의 노래는 내 살갗 위를 마치 물결처럼 스치고 지나갔고, 맑은 샘물이 눈꺼풀 위를 흐르는 듯했다. 밤을 살 수 있을까? 별은? 돈으로 은총의 순간을 살 수 있을까? 얼마 뒤, 위에의 손이 희미하게 빛나는 돌을 덮자 나는 우리를 감싸고 있던 침묵으로부터 의식을 되찾았다.

지 후가 우물거리듯 말했다.

"그래, 어떤가요?"

나는 아무런 대답도 없이 위에에게 다가갔다.

"내게 원하는 것이 정확히 무엇이냐?"

"제가 떠날 수 있도록 도와주세요. 제가 원하는 건 여기에서 떠나는 것, 그것뿐이에요. 저는 앞을 보지 못하는 천민이에요."

"그래, 너를 데리고 떠나지."

그녀는 잠시 머뭇거리더니 내 쪽으로 한 걸음 내딛었다.

"지 후는 제게 당신 머리칼이 금빛이라고 했어요. 제가 한번 만져봐도 될까요?"

나는 고개를 숙였다. 그녀가 내 머리카락 속에 손가락을 넣어 쓸어내렸다.

"금빛 머리여, 당신은 정확히 무엇을 찾고 있나요? 당신 나라에서 이렇게나 멀리 떨어진 곳에서……"

"푸른 산."

슬픔의 그림자가 그녀의 얼굴을 덮었다.

"그 산이 보여요. 그러나 당신은 그곳에 가지 못할 거예요."

"그걸 어떻게 알지? (갑자기, 빗속에서 길을 잃은 나를 쳐다보던 둑길 위의 농부와 누런 개가 떠올랐다.)"

그녀는 계속 말했다.

"그리고 달빛 돌은 왜 찾으려는 거죠?"

"어떤 천을 찾으려는 도중에 그렇게 된 거야. 선택의 여지가 없었단다."

"말해선 안 되는……"

그녀는 한숨을 내쉬었다.

"그것은 불가능한 것을 쫓는 당신과 닮아 있군요. 금빛 머리, 제가 당신을 도와줄께요. 당신은 날 도와줄 건가요?"

"알겠다. 다음 보름날 깨어 있는 버드나무가 서 있는 교차로에서 만나자꾸나. 지 후가 널 안내할 거야."

"좋아요!"

그녀는 숨을 내쉬었다.

"두렵지 않아요?"

"무엇이 말이냐?"

"무언가 당신에게 없는 것이 있어요. 금빛 머리, 그것은 당신이……"

"무엇 말이지?"

"당신은 우리 발 아래에 어떤 힘이 있는지 잘 모르고 있어요. 당신은 지진을 느껴본 적이 없을 테니까요……"

깨어 있는 버드나무는 멀리 떨어진 계곡 깊은 곳으로 이어지는, 세 갈래로 나뉜 모래 길이 시작되는 곳에 서 있었다. 그곳에서 위에가 우리를 기다리고 있었다. 그녀는 절벽으로 이어지는 길을 따라 걸었다. 달빛을 받아 빛나는 무너진 건물의 잔해들은 이곳에서 얼마나 맹렬한 지진이 일어났던가를 증언하고 있었다. 위에는 조각이 새겨진 문을 향해 미끄러지듯 걸어갔다. 문바로 뒤 계단은 어둠 속으로 이어져 있었다. 계단을 걸어 내려가자 아름답게 꾸며진 커다란 방이 나왔다. 나는 시야를 밝히고자 달빛 돌들을 꺼냈다. 지 후가 인상을 찌푸렸다. 그곳에는 온통 눈을 감고 있는 수백 명의 수호신 그림들이 벽에 가득 차 있었기 때문이었다. 위에는 방의 끝까지 걸어가더니 다시 새로운 계단으로 내려갔다. 그러자 넓은 복도가 나왔고, 다시 방향을 틀어가니 매우 좁은 파이프 같은 통로가 이어졌는데, 그 틈이 너무 좁아서 몸을 옆으로 해서 벽에 붙어 갈 수밖에 없었다. 이윽고 이상한 모양의 기둥들이 빽빽하게 들어선 넓은 장소에 이르렀다. 그곳은 희끄무레한 빛이 위에서 내리비치고 있었고 커다란 동굴로 이어져 있었다. 메아리 탓인지 위에의 목소리가 더 크게 들리는 것 같았다. 위에는 자리를 잡고 노래하기 시작했다. 둥근 동굴 천장이 그녀의 목소리가 변하는 것에 따라 반짝거렸고, 노랫소리가 힘차게 높아질 때마다 새로운 빛들이 생겨났다. 마침내 희미한 빛이 동굴 끝까지 일렁이더니 커지기 시작했다. 나는 어두운 동굴의 안쪽에 자리한 세로 줄무늬가 난 벽으로 가까이 다가갔다. 그곳에는 헤아릴 수 없이 많은 달빛 돌 덩어리들이 반짝이고 있었다. 망치질 몇 번이면 그것들을 떼어낼 수 있을 것 같았다. 몇 시간 만에 나는 지 후와 함께 지금까지 본 적도 없고 비교할 수도 없이 영롱하게 반짝이는 달빛 돌을 두 주먹 가득 캐낼 수 있었다.

"만족하세요?"

지친 듯한 모습으로 위에가 내게 물었다.

나는 그녀 옆에 무릎을 꿇었다.

"위에, 너는 부자가 될 수 있어. 이 돌들은 시장에서 엄청난 가격으로 팔려나갈 거야."

"곧 해가 뜰 거예요. 우린 지금 지진으로 무너진 사원으로부

터 수직으로 뚫린 동굴 속에 들어와 있어요. 되도록 빨리 나가야
해요."

그녀가 일어섰다. 돌들은 조금씩 빛을 잃어가고 있었다. 어쩌
면 밤이 끝나가고 있어서 그런 건지도 몰랐다.

나는 지 후를 돌아보았다.

"계속할까요? 이 돌들은 바위에 난 꽃처럼 피어 있어서 채취
하기도 쉬운데……"

"더 이상은 안 돼요, 금빛 머리."

위에가 말했다.

"여기까지 당신들을 데려온 것도 정말 어렵게 성공한 거예요.
이 장소는 눈이 그려진 수호신들이 감시하는 신성한 곳이랍니
다. 지상의 비밀스런 장소에서 낱알처럼 떠돌고 있는 달빛 돌들
은 모두 이곳에서 태어난 것이죠. 할머니는 이 장소를 '샘'이라
고 부르셨어요. 저는 할머니를 돕기 위해 이곳에 와봤을 뿐이에
요. 금빛 머리, 이제 떠나야 해요. 바로 지금 말이에요."

"위험을 무릅쓸 만큼 충분한 가치라고 생각되오. 여기에 널려
있는 것들이 보이지 않소?"

지 후는 고갯짓으로 아니라는 뜻을 나타냈다. 그가 그렇게 말
이 없는 모습을 본 적이 없었다. 그때 발 아래쪽으로부터 이상한
흔들림을 느꼈다. 땅 밑에서 무언가 으르렁대며 올라오고 있는

것 같았다. 마치 호랑이 울음소리 같았다.

"이미 충분하게 많이 가졌어요, 금빛 머리. 이곳에 다시는 오지 않을 거예요. 수호신들이 화를 내고 있다고요."

위에는 발길을 돌렸다. 우리가 지상으로 올라오는 내내 동물이 으르렁거리는 듯한 소리가 계속 우리를 따라왔고, 그것은 마치 바위에서 솟아나오는 것 같았다. 마치 화가 나서 떨고 있는 짐승의 거대한 몸속을 통과해 나오는 느낌이었다. 수호신들이 그려진 방은 북 가죽이 떨리는 것처럼 소리가 울리고 있었다. 그들의 눈꺼풀은 감겨져 있었지만 수백 개의 시선이 내 등줄기를 바라보고 있는 것처럼 느껴졌다. 위에는 걸음을 빨리했다. 문을 넘어서자 새벽의 신선한 공기가 내 가슴을 가득 채웠다. 벼랑 위로 해가 떠오르고 있었고 몸은 땀으로 미끈거렸다.

숙소로 돌아온 우리는 채취해온 것들을 쟁반 위에 펼쳐놓고 한 개 한 개 검사하듯 살펴보기 시작했다.

"이것들은 정말 최상품이야, 위에. 모양도 일정하고 불순물도 없어. 불빛이 꺼져 있을 때조차 투명한 중심부에서 희미한 빛이 흘러나오고 있어. 햇빛도 결코 삼키지 못하는 그런 빛이야."

"제가 아저씨에게 말씀드렸잖아요. 세상의 모든 달빛 돌은 그곳에서 태어나요. 지구가 천천히 숨을 쉬면서 땅의 틈 사이로 그것을 내보내고 있는 거죠. 일부는 이동을 멈춘 지점에서 밖으로 나오기도 해요. 다른 장소에서 달빛 돌이 발견되는 이유죠. 하지만 그런 것들은 원래 간직한 밝은 빛을 다소 잃은 상태지요."

나는 지 후에게 위에가 입을 남자 아이의 옷을 구해오라고 시켰다.

나는 의심을 사지 않기 위해 며칠간 시장에 가서 보석들을 사 모았다. 모든 것이 준비되었을 때, 우리는 왔던 반대쪽으로 국경을 넘어갔다. 채취한 달빛 돌은 두꺼운 의복 안감 속에 꽁꽁 잘 감추어 두었다. 크시낭에 도착할 때까지 아무런 일도 일어나지 않았다. 다만 지 후가 평소처럼 식탐을 드러내는 것 외엔.

베에리와 메이가 마을 입구까지 나와 우리를 반겼다. 나는 여행에서 돌아올 때마다 그들의 생기 발랄한 아름다운 미소를 다시 볼 수 있어서 너무나 기뻤다. 상인 숙소의 냄새, 물안개 어린 강물 위에서 뱃사공들이 외치는 소리, 부두 근처 벽 위로 반사되는 물웅덩이의 그림자, 짐을 내리는 소리, 회랑을 종종거리며 점원들이 오가는 소리, 과자 부스러기를 모으는 작은 생쥐들에 이르기까지 모든 것들이 기분 좋게 했다. 베르도안 부족은 나그네에게 새로운 소식에 대해 너무 빨리 질문하지 않는 것을 예의로 여겼다. 나그네들도 소식을 풀어놓기 위한 최적의 시간을 기다리는 것이 예의였다. 밤이 되기를 기다렸다가 베에리의 사무실에서 지 후와 위에가 함께한 가운데 달빛 돌들을 풀어놓았다.

전체 양을 반으로 갈라 첫 번째 반을 위에 쪽으로 들이밀었다.

"이 반은 네 것이다, 위에. 네가 아니었다면 우리는 평범한 보석들밖엔 찾지 못했을 거야."

나는 나머지 반을 다시 네 등분으로 나누었다.

"첫 번째 사분의 일은 당신 것입니다, 베에리. 당신이 미리 지불해준 여행 경비와 하인들, 그리고 가족들의 몫으로 충분할 것입니다. 그리고 두 번째 사분의 일은 순수하게 당신의 몫입니다. 나머지 반은 당신이 허락한다면 지 후와 내가 나눠 갖겠습니다."

그렇게 나누었는데도 각자에게 돌아올 수익은 엄청났다. 그런데 위에는 거절의 뜻을 나타냈다.

"우리 가문은 달빛 돌을 소유하지 않아요."

나는 위에의 몫을 베에리 쪽으로 밀었다.

"위에를 돌봐줄 만 한 사람으로 당신만한 사람이 없습니다. 그녀는 앞을 보지 못하는데다 여기 아는 사람도 없습니다."

그는 거절했다.

"위에는 이곳을 자기 집처럼 여기며 원하는 만큼 머물 수 있을 거요. 그것으로 내가 돈을 받으려 한다고 생각했다면 오산이요, 금빛 머리. 당신이 이 여행을 생각해냈으니 그녀 몫을 당신이 갖는 게 어떻겠소?"

"언짢게 생각하지 마십시오. 위에에게 필요한 것들을 마련해

줄겸 당신이 달빛 돌을 맡아주도록 부탁한 것뿐입니다. 그녀가 그것들을 갖기를 원치 않으니, 대신 당신이 그것을 갖고 위에가 편안히 살 수 있도록 도와주는 것이 어떻겠습니까? 위에는 자기 신분에 맞는 고귀한 삶을 살 자격이 있습니다. 그리고 지 후, 이제 부자가 되었는데 앞으로 무슨 계획이라도 있나요?"

그때 나는 얼굴 붉히는 지후의 모습을 처음 보았다. 전날 그는 아름다운 위아에게 사랑을 고백했고, 위아는 기다리고 있었다는 듯 그의 청혼을 받아들였다.

"음, 지 후, 우리 모두를 식당으로 초대하는 게 어때요? 당장 축하 잔치라도 열어야 할 것 같군요."

음식이 푸짐한 것으로 유명한 에론 식당에서 여주인 린의 유명한 호박꽃 튀김을 맛보며 나는 베에리에게 구름천의 행방을 찾아 수도를 떠나겠다고 계획을 밝혔다.

몇 달 후 한겨울에 **크시안 진**이라는 곳에 도착했다. 도시는 북풍을 피해 눈 속에 파묻혀 있었다. 외국 상인인 나는 지정된 특별 구역에 머물러야 했다. 사람들을 만나기에 좋은 계절은 아니었다. 거래는 거의 없었고, 길도 나다닐 수 없는 지경이었다. 아무것도 할 수 없는 이때를 이용하여 돈이 궁한 학자로부터 서예 수업을 들었다. 나는 그에게 먹과 종이, 식량, 차, 그리고 난방용 땔감을 대주었다. 이렇게 수업료를 지불하는 것이 당연했음에도 그는 아침마다 몸을 굽혀 절하면서, 자신의 누추한 집에 몸소 방문해준 것이 감사할 뿐이라고 수없이 말했다. 나는 서예를 배웠다. 그는 내 글씨가 우아하다면서 매우 진지하게 칭찬을 늘어놓았다. 그저 커다란 얼룩을 그리듯이 먹물로 이리저리 날아다니는 형상을 그렸을 뿐인데 말이다. 내 생각에 서예보다는 인내심을 더 많이 배웠던 것 같다. 보석 중개인들을 만나려면 초닷새 밤까지 기다려야 했기에, 그때까지 시간을 보내며 몰두할 무언가가 필요했던 것이다. 그리곤 보석 시장에 직접 참여할 목적으로 중개인을 고용했다.

같은 모양을 한 백여 개의 천막들이 하늘 도시의 북문이 있는 성벽을 따라 네 줄로 죽 늘어서 있는 모습을 상상해보자. 각각의 천막 아래에는 검은 비단으로 싸인 진열대가 있고, 달이 뜨기를 기다리는 돌 세 개가 그 위에 놓여 있다. 궁궐의 문이 열리고 **밤의 대신**들이 등장한다. 호위병과 서기, 재무관들을 동행한 대신들은 각각의 진열대를 둘러보면서 멈추고 나아가기를 반복한다. 그들은 진열된 상품이 값어치가 있는 것인지 알아내는 데 그리 오랜 시간을 들이지 않는다. 아주 작은 흠이나 불순물이라도 있는 것들은 당장 내던져진다.

오만 가지의 **달빛 돌**들 중 하늘 잉크를 만드는데 사용되는 것은 조금 차가운 진줏빛을 띠고 있어야 한다. 가격은 흥정하지 않는다. 밤의 대신이 어떤 돌에 관심을 보이면, 가격은 그가 결정한다. 그리고 수행원 중 한 명에게 그 돌을 사겠다는 표시를 한 다음, 그 자리에서 바로 돈을 지불한다. 판매자는 지불된 금액에 만족하든 그렇지 않든 바닥에 납작 엎드려 절함으로써 감사 표시를 해야 한다. 비취 나라의 황제는 언제나 그렇듯이 너그러우시므로.

대신들은 내가 내놓은 돌을 모두 선택했다. 그런데 세 번째 날 밤, 대신들은 여느 때보다 더 뜸을 들였다. 그들은 내게 물어볼 틈도 주지 않고 따라오라고 명령했다. 그들의 호위병들이 들고 있던 육중한 곤봉 때문에 나는 입을 다물었다. 내 인생에서 두 번째로, 등 뒤에서 청동문이 무겁게 닫히는 소리를 들었다. 나는 그 소리를 그다지 좋아하지 않는다. 그 소리가 마치 경종이 울리듯 내 턱뼈를 통해 귓전을 때리며 퍼져나갔다.

그들은 나를 궁궐의 한쪽 끝에 자리한 건물로 데려갔다. 그곳은 모든 것을 두꺼운 천으로 덮은 것처럼 대화도, 카펫이 깔린 바닥을 걷는 발걸음도 조용하게 이루어졌다. 마르고 길쭉한 얼굴을 한 늙은 관리가 나를 맞이했는데, 그의 얼굴은 마치 상아로 만든 단추처럼 윤기가 흘렀다. 그는 나를 잘 알고 있다는 듯이 행동했다.

"좋은 밤이요, 금빛 머리. 내 동생은 잘 지내고 있소?"

"동을 말씀하시는 겁니까?"

베에리의 장인과 이 사람이 서로 비슷하게 생겼다는 것을 알아차리는 데 잠시 시간이 필요했다. 동은 나에게 주판으로 계산하는 방법을 가르쳐주었다. 그러나 그에게 궁궐에서 일하는 형제가 있다는 사실은 알지 못했다. 하지만 얇디얇은 이마의 피부와 눈썹을 치켜올릴 때 생겨나는 주름, 그리고 그 아래 보이는 눈빛은 나를 바라보던 누군가의 장난기 어린 익숙한 시선과 닮아 있다는 것을 알 수 있었다.

"당신이 판매한 돌들은 특별히 아주 맑고 깨끗했소. 형태도 매우 이상적이었지. 그것들을 어디에서 구했는지 물어본다면 실례가 되겠소?"

"불행히도 저는 그것을 말하지 않겠다는 약속을 했습니다."

"우리는 이 돌들을 낮의 끝을 알리는 진주라고 부르오. 그것들은 치유하는 능력을 가지고 있소. 하지만 그것 말고 다른 사용법을 알고 있으리라 생각하오만…"

"하늘 잉크!"

그는 두 손을 등 뒤로 맞잡고 화제를 바꾸기 위해 몸을 돌렸다.

"내가 들은 바로는 당신은 지도를 그린다지요, 금빛 머리? 우리가 여기서 만들고 있는 것을 보여주고 싶은데 어떻소?"

나는 승낙의 표시를 하자 그는 고개를 앞으로 숙였다.

"내 이름은 리앙 펭이오. 내 동생 동이 당신의 지도 만드는 기술에 대해 나에게 한참이나 자랑을 늘어놓았소."

"동이 나에 대해 말했다고요?"

"궁궐에서도 얼마든지 편지를 주고받을 수 있소."

리앙 펭은 나를 궁궐의 다른 쪽 끝으로 데려갔다. 그는 도서관으로 보이는 큰 방으로 난 문을 밀고 들어갔다. 그 방은 푸르스름한 어둠 속에 잠겨 있었다.

"이곳은 **신중한 올빼미 궁전**이오. 여기에는 우리가 알고 있는 모든 길을 기록한 두루마리들이 보관되고 있소이다. 한번 골라 읽어 보시오."

그가 말했다.

놀리려고 하는 소리는 아닌 것 같았다. 나는 선반 하나에 가까이 가서 가죽 통 하나를 집어 들었다. 그 속에서 두루마리를 꺼내 탁자 위에 펼쳤다. 주위가 어두웠지만 곧 어둠에 적응이 되었고, 창을 통해 들어온 달빛으로 종이 위의 표식들을 읽을 수 있었다. 숲, 강, 길과 마을의 표식을 보면서 나는 밤하늘을 날아다니는 새가 되어 그 풍경 위를 날고 있는 듯한 기이한 느낌을 받았다.

"금빛 머리, 나는 오랫동안 당신의 행동을 주시해왔소."

리앙 펭이 자리에 앉을 때 비단 옷이 바삭거리는 소리가 났다.

"이곳에서 우리가 모르고 지나가는 일은 없소. 우리는 비취 나라 황제의 눈과 귀 역할을 하고 있지요. 나는 당신이 왜 여기에 왔는지도 알고 있소."

"누가 말해준 것 아닙니까?"

"그건 중요하지 않소. 단지 당신이 온 길이 다른 사람에 비해 지나치게 눈에 띈다고나 할까? 그래서 우리의 흥미를 끌었소.

가끔 사냥꾼이 사냥감이 되어버리는 경우가 있지. 이 경우엔 우리가 같은 것을 쫓고 있기 때문일거요. **'말해선 안 되는 것'** 말이오."

"이해가 되지 않습니다. 그 금지된 천을 구할 수 있는 사람은 당신들뿐이지 않습니까. 이 지도들이 증명하듯 그 길을 알고 있는 것 또한 당신들뿐인 것으로 알고 있습니다."

"친애하는 금빛 머리, 우리는 그 여정의 마지막 부분밖에 모르고 있소. 해안으로부터 궁전으로 향하는 길만 알 뿐이지, 나머지는 모두 길고 긴 항해의 운명에 맡기고 있소. 비취 나라 황제의 권력은 바다 바깥으로는 나가지 못한다오. 바다는 비취 나라의 영역이 아니고, 또한 '말해선 안 되는 것'을 가져오는 **검은 돛을 단 배**들은 우리 관할 밖에 있소. 그들은 남쪽 사람들의 명을 받는다고 들었소. 우리는 그들이 정확히 어디에서 오는지 알지 못하는 데다 얼마 전부터는 그들이 오는 것도 뜸해지고 있소. 그들이 도착하기 며칠 전에야 겨우 소식을 들을 수 있을 뿐이오. 우리는 당신이 미지의 하늘을 두려워하지 않는다고 알고 있소."

"하지만 나는 당신들에 대해 아는 것이 없습니다."

"그 점은 걱정하지 마시오. 시간은 충분하니까."

그는 대화가 끝났음을 알리는 신호로 자리에서 일어났고, 자신을 따라오라고 했다. 나는 마지못해 일어나 도서관을 뒤로하고 그를 따라갔다. 그는 내가 머무를 방으로 안내했고, 내일까지 그곳에서 쉬라고 했다. 다음 날 아침, 궁궐을 나가려는데 사방의 문이 모두 닫혀 있는 것을 발견했다. 리앙 펭을 만나게 해달라고 요청했지만 돌아오는 것은 거절뿐이었다. 궁궐 안에서 식사가 제공되었고, 혼자 밥을 먹어야 했다. 내가 돌아다닐 수 있도록 허용된 공간 내에서 대답 없는 질문들을 하는 것으로 하루가 끝났다. 등불이 꺼진 뒤 나는 방으로 안내되었고, 까닭을 알 수 없게도 녹초가 되어 있었다.

막 잠이 들려는 바로 그 순간, 누군가 문을 두드렸다.

"좋은 밤 되시게, 금빛 머리."

나는 단숨에 일어나 앉아 문턱에 서 있는 리앙 펭을 바라보았다. 그의 모습이 사라지나 싶더니 어느새 옆으로 다가와 내 손목을 잡아 비틀었다. 그리고는 팔꿈치로 내 어깨를 짓눌러 고개가 바닥을 향하게 만들었다.

"내가 좋은 밤이 되라고 말했소, 금빛 머리."

그는 곧 나를 풀어주었다. 나는 아픈 손목을 문질렀다. 그는 조금도 거침이 없었다.

"항상 이런 식으로 우리의 만남이 폭력적일지도 모르겠소. 오해는 없었으면 하오. 오늘 당신이 아무 데도 다치지 않은 것은 내가 그렇게 의도했기 때문이오. 다음 번에도 만약 당신이 계속 고집부린다면 오늘처럼 예의를 차리는 일은 없을 거요. 어쨌든 당신에게 선택권을 주겠소. 이 궁궐을 나가 탐사를 완전히 포기하든지, 아니면 우리와 함께하든지 둘 중 선택하시오."

"만약 비밀 호송대처럼 내 임무가 끝난 뒤에 쥐도 새도 모르게 사라지게 되는 것은 아닌지……"

"더 영악하리라 생각했는데 아니군. 우리가 무엇 때문에 오랫동안 애써 훈련시킨 병사들을 일부러 없애려 하겠소? 교대 병력으로 양성된 아이들은 황제의 명령에 따라 국경 부근 주둔지로 보내진다오. 비밀 호송대는 단지 비밀스럽게 유지될 뿐이오. 당신도 비밀 호송대의 일원인지 모른 채 그들 중 몇 명을 이미 만났을지도 모르오."

"그렇군요."

"내가 너무 말이 많았군. 그럴수록 당신은 선택의 여지가 없어질 터인데…… 만약 당신이 우리의 제의를 거절하고 궁궐 문밖으로 나간다면, 기껏해야 몇 시간밖에는 살지 못할 것이오. 게다가……"

"만약 내가 당신의 제안을 수락한다면 비취 나라 황제를 만날 수 있게 해줄 건가요?"

리앙 펭은 웃음을 터뜨렸다.

"나 역시도 아직 황제를 알현한 적이 없소! 그 앞에선 우리는 아무것도 아니요. 단지 어둠 속의 신하일 뿐. 그는 우리 존재에 아무 관심도 없소."

대화를 계속하면서 우리는 지도가 있는 별채로 향했다. 리앙 펭이 손뼉을 치자 문이 스르륵 열렸다. 문이 열린 방은 얼핏 알아보기 어려울 정도로 어두웠다. 십여 명의 제도사들이 커다란 두루마리 위에서 달빛에 의지하여 일하고 있었고, 리앙 펭은 그들 한 사람 한 사람에게 나를 소개했다. 펼쳐져 있는 지도들은 **하늘 호송대**의 여정을 표시하는 데에만 그치지 않았다. 그중에는 비취 나라의 국경을 벗어나 있는 것도 있었다. 더 자세히 살펴보니, 내가 바살다를 떠난 후로 지나왔던 여정이 표시되어 있는 것을 확인할 수 있었다. 거기엔 눈에 띄는 오류들과 대략적으로 단순화된 묘사도 많이 있었다. 리앙 펭은 내가 당황하는 것을 보고 재미있어 했다.

"금빛 머리, 주저 말고 우리의 잘못을 고쳐주시오. 내 동생 동의 말에 따르면 당신은 한 번 본 것을 절대 잊어버리지 않는다고 하던데… 그는 당신이 이 나라에서 가장 기억력이 좋다고도 했소."

"하룻밤에 그것들을 다 말해줄 수는 없을 것 같습니다만…"

"시간은 충분하오. 여기 있는 사람들 모두 당신의 명령에 따를 것이오. 자신의 중요성을 하찮게 여기지 마시오. 이 방은 신중한 올빼미 궁전 가운데 작은 한 부분에 지나지 않소."

"낮의 빛 속에서 만들어진 지도는 없습니까?"

"물론 있소. 하지만 나와 상관없는 것들이오. 당신에게도 마찬가지요. 이제 당신을 그만 귀찮게 해야 할 것 같소. 일을 시작해야지요."

그는 휑하니 가버렸다. 제도사들이 그에게 인사하기 위해 길게 줄을 섰다. 그들의 공손한 태도는 매우 자연스러워 보였다. 나는 리앙 펭을 따라잡으려고 줄지어 서 있는 사람들을 헤치며 앞으로 나아가려 애썼지만 그가 나가자마자 문은 바로 앞에서 닫혀버렸다. 분노가 치밀어 올랐다. 나는 올빼미와 같은 얼굴을 하고 있는 제도사들에게 모두 산책하러 나가라고 말한 뒤, 탁자 위에 놓여 있던 귀중한 자료들을 싹 쓸어내려버렸다. 하지만 아무 소용이 없었다. 제도사들은 구겨진 종이 더미 앞에 꼼짝않고 서 있었다. 흩어진 종이를 치우려고 하지도, 나를 진정시키려는 말 한마디도 하지 않았다. 나는 벽 쪽으로 가서 앉았다. 잠들지 않으려고 애썼다. 아침이 되자 빗장이 덜커덕 소리를 내며 문이 열렸고 어제와 똑같은 상황을 맞이했다. 말을 걸 수 있는 사람은 아무도 없었고, 정원 한구석에 식사가 놓여 있었다. 밤이 되자 문은 또 코앞에서 잠겼다. 단 한 가지 다른 점이라면, 이번엔 리앙 펭이 아닌 그의 부하 한 사람이 나를 보러 왔다. 그는 차오 치라는 이름으로 제도사 중 한 명이었다. 길고 호리호리한 리앙 펭과는 달리 그는 비만형에 유순해 보이는 인상이었다. 그의 또박또박 끊는 듯한 발음은 조금은 위선적으로 들렸다. 나는 마지못해 그를 따라갔다. 방은 잘 정돈되어 있었고, 어제 어질러졌던 지도들은 모두 정리되어 있었다. 제도사들이 인사하기 위해 줄지어 서 있었다.

차라리 게임을 시작하는 편이 낫겠다 싶었다. 커다란 탁자 위에는 **해뜨는 제국**의 지도가 펼쳐져 있었다. 달리 말하자면, 내 여정의 시작을 그리는 지도인 것이다.

차오 치는 내 쪽을 보며 응원의 의미로 고갯짓을 했다.

나는 그가 가리킨 의자에 앉아서 컴퍼스와 자, 그리고 붓과 잉크를 내 쪽으로 가져다 놓았다. 다른 종이를 가져오라고 해서 그 종이에 메모를 했다. **바샬다** 지역에 관해서는 오류가 너무 많아 지도의 중요 부분들을 다 손보려면 열댓 시간은 족히 걸릴 것만 같았다. 한밤중에 아주 쓴 차가 나왔다. 우리를 깨어 있게 하기 위한 것이었다. 아침이 되자 자고 싶다는 생각뿐이었다. 나는 이틀 낮, 이틀 밤을 한숨도 자지 않고 있었다.

정오쯤에 잠이 깨었고, 눈이 오고 있는 안마당에서 식사를 했다. 저녁무렵 차오 치가 내 방문을 두드렸을 때 나는 일할 준비가 끝나 있었다. 나는 지난밤 하던 일을 계속 진행시켰고, 그 다음 날도, 그 다음 날 밤도 같은 작업에 매달렸다. 나는 지금까지의 내 여정을 모두 되짚어가는 일을 하고 있었다. 그곳의 제도사들은 모두 뛰어난 실력을 갖고 있었다. 어떤 이들은 물길이 흐르는 경로를, 또 어떤 이들은 땅의 굴곡을, 또 다른 이들은 도시와 교량, 성벽과 성채의 위치를 파악하는 임무를 맡고 있었다. 그들 중 한 무리는 하늘 지도를 만들고 있었는데, 시간을 거슬러 올라가 내가 여행을 시작할 당시, 그 장소의 오월과 유월 밤하늘의 모습과 별자리를 그대로 그려낼 수 있는 그들이 너무나 존경스러웠다. 시간이 흐름에 따라 지도 그리기는 흰 산 아래쪽 카라퀼 근처까지 이르렀다. 거기에서 난관에 부딪쳤다. 희미한 기억 속을 헤쳐가는 이 종이 위의 여행은 크시낭까지의 실제 여행만큼이나 매우 지치는 것이었다. 내가 했던 모든 말은 도서관에 보관되어 있던 더 오래된 자료들과 비교되면서 검증되고, 중간에 잘리고, 충돌하기도 했다. 나는 새벽이 되기 전에 종종 피로에 젖어 쓰러지기도 했다. 몸이 너무 약해져서 혹시나 **석질인**들의 병에 걸린 것이 아닌가 하는 생각도 들었다. 그 병에 걸린 사람은 몇 달, 또는 몇 년을 잠이루지 못한 채 깨어 있다가 마침내 남은 평생을 무기력과 몽롱함에 빠져 죽음에 이르게 된다.

그런 불안감 속에 빠져 있을 무렵 리앙 펭이 다시 모습을 드러냈다. 그는 나를 차오 치와 함께 식사에 초대했다.

"당신의 재능에 대해 사람들이 한 말은 거짓이 아니었소, 금빛 머리. 차오 치는 아직도 당신을 의심하고 있지만, 나는 개인적으로 당신이 지도 제작에 대한 재능을 타고났다고 믿고 있소. 하지만 우리가 속한 밤의 세계에 들어오기에는 아직 부족한 점이 많아 보이오… 당신의 기분을 언짢게 하려는 건 아니고, 조금 더 섬세함이 필요하다는 거요."

차오 치는 이 말에 강하게 긍정을 표시했다.

"밤에 일하는 뒤바뀐 습관을 받아들이려면 명민함이, 피로함과 싸우려면 강인함이 필요하다는 것은 명백하오. 그렇게 생각지 않소?"

나는 한 손을 들어 회피하듯 손사래를 쳤다.

"그리고 당연히 다른 사람과 합의하는 법도 알아야 합니다."

차오 치가 속을 채운 만두를 젓가락으로 교묘하게 집어 올리며 덧붙여 말했다.

"합의라고요?"

"우리는 살아가면서 우리 인생에 다른 누군가가 들어오려는 것을 허락해야만 하는 때를 만나기 마련입니다."

리앙 펭이 계속해서 말했다.

"한밤중에 구불구불한 나무들로 가득 찬 숲 속 한 곳에 웅덩이가 하나 있다고 상상해보게. 그 웅덩이의 검은 물은 차갑고 움직임도 없다네. 갈대들은 당신을 움켜쥐고 놓아주질 않고, 수렁 속 얽히고설킨 나무뿌리들은 당신이 발을 헛디뎌 발목을 삐기를 기다리고 있지. 그런 곳에 아무 두려움 없이 발을 들여놓고 모험하기를 원하는 이는 드물 것이오. 우리는 당신에게 앞만 보고 나가기를, 수렁 속에서 계속 걸어가기를, 그 속에 완전히 빠져서 그 검고 차가운 물속에 자신을 온전히 담그고 몸을 떨지 않기를 부탁하는 거요. 그 깊은 곳에서 우리를 이끌어줄 빛을 발견하고, 그 빛을 따라 끝까지 떨지 않고 가기를 부탁하고 있는 거요."

"그렇다면 내가 받는 보상은 무엇입니까?"

"이것 보십시오. 당신은 아직도 합의점을 찾지 못하고 있소."

차오 치는 만두를 새로 한입 베어 물고 다부지게 씹으면서 실망스럽다는 듯 말했다.

"내가 합의하지 않는다고 누가 그랬나요?"

"그게 바로 당신의 문제점이오, 금빛 머리."

리앙 펭이 말을 받았다.

"보상은 없소. 아무것도 없소. 합의할 것은 그게 아니요. 당신은 우리를 슬그머니 따돌리는 데 지나치게 집중하고 있소. 혼자하고 싶은 게지. 당신의 머뭇거림과 의심, 계산하는 성격이 당신의 눈꺼풀을 무겁게 만들고 있소. 당신이 생각하듯 잠이 모자라서 그런 건 아니란 소리요. 당신 생각은 너무 뻔히 들여다보이오. 당신은 자신을 감출 줄 모르는 사람이오."

"그것이 내가 비밀 호송대에 들어가서 배울 점인가요?"

"그렇지 않소. 비밀 호송대는 감추는 것이 없소. 사람들이 우리를 두려워할 뿐이오. 사람들은 두려움 때문에 우리 모습을 보지 않으려 하는 것일 뿐이오 . 하지만 우리끼리는 밤에도, '말해선 안 되는 것'에도, 모든 것들에 대해 명백하고 또 투명하오."

그는 자신의 젓가락을 빈 그릇에 담고 입을 닦았다.

"당신이 비밀 호송대에 들어가는 것은 어쩌면 시기상조일지도 모르오. 하지만 그것에 대한 정보를 미리 알아두는 것도 좋을 겁니다. 차오 치, 우리 두 사람만 있게 해주겠나?"

앞서 간 차오 치를 따라 서고로 가는 대신, 리앙 펭은 나를 기둥으로 에워싸인 커다란 사각형 안뜰로 데리고 갔다. 그곳에는 등불이 하나도 없었기에 주변은 지독히 어두웠다. 그림자들이 아주 천천히 움직이기 시작했다. 미끄러지는 것인지, 아니면 기어가는 것인지 알 수 없는 움직임이 춤추는 것처럼 빙글빙글 돌아가고 있었다. 그 그림자 중 두 개가 나를 스쳐 지나갔고, 나는 가벼운 숨소리를 들을 수 있었다. 리앙 펭은 벤치 위에 앉은 후, 내게 옆에 와서 앉으라고 말했다. 우리 주위의 움직임들이 점점 빨라지고 있었다. 그림자들 중 하나가 갑자기 쉰 목소리로 고함을 내질렀고, 몸을 회전하며 공중으로 뛰어올라 마주 보고 있던 다른 그림자를 때렸다. 이어지는 고함과 부딪치는 소리가 마당 구석구석 전체로 울려 퍼졌다. 그림자들은 서로 싸우고 있었다. 휘파람 소리, '쉭' 하고 공기를 가르는 소리, 채찍 소리, 무언가에 부딪치는 소리, 둔탁하게 '쿵' 하고 부딪히는 소리, 거칠게 헐떡이는 소리, 억눌린 뜀박질 소리, 천을 찢는 소리, 흐느끼는 소리가 들리더니 마지막으로 올빼미 울음소리가 이 싸움의 끝을 맺었다. 그림자들은 열을 지어 늘어서서 숨을 가다듬었다. 그리고는 다시 천천히, 유령처럼 가볍게 춤을 추기 시작했다. 그림자들은 반투명한 물길 속을 헤엄치는 것처럼 보였다. 손바닥을 쫙 펴서 공기를 가르고, 보이지 않는 그물을 잡아당기듯 손가락을 다시 움켜쥐었다. 새로운 신호가 울리자 그림자들은 다시금 몸을 겹겹이 겹쳐 쓰러져 한 덩어리가 되더니, 순식간에 뛰어올라 망설임 없이 산산이 흩어졌다. 몇몇은 살아 있는 막대기처럼 빠르게 회전하더니 마치 동그란 바퀴가 높이 튕겨 올랐다가 꽈당 소리를 내며 바닥에 곤두박질치는 모습을 보여주었다. 이 모든 난장판이 끝났을 때 숨소리는 크고 깊어져 있었다. 그림자들은 다시 정렬했다. 하나의 그림자만 제외하고는 모두 사라졌다. 그 그림자가 리앙 펭 앞으로 오더니 다소곳이 몸을 숙였다. 그러고는 내 앞으로 와 놀리는 듯한 몸짓을 해 보였다.

"지 후!"

놀라서 나는 벌떡 일어났다. 그는 내게로 와서 나를 안았다. 그런 우리를 리앙 펭은 재미있다는 듯 바라보았다.

"지 후가 당신에게 몇 가지 유용한 것들을 가르쳐줄 것이오."

리앙 펭은 발길을 돌리며 내게 말했다.

"그와 이야기 나눌 시간을 주겠소."

지 후는 나를 마당 한구석으로 끌고 갔다.

"그럼 날 감시한 게 바로 당신이란 말이오? 나를 속이다니!"

나는 분함을 못 이겨 이를 악물고 가쁜 숨을 내쉬었다.

"우리는 모두 황제에게 속해 있을 뿐입니다, 금빛 머리. 나는 정보원이 아닙니다."

"그럼 우리가 같이한 **동굴 나라**의 여행은 무엇이었소? 달빛 돌을 찾으러 간 것은? 그 모든 것이 가짜였단 말이오? 처음부터 날 속인 거였소?"

"아무도 당신을 속이지 않았습니다. 금빛 머리여, 이 나라의 대신들은 당신을 존경하고 있어요. 그들은 당신의 재능과 용기를 높이 평가하고 있어요. 당신과 함께할 수 있었던 것은 내게 큰 영광이었어요."

그가 말하는 동안 내가 움직이지 않고 계속 한자리에 서 있자, 그는 내 쪽으로 다가와 팔을 잡으면서 말했다.

"금빛 머리, 이제 뭘 좀 먹으러 갑시다. 배가 고프군요."

그를 따라 들어간 방 안에는 식사가 차려진 큰 상이 두 개가 놓여 있었고, 여러 개의 등불이 밝게 밝혀져 있었다. 지 후는 재빨리 나를 소개한 후, 밥을 두 공기 수북이 담아왔다. 나는 그에게 질문을 퍼부었고, 그는 식어가는 밥을 젓가락 끝으로 가리키는 것으로 대답을 대신했다. 입속으로 음식을 쓸어넣듯 게걸스럽게 먹는 그의 모습에는 조금의 죄책감도 보이지 않았다.

"당신은 스스로를 더 단련해야 해요, 금빛 머리. 우린 시간이 그리 많지 않아요. 매일 아침 도서관으로 당신을 데리러 가겠습니다."

나는 더 많은 것을 알고 싶었지만, 벌써 사람들이 날 찾으러 왔다. 밥은 건드리지도 않았다.

어찌 되었건 간에, 지 후와 다시 만난 것은 잘된 일이었다. 나 또한 그에게 어떤 선택의 여지도 없었음을 알고 있었다. 그의 넘치는 에너지와 긍정적인 성격은 나의 분한 생각을 많이 잠재워 주었다. 그 이후로도 나는 하루에 다섯 시간 이상 자지 못했지만, 전보다 피로는 훨씬 덜했다. 밤에는 지도를 만들고, 아침엔 지 후와 함께 봉으로 하는 무술을 연마했다. 이상하게도 나는 그것에 재미를 붙였다. 지 후는 봉술을 아주 재미나게 가르쳐주었다. 내가 넘어져서 흙먼지를 먹을 때마다 그는 내게 새로운 별명을 붙여주었는데, 대부분 머리가 나쁜 새의 이름이기 일쑤였다.

그런 장난은 나를 화나게 만들어 다시 땅을 짚고 뛰어오르게 했다. 무술 연습에 몸 여기저기 혹이 났다. 어떤 때는 머리에, 어떤 때는 정강이나 팔뚝에, 어떤 때는 손가락 여기저기 혹이 생겼다. 평소와 달리 가끔 내가 지 후에게 비슷한 장난을 칠 때면 의외라는 듯 놀라워했고, 무례한 대우를 받은 것처럼 괴로워하다가 제법 나를 세게 밀치곤 했다. 한낮의 시에스타*가 시작되기 전에 함께 점심을 먹으러 갔고, 저녁에는 연습을 다시 시작했다. 달리기, 점프하기, 기둥을 밟으면서 이동하기, 밧줄 타고 오르기 등 이 모든 동작들은 침묵 속에, 가능한 한 최소의 소리만을 내면서 행해졌다. 나는 원래 세 발 달린 개처럼 몸이 유연했지만, 이젠 마룻바닥의 널판지 긁히는 소리나 지붕 위에서 기왓장이 덜그럭거리는 소리를 내지 않고 이동할 줄 알게 되었다. 이렇게 무술 수련을 한 시간쯤 한 뒤에 도서관으로 향했다. 다시 지도 제작을 하고 싶단 생각이 들었다. 야간 시력도 매우 좋아져 어둠 속에서 하늘 잉크의 반짝임도 잘 알아볼 수 있게 되었다. 이제 비밀 호송대의 여정을 모두 파악했다. **데굴데굴 구르는 스님들**의 백여덟 개 사원이 어디에 위치하고 있는지를 모두 기억하고 있었고, 그곳으로 가는 큰 길과 좁은 길, 숲 속의 숨어 있는 오솔길까지도 모두 알게 되었다.

---

* siesta. 햇빛이 뜨거운 지역에서 이른 오후에 자는 낮잠. 또는 낮잠 자는 시간.

가을이 막 시작되었을 때, 리앙 펭이 비밀 호송대의 다음 호송에 내가 참여하게 될 것이라고 알려주었다.

우리는 궁궐 남쪽 벽 아래로 난 터널을 통해 밤에 출발했다. 그 터널은 몇십 년 전부터 버려진 교외로 연결되어 있었는데, 그 지역은 들고양이와 개들만이 들락거리는 곳이었다. 황폐해진 정원과 낡은 오두막집 사이로 구불구불한 골목을 지나자 숲의 끝자락쯤에 잠든 노인의 사원이 나왔다. 사원의 외벽은 폐허가 된 묘지 위에 세워져 있었고, 그 때문인지 몰라도 어딘가 억누를 수 없는 공포감을 풍기고 있었다. 마당에는 잡초들이 무성했고, 지붕에는 넝쿨식물과 무화과나무가 거의 내려앉을 정도로 자라 있었다. 기도나 수행을 하기 보다는 자객 훈련을 하기에 더 어울릴 것 같았다. 온갖 귀신들을 불러들이기에도 충분했다. 말들이 모기떼와 함께 우리를 기다리고 있었고, 말을 돌보는 사람들은 추위에 이를 덜덜 떨고 있었다. 그들은 우리를 보자마자 고삐를 건네주고는 바삐 흩어졌다.

일단 안장에 올라 우리는 숲으로 들어갔다. 차오 치는 나에게 지도 보는 임무를 맡겼다. 나는 우리가 어디쯤 있는지, 어디로 가고 있는지를 어두운 숲 속에서도 잘 파악하고 있었다. 차오 치 역시 길을 외우고 있었기에 나에게 따로 의견을 물어볼 필요도 없었지만, 그가 나에게 우리 호송대의 길잡이 역할을 맡긴 것에 내심 고마움을 느꼈다.

아침에 우리는 불덩어리 종파 스님들의 절에서 묵어가기로 했다. 앞서 지나왔던 사원들과는 달리 이 절은 매우 넓고 밝았으며 여러 개의 마당과 정원이 있었다. 주변 마을은 모두 풍요로운 이 사원의 은혜를 입으며 살고 있었다. 이곳은 또한 비밀 호송대가 '말해선 안 되는 것'과 교환할 물건들을 맡겨두는 장소이기도 했다. 차오 치는 지하 법당의 열쇠를 갖고 있었다. 그는 나를 그곳으로 데려갔고, 열쇠로 육중한 문을 열었다. 문이 열리자 아래로 이어진 구부러진 계단이 보였다. 나는 그곳에 켜켜이 쌓아 올린 귀금속이 든 궤짝들과 알알이 흐르는 진주, 벽돌 모양으로 뭉쳐 만든 귀한 차 덩어리들과, 산더미처럼 쌓여 있는 천과 모피 등이 있을 거라고 상상하고 있었다. 하지만 그 방은 텅 비어 있었고 단지 백여 개의 작은 가죽 두루마리만이 놓여 있었다. 차오

치는 그중 하나를 들어 그것을 봉하고 있던 봉랍을 뜯어냈다. 그
것은 커다란 지도였는데, 어떤 지도인지는 금방 알아볼 수 있었
다. 왜냐하면 그것은 내가 직접 제작에 참여한 적이 있는 비취
나라의 일부를 그린 것이었기 때문이다. 그는 내가 당황해하는
것을 재미있어 했다.

"우리에게 말해선 안 되는 것을 가져다주는 사람들… 그들이
원하는 것은 오직 지도뿐입니다."

"지도라고요? 무엇에 쓰려고요?"

"그건 나도 모릅니다. 그들은 지도를 원합니다. 그들은 가능
한 한 많은 지도를, 모든 종류의 지도를 원합니다. 그러나 그들
이 가장 손에 넣길 바라는 것은 개인적인 지도입니다."

"이해할 수 없군요."

"특별한 목적으로 만든 개인적인 지도 말입니다. 말하자면 당
신이 만든 지도와 같은 것 말입니다. 당신의 지도는 매우 비싸게
팔릴 겁니다. 내 말을 믿으세요."

"말도 안 돼요!"

"꼭 그렇지만은 않습니다. 지도 한 장을 완성하기 위해 들인
시간과 인내심, 그리고 노력과 기술을 모두 따진다면 사실 돈으
로 가치를 매기는 것이 그리 옳은 일은 아니지요. **하늘 잉크** 하
나만해도 같은 무게의 황금보다 스무 배의 가치는 나갈 겁니다."

잠든 노인의 사원

"그들이 그것으로 무엇을 할 수 있단 말인가요?"

"그것까진 알 수가 없습니다. 알고 싶지도 않고요. 우리가 합의한 것에 대해 당신에게 말하지 않았습니까. 이 지도들은 우리에게 '말해선 안 되는 것'을 얻게 해주는 유일한 수단입니다. 그이상 더 알아야 할 것은 없습니다, 금빛 머리!"

그는 희미하게 한숨을 내쉰 뒤 생각에 잠기는 듯했다.

"우리는 합의해야만 합니다. 우리는 규칙 중 일부만 정할 뿐입니다. 그다음은 우리에게 부과된 규칙들을 따르는 것 외에 달리 할 수 있는 일이 없습니다."

그는 이런 이상한 말을 남겼다. 낮보다 몇 배로 더 경계해야 하는 밤이 되자, 우리는 다시 남동쪽을 향해 길을 떠났다. 가는 도중에는 역참 노릇을 하는 다른 사원들이 있었고, 날카로운 가시밭길이 펼쳐진 지역도 통과해야 했다. 새 조련사들이 올빼미를 날려보냈다. 올빼미들은 커다랗게 원을 그리며 우리 머리 위에서 멀리 선회하다가 모습을 감췄다. 올빼미들이 주인의 팔로 돌아왔을 때, 그것들이 목에서 이상한 소리를 내며 우는 것을 들었다. 그 즉시 궁수들과 호송대의 자객들이 조용히 흩어졌다.

정찰병 한 명만이 말을 탄 채 우리를 앞서 갔는데, 말 목에 걸어놓은 종소리가 그가 어디 있는지를 알려주고 있었다. 칠흑 같은 어둠 속에 울리는 맑고 낭랑한 종소리는 비밀 호송대가 낼 수 있는 유일한 소리였다. 그것은 호송대가 지나가는 길에 아무런 장애물도 없어야 하며 호송대 이외에는 어떠한 것도 움직이지 말아야 한다는 의미였다. 미처 길에서 비켜나지 못한 채 그 종소리를 듣는 자는 불행하다. 걸인과 유랑하는 스님들, 귀머거리와 장님, 호기심 많은 자와 경솔한 자, 혹은 고집쟁이들도 불행을 만날 수 있다. 길가의 멧돼지와 경솔한 사슴, 지나치게 충성스런 개나 졸고 있는 물소도 불행을 만날 수 있다. 죄 없는 존재들이 외마디 비명 한 번 지르지 못한 채 우리를 만났다는 사실조차 알아차리지도 못하고 생을 마감할 수 있다.

우리가 출발한 지 반 시간쯤 지났을 때, 해안에 파도가 부딪히는 익숙한 소리를 들었다. 나무 사이로 들려오는 파도 소리는 바다 내음과 함께 내 심장에 밀려와 꽂혔고, 나는 말에 박차를 가하여 달려나가지 않을 수 없었다. 바다다! 소금기 어린 바다 냄새를 가슴 속 깊이 들이마셨다. 하지만 경사가 너무 가파른 탓에 말을 타고 해변으로 내려갈 수 없었다. 차오 치는 우리에게 말에서 내려 지도 두루마리들을 들고 걸어가라고 지시했다. 한참을 내려가자 모두를 수용하고도 남을 만큼 널찍한 해변에 도착했다. 나는 그곳이 어딘지 알고 있었다. 지도 위에서 본 적이 있는 곳이었다. 특이한 모습을 한 절벽과 바위들, 이 모든 것들은 흑진주 해협에 속한 곳이었다. 흑진주 해협은 천이백칠십삼 개의 섬들과 수많은 암초로 이루어져 있다. 나는 그곳도 이미 알고 있었다. 차오 치가 두루마리를 넣어놓으라고 한 동굴의 위치와 높이, 길이를 미리 알고 있었다. 동굴의 위치를 표시한 지점은 지도 위에서 **달빛 돌**의 빛으로 반짝이면서 세찬 바람과 파도 소리에 맞춰 흔들리고 있었다.

우리는 열을 지어 가서 두루마리를 바위 위쪽 푹 패인 곳에 차례로 내려놓았다. 차오 치는 해변에 커다란 말뚝을 박으러 갔다. 그는 작은 청동화로 속에 향을 피워놓고는, 숯이 다 타서 재가 될 때까지 한동안 집중하여 바라보고 있었다. 숯이 다 타자 그는 재를 물에 흩뿌리고 화로를 다시 궤짝에 정리해 넣은 뒤 돌아가자는 신호를 보냈다. 그곳에서 가장 가까운 사원은 두 시간 거리에 있었다. 그 뒤 사흘 동안 새 조련사들이 올빼미를 밤에 해변으로 날려보냈고, 네 번째 날, 새들이 돌아와 마침내 검은 돛을 단 배가 지도를 찾으러 왔음을 알려주었다. 차오 치는 지후와 나를 지목하여 그와 함께 동행하게 했다. 동굴 안에서 해변 모양의 지도 가 그려진 구름천을 발견했다. 거기에는 만날 장소가 표시되어 있었다.

"멀지 않은 곳이군요."

차오 치가 안도의 한숨을 내쉬었다.

"그들이 교환 물품에 만족해야 할 텐데…"

"나는 사원으로 먼저 돌아가겠습니다. 말들에 마구馬具를 다시 채워야 해서요."

지 후가 말했다.

"꼭 필요한 인원만 데려가도록 하게. 십여 명 정도면 충분할 걸세. 위쪽 해변에서 다시 만나세."

차오 치가 말했다.

지 후가 전속력으로 언덕 위로 올라가고 있는 동안 차오 치는 해변 위에 난 흔적들을 살펴보느라 얼마간 시간을 보냈다.

"우리는 그들이 누구이며, 어디로부터 오는지를 전혀 모릅니다, 금빛 머리. 신중한 올빼미 궁전의 몇몇 사람들은 그들이 바다 밑에서 나온다고 믿고 있고, 이런 가정을 뒷받침할 만한 근거가 될 책도 가지고 있다고 합니다. 다른 사람들은 그들이 지구 반대편에 있는 큰 섬에서 왔다고 말하지요. 나는 오히려 그 의견에 믿음이 갑니다. 하지만 그게 그리 중요한 것은 아니지요. 이 메시지는 그들이 음력으로 대략 며칠쯤 도착할 것인지를 말하고 있습니다. 우리가 어디에 지도를 숨겨두더라도, 또한 이곳 포구와 해안선이 아무리 복잡하게 나뉘어 있더라도 그들은 그것을 찾아낼 수 있습니다. 그들의 후각이 우리보다 훨씬 발달되어 있으리라 추측합니다. 그들을 이끌기 위한 향은 아주 조금만 필요할 뿐입니다. 그러면 그들은 우리가 **'말해선 안 되는 것'**을 찾아낼 수 있도록 표시를 남겨두지요. 그들은 실수를 하는 법이 없어요. 다만 문제는 그들을 만족시키기가 점점 어려워지고 있다는 건데……"

"몰래 그들을 정탐하고 놀래키는 건 그리 어렵지 않은 것 같은데요…"

"그건 허락할 수 없습니다, 금빛 머리. 우리가 힘이나 계략을 통해 '말해선 안 되는 것'을 빼앗으려 든다면 대번 그것이 가지고 있는 보배로움은 사라질 겁니다. 이미 다른 이들이 우리보다 먼저 그런 시도를 했었죠. 그들이 어떻게 일을 벌였는지는 당신에게 말하지 않겠습니다. 그 나라는 아직도 불행에서 벗어나지 못하고 있어요. 홍수, 모래 태풍, 우박, 폭우, 산불, 눈보라, 그리고 지진…… '말해선 안 되는 것'은 새벽빛을 머금으며 하늘의 빛깔을 잡아둘 뿐만 아니라 비취 나라 황제가 밤 동안 꾸는 꿈도 밝혀줍니다. 옳지 못한 행위로 천자天子의 기분을 더럽혀서는 안 되지요… 하지만 금빛 머리, 당신은 이곳 출신이 아닙니다. 그러므로 당신한테는 우리의 법이 해당되지 않습니다. 당신은 외국인이기에 우리와 달리 그것을 더 잘 찾아낼 수 있을 것입니다."

"왜 지금처럼 거래하는 것만으로 만족하지 않는 겁니까?"

차오 치는 기침을 한 후 말을 이었다.

"거래의 시기를 정확히 알 수 없는데다가 우리가 받게 될 '말해선 안 되는 것'의 품질을 미리 알지 못한다는 것은 매우 언짢은 일입니다. 그리고 먼저 이야기했듯이, 그들의 공급이 점점 더 불확실해지고 있어요. 현재 갖고 있는 양으로는 단 몇 달밖에 버티지 못할 것입니다. 어느 날 아침, 하늘과 황제의 얼굴 사이에 '말해선 안 되는 것'을 펼쳐놓지 못했을 때 어떤 일이 일어날 지는 감히 상상조차 하지 못할 겁니다."

"차오 치, 다른 사람의 의견과 '합의하기'가 쉬운 일이 아니라는 것을 이제 알겠지요? 당신도 지금 합의에 이르지 못하고 있지 않습니까! 그런데 그걸 나더러 하라니요. 리앙 펭과 밤의 대신들이 당신들의 일에 가담하도록 내게 '합의하기'를 강요하지 않았소! 사람은 누구나 더 많은 것을 알기를 원하지요. 그리고 그것이 어디에서 오는지 알기를 원하죠. 어느 누구도 맹목적인 복종을 좋아하지는 않을 것이오."

"이러다가 늦겠습니다!"

그는 소매의 먼지를 털어내고 길을 재촉했다.

지 후가 해변의 더 높은 지점에서 말과 기수들을 세워놓고 우리를 기다리고 있었다. 우리는 마치 지옥으로 가는 전차에 탄 기분으로 만남의 장소로 가고 있었다. 달은 모습을 드러내지 않고 있었고, 달빛 돌들은 가시덤불 사이로 어렴풋하게 희미한 빛을 내며 길을 비추고 있었다. 노란 밀랍으로 봉인된 다섯 개의 궤짝

속에 담긴 구름천은 해안 높은 곳에 자리한 탑 안에서 우리를 기다리고 있었다. 그것은 내가 상상했던 것만큼이나 신비로웠고, 수수께끼처럼 알 수 없는 느낌으로 가득했다.

차오 치는 짐을 나누어 가져가기 위해 궤짝들을 열었다. 나는 봉인을 여는 날카로운 쇳소리에 소스라치게 놀랐다. 각각의 궤짝에는 각기 서른 개의 두루마리가 들어 있었고 그 하나하나는 여러 가지 두께의 어두운 빛깔의 천으로 정성스레 감겨진 채 끈으로 묶여 똑같은 노란 밀랍으로 봉인되어 있었다. 새벽 무렵, 우리는 새들의 노랫소리를 들으며 사원으로 돌아왔다. 나는 씻은 후에 식당으로 아침을 먹으러 갔고, 낮에 잠시 눈을 붙였다가 지 후와 함께 운동을 했다. 그때 처음으로 지 후가 봉을 놓치게 만들어 버렸다. 그는 이 사건을 축하하려는 듯 과장된 몸짓으로 두세 번이나 바닥에 곤두박질치는 시늉을 했다. 내가 그의 찌푸린 표정을 보고 웃자, 그는 그 틈을 타서 손가락으로 내 정수리를 튕기듯 밀치고는 도망갔다. 마지막 순간에 교묘히 피하지 않았더라면 날 기절시키고도 남을 만한 힘이었다. 지 후와 함께 있을 때는 항상 마음을 놓을 수가 없었다.

해질 무렵 차오 치가 비밀 호송대를 소집했다. 마당에는 물소가 끄는 다섯 대의 짐수레가 서 있었다. 세 마리의 말만 있어도 충분할 양의 짐을 다섯 마리나 되는 물소가 나눠 짊어지고 있는 모습은 매우 기이하게 비춰졌다.

"금빛 머리, 당신이 이 호송대의 선두가 되십시오. 지 후가 서른 명의 사람들을 이끌고 당신과 합류할 것입니다."

두 개의 호송대. 나는 그것에 대해 미리 생각을 해두어야 했다. 내가 끌고가는 짐은 빈 상자이다. 반면 차오 치는 더 적은 수의 인원과 함께 수도로 직행할 것이다. 다른 사람들의 시선을 혼란시키기 위한 거짓 호송단의 책임을 내게 맡긴 이유가 뭘까? 생각이 머리 속을 떠나지 않았다……

물소가 끄는 수레를 이끌고 좁은 오솔길이나 길조차 제대로 없는 곳을 지나가기란 매우 힘들었다. 우리 쪽은 훨씬 긴 여정을 더 천천히 가야만 했다. 내게 지도와 여정을 선택할 결정권이 없었다. 처음에는 십여 일 정도 걸릴 것으로 생각했지만 계속되는 비 때문에 진흙탕 속에서 허우적거리다보니 더 긴 시간이 걸렸다. 드디어 잠든 노인의 사원의 물의 장벽 아래에 도착했다. 계속된 폭우 속에서 스무 날을 보내야 했던 우리는 모두 지쳐 있었다. 길고 험난한 여정 때문에 전보다 더 많은 희생자들이 생겨났고, 그들은 대부분 폭우로 인해 길을 잃은 불쌍한 나그네들이었다. 나는 몇 년 전 북쪽 해변 근처 둑길 위에서 만났던 나를 뚫어져라 쳐다보던 누런 개를 다시 만난 것이 아닌가 하는 착각에도 빠졌다. 그 개가 정말 옛날에 보았던 놈인지는 잘 모르겠지만 비밀 호송대가 가는 길에 마주치는 다른 존재들처럼 자신을 희생하는 것으로 대가를 치러야만 했다. 개는 사라졌다. 그런 처형이 자주 일어나지는 않았지만, 주로 구덩이나 수풀, 물에 잠긴 진흙 기슭에서 행해졌다.

마침내 다섯 대의 수레를 이끌고 성벽 안 동쪽 뜰을 통해 궁궐로 들어갔다. 근위대가 봉인된 궤짝들을 내렸다.

도서관에서 기다리는 리앙 펭을 보러 가기 전에 몸을 씻으러 갔다. 차오 치는 이미 오래전에 도착해 있었고 두 사람 모두 매우 만족한 듯 보였다.

"완벽하군요, 금빛 머리. 우리는 이미 '말해선 안 되는 것'을 일만 가지 변화무쌍한 하늘 궁전에 가져다 놓았소. 결과는 매우 성공적이오."

그는 커다란 종이를 한 장 탁자 위에 펼쳤다.

"이제 당신의 여정을 기록으로 남기는 일만 남았소. 우리는 당신이 돌아온 길에 더 흥미를 갖고 있소."

나는 그가 비웃는다고 생각했다. 내가 밟은 여정은 이미 그들도 알고 있는 길이었다. 제도사들이 들어왔다. 그들의 흰 손에는 측량 도구와 제도용 필기구가 들려 있었다. 마치 향연을 위해 식탁을 차리려는 모습과 같았다. 나 자신을 그 향연의 주요리로 바치고 싶지는 않았지만, 어쨌든 그 일에 착수했다. 그날 밤과 그다음 이어지는 밤동안 일을 하며 지새웠다.

일상은 다시 반복되었다. 나는 비밀 호송대의 업무와 훈련에 참가했고, 지 후는 크시닝으로 다시 떠났다. 그가 베에리와 그의 행복한 가족들을 만날 것을 생각하니 몹시 부러웠다. 상인 숙소에서 하던 일이나 도시의 소음과 냄새, 강의 신선함은 나에게 그리움을 불러일으켰다. 하지만 나 자신을 붙잡혀 있는 죄수라고 느끼지는 않았다. 인내심을 가지고 나의 시간이 오기를 기다렸다. 여름의 정점에 다음 여행이 있었고, 가을에도 또 한 번의 여행이 있었다. 그러나 어떤 이유에선지 예정되었던 거래에선 아무것도 얻지 못했다. 리앙 펭과 차오 치는 그것에 대해 크게 걱정하고 있었다. 간혹 우리 측이 준비한 물건들이 그들의 기대치에 못 미쳐서 그런 경우는 있었지만, 이번처럼 완전히 무시당하는 것은 처음이었던 것이다. 열두 가지 당황함 사원에 가서 까닭을 물어보았지만, 어떤 대답도 들을 수 없었다.

궁에서 맞는 열세 번째의 겨울로 접어들고 있을 때 치오 치는 다음 여행을 준비하고 있었다. 솜을 넣은 두꺼운 외투로 따뜻하게 차려입은 비밀 호송대는 다시금 바다를 향해 길을 떠났다. 돌이 저절로 갈라져 깨질 정도의 추위를 뚫고 '말해선 안 되는 것'을 가져오는 선원들은 틀림없이 가공할 실력을 갖춘 바다 사나이일 거란 생각이 들었다. 중간쯤에서 지 후가 우리와 합류했다. 그

비밀 호송대 행렬

는 중간 체류지에서 베에리의 상인 숙소에 대한 소식을 전해주었다. 지 후는 얼마 전에 아들을 낳았고, 모두가 나의 안부를 궁금해한다고 했다. 그치지 않고 계속 내리는 눈을 보면서, 나는 그들이 보고 싶었다. 베에리에 대한 우정과 내가 두고 떠나온 모든 이들을 생각했다. 모든 것이 너무나 그리웠다. 특히 여름날 아침 햇살 속, 고향집에서 어머니가 낮은 콧노래를 부르며 두루마리에서 천을 크게 잘라내던 모습이 눈에 선했다.

내가 추억에 빠져 있는 동안 우리는 차오 치가 말한 장소에 도착했고, 기름 먹인 가죽 상자에 소중히 담아 온 지도들을 거기에 내려놓았다. 차오 치는 바람과 눈을 피해 바위 아래에서 향을 피웠다. 만灣과 가까이에는 우리가 머물 사원이 자리하고 있었다. 그곳은 차분함과 인내심으로 명성이 높은 눈덩어리 종파 스님들이 수행하는 곳이었다.

며칠 밤 동안 차오 치는 정찰병들을 보냈으나 허탕이었다. 검은 돛을 단 배는 오지 않았다. 예외적인 경우지만, 리앙 펭이 직접 소식을 듣기 위해 이곳으로 왔다. 그 고귀하신 밤의 대신은 그때까지 궁궐을 떠나본 적이 없었다. 그는 사원의 장로長老들에게서 빌린 내전內殿에서 차오 치와 매우 오랫동안 이야기를 나누었다. 한 스님이 오더니 그들이 나를 찾는다고 전했다. 리앙 펭은 네모진 마당에서 허리를 굽히고 뒷짐을 진 채 큰 걸음으로 성큼성큼 걸으며 끓어오르는 화를 삭이고 있었다.

"우리가 걱정하던 일이 터지고 말았소. 벌써 두 번째 빈손으로 돌아가야 하는 사태가 일어났소. 이번에는 아예 검은 돛을 단 배가 우리 지도를 찾으러 오지도 않았소. 대궐의 점성가들은 언제나 지도를 어디에 정확히 놓아둬야 하는지 미리 알려주었는데 말이오."

"정찰대원들을 배치해두는 것으로 충분하지 않을까요?"

"그건 불가능하오. 이 지역에는 배가 숨어 있을 만한 해안이 수천 개도 넘는다오. 우리는 가능하면 눈에 띄지 않게 거래하길 원하오. 어쩌면 지금이 금빛 머리, 당신이 나서줘야 할 때인 것 같소. 당신이 여기에 지 후와 함께 머물면서 정찰을 하는 것이……"

"점성가들이 틀렸을 가능성은……"

"감히 어떻게 그런 말을?"

"가정일 뿐입니다. '말해선 안 되는 것'이 여기 비취 나라에서 만들어지는 게 아니라고 말해준 사람은 누구입니까? 어쨌든 그것은 천에 불과하지 않습니까?"

리앙 펭은 비단 소맷자락이 버석거리는 소리와 함께 허공에 손을 뻗으며 위협적인 몸짓을 해 보였다.

"당신이 방금 무슨 말을 했는지 잘 모르고 있는 것 같은데, 당신도 그것을 찾고 있지 않았던가요?"

"**구름천** 말인가요?"

"아주 오래전, 당신이 흰 산을 넘을 때부터 우리 측 비밀 요원이 당신의 뒤를 밟아왔소."

그는 내 목에 걸려 있는 작은 주머니를 집게손가락으로 누르며 말했다.

"당신에 대해 아무것도 모른 채 그 먼 곳에서부터 이곳까지 오는 것을 마냥 보고만 있었을 거라 믿는 거요? 오는 내내 우리가 당신을 보호하고 있었다는 것을 정녕 몰랐단 말인가? 그렇다면 우리가 왜 당신이 말한 작은 천 조각일 뿐인 그것을 위해 그렇게 당신이 오랫동안 여행해왔다는 것을 믿는지 생각해보았소?"

두 사람은 화난 듯이 눈썹을 치켜올리고 위협적인 표정을 짓고 있었다. 나는 순간 몸을 굽혀 인사를 하는 것으로 자리를 피하려고 했다.

"지금은 좀 피곤합니다…… 나는 지금 고향으로부터 멀리 떨어진 지구 끝에 와 있습니다. 마치 제가 살아온 시간들이 손가락 사이로 빠져나가는 모래 같다는 느낌입니다."

"여기까지 오는 것을 선택한 건 바로 당신이요, 금빛 머리. 우리가 당신에게 해주었던 것을 이제 당신이 우리에게 갚을 차례요. 우리는 당신을 믿소."

비밀 호송대는 수도로 돌아갔다. 눈보라 속에서 멀어져가는 두 관리의 뒷모습은 나를 나무라는 것만 같았다.

지 후와 함께 나는 몇 날 며칠을 해안선을 측량하며 해안에 접해 있는 모든 사원을 방문했다. 나는 바다에 대해서는 아는 것이 별로 없었다. 검은 돛을 단 배는 몇 척이나 있는 걸까? 크기는 얼마나 될까? 지구 반대쪽이라는 엄청나게 먼 거리를 항해할 만한 배라면 규모도 커야 할 테고, 정박할 곳의 수심도 꽤 깊어야 한다. 선원들을 위한 식량도 상당히 많이 필요할 것이다. 그렇다면 그 배가 눈에 보이지 않을 리가 없다.

다시 봄이 시작되었을 때, 작은 정크선 한 척을 빌려 주변 섬들과 흑진주 해협을 종횡무진 돌아다녔다. 지 후와 함께 진주를 사려는 손님으로 가장하고서 바닷사람들에게 온갖 질문을 하고 다녔다. 뜨거운 태양 아래 오래 다니는 것에 익숙하지 않던 나는 햇살이 물 위로 강하게 반사될 때면 금세 눈이 아려왔고, 피부는 벌겋게 달아올랐다. 내 몸이 차츰 야외의 강한 빛에 익숙해지고 외양外洋의 반사광에 그을려갈 때쯤, 이 지역은 너무나도 살기 좋은 작은 낙원처럼 느껴지기 시작했다.

　지 후는 위아와 그들의 아기 찬을 데려왔다. 우리는 섬에서 섬으로 여행했다. 무수히 많은 작은 배들이 물고기가 가득한 바다 위를 종횡무진 다녔고, 새로운 배들도 이곳에서 저곳으로 이동했다. 하지만 **검은 돛을 단 배**는 없었다. 대낮에 당당히 자신을 드러내고 다니는 해적선을 제외하고선 말이다. 대신 우리는 **나디르호**란 배의 존재를 알게 되었는데, 커다란 범선인 그 배는 매년 진주 거래를 위해 이곳에 온다고 했다. 나디르호는 밤에는 거의 움직이지 않았고, 정체를 알리지 않기 위해 숨는 법도 없었다. 그 배의 선장은 **지야라**는 신비한 여성 모험가라고 했다. 그 여인을 보진 못했지만, 그녀의 선원들과 만날 기회는 여러 번 있었다. 그들은 지야라에게 이루 다 설명할 수 없을 정도로 엄청난 존경심을 갖고 있었다. 어느 날 나는 그 배의 마테오 어쩌고 하는 항해사에게 나디르호에 승선해보고 싶다는 바람을 전달했다.

　"우리 배에서는 상거래를 하지 않습니다. 거래는 모두 뭍에서만 하는 것이 원칙입니다."

　"나는 배를 만드는 일에 관심이 있습니다. 당신네 배처럼 특이하게 생긴 배는 여태 한 번도 본 적이 없습니다. 당신네 선장과 간단한 대화를 나누는 것 정도도 안 되겠습니까?"

"가능할 것 같지 않습니다. 혹시 당신이 판매할 수 있는 지도라도 갖고 있다면 모르지만 말입니다."

"지금은 가진 것이 없습니다. 하지만 만약 당신이 며칠간의 말미를 준다면, 지도를 쉽게 구해올 수 있습니다만……"

"그렇다면 그때 가서 다시 이야기 합시다. 그럼 이만 가봐야 겠습니다."

나는 이 소식을 지 후에게 전했다.

"그들이 지도를 원한다고 하는데…"

"잘됐네요."

그는 발음을 강조하듯 한 음절씩 끊어서 말했다.

"그럼 오늘 밤이라도 잠깐 다녀오는 것이 어떨까요?"

그러나 안타깝게도 나디르호는 그날 해가 지기 전에 닻을 올렸고 다음 날 우리는 그 배가 남쪽을 향해 가고 있다는 사실을 알아냈다. 우리 정크선은 그쪽을 따라갈 만한 규모가 되지 못했다.

내가 말했다.

"어쨌든 그들이 검은 돛을 단 배와 관련이 있을 것 같지는 않아요. 일단 그들은 아무 거리낌없이 지도를 샀고, 돛의 색깔도 검은색이 아니니까요. 괜히 그들을 따라가는 건 시간 낭비죠. 아직도 가봐야 할 섬이 열 개도 더 남았는데……"

"돛을 밤에만 다른 것으로 바꾸는 것은 일도 아니랍니다, 금빛 머리. 잘 단련된 선원들에게 그 정도 일은 어렵지 않지요."

"물론 그런 생각은 해보았어요. 하지만 그 배는 은밀하게 다니기에는 지나치게 크단 말이죠. 밤의 대신들은 검은 돛을 단 배가 여러 개의 검은 돛을 달고 있다고 늘 얘기했어요. 검은 돛을 단 배는 잘 안 보이다가 마지막 순간에 나타난다고 하지 않던가요."

"그들은 어쩌면 중개 역할을 하는 다른 배를 사용하는지도 모르지요. 검은 돛을 단 배들을 해안에서 멀리 정박시킨 채, 얕은 물에 바싹댈 수 있는 가벼운 배로 천이 든 상자들을 실어 나를 수도 있을 겁니다."

나는 그런 상황을 잠시 생각해보았다.

"그럴싸해요, 지 후. 우리나라에서도 밀수입을 할 때 비슷한 방법을 쓰기도 하죠. 만약 그렇다면 우리는 그들을 멀리 떨어져서 쫓아야 할 거예요. 만약 당신 말이 맞는다면 그들이 누구를 만나는지 알 수 있겠죠."

안심한 지 후는 웃으며 일어났다.

"위아가 매운 소스 새우 요리를 준비해놓았을 거예요."

정크선은 순풍을 타고 있었고, 우리는 식당이 있는 뒤쪽 다리 위로 올라갔다. 위아는 해먹에서 아이를 품에 안고 자고 있었다. 지 후는 두 사람을 쓰다듬어준 뒤 화로 쪽으로 가 몸을 굽혀 냄비 뚜껑을 열었다. 그는 두 그릇 가득 음식을 담아왔다. 우리는 한입씩 먹으며 더할 나위 없는 행복감을 즐겼다.

지야라 선장이 우리를 일부러 끌고 다닐 결심을 했는지는 모르지만, 아무튼 나디르호는 기상천외했다. 이곳에서 저곳으로 확실한 이유도 없이 항해를 계속했고, 아무런 상거래도 하지 않고 항구에 머물러 있기도 했다. 그들이 닻을 내리기 시작한 저녁에는 해안 쪽에 휘황찬란한 불빛이 보였다. 먼 바다로부터 불어오는 바람을 따라 웃음소리와 노랫소리가 들려왔다. 이런 모습은 **구름천**의 수송을 둘러싼 삼엄한 경계와는 어울리지 않았다. 지야라란 여인은 뭍에 비록 자주 오르진 않았지만, 전설로 가득한 뱃사람들의 세계에서 믿을 수 없을 만큼 명성을 떨치고 있었다. 사람들은 그녀가 돌고래들과 자매이며, **크산 섬**의 바다 밑 동굴에 있는 사원이 그녀에게 헌정되었다고 말했다. 크산 섬의 주민들은 옛부터 돌고래에 신성함을 부여하고 경배해왔다.

한편으론 사람들은 그녀가 엄청난 미인이라고도 했다.

하지夏至를 기념하는 하늘을 나는 용 축제가 시작되기 직전에 위아가 병에 걸렸다. 지 후는 그녀가 걱정되어 함께 뭍으로 내려가려고 결심했다. 나는 나디르호가 자주 정박하는 빈 가오 섬의 한 마을에서 그를 기다리기로 약속했다. 원추형으로 생긴 그 섬은 멀리서도 쉽게 알아볼 수 있었다. 해변의 한 마을에서 매우 싼 값에 오두막을 한 채 빌렸다. 그곳에선 남자와 여자의 역할이 묘하게 나뉘어 있었다. 여자들은 새벽에 직접 뗏목을 몰고 바다로 나가 굴이 많이 나는 지점을 찾아냈다. 해변에서도 여자들이 물장구치는 소리와 웃는 소리를 들을 수 있었다. 해녀들은 진주를 찾기 위해 서로를 격려하며 물속으로 뛰어들었다. 그들의 허리춤에 달아놓은 바구니도 함께 잠수했다. 어떻게 물속에서 숨을 쉬지 않고 그렇게 오랫동안 있을 수 있는지 나로서는 알 도리가 없었다. 단지 내가 아는 것이라고는 그들만의 왕국인 바다에서 그녀들이 인어와 같은 유연함과 우아함을 지니고 있다는 것뿐이었다. 해녀들은 바구니 가득 굴을 따서 돌아왔고, 손에는 게와 낙지 등 온갖 종류의 바다 생물들이 들려 있었다. 반면 남자들은 낚시를 하지 않았다. 수영은 했지만 물은 그들의 구역이 아니었다. 그들은 그물 위로 날아오르는 물고기를 잡거나 화살로 사냥하는 것을 더 좋아했다. 어린 소년들은 바위 위에서 사냥 연습을 했다. 소년들은 조약돌을 넣은 갑오징어 뼈에 줄을 연결하여 빙빙 돌리다가 하늘 높이 그것을 던져 올렸다. 그런 뒤 활을 꺼내 들었다. 십여 개의 하얀 마름모꼴 오징어 뼈가 파란 하늘 위로 기다랗게 포물선을 그렸고, 화살이 뒤를 이어 온몸을 떨며 날아갔다. 화살은 비가 내리듯 바다 위로 떨어지면서 물방울을 튕겨 올렸는데, 그것 역시 볼 만한 광경이었다. 그곳 사람들이 살아가는 모습은 아무리 봐도 싫증나지 않았다. 이 섬에서는 노인들조차 우아하게 걸어 다니는 것 같았다.

빈 가오에서는 모든 사람들이 나디르호를 알고 있었다. 돌고래 여인*은 이곳에서 수영하는 것을 좋아했다. 모든 남자들이 그녀와 사랑에 빠졌다. 진주를 채취하는 해녀들은 그녀가 오기를 손꼽아 기다렸다.

"지야라는 늘 우리에게 행운을 가져다준답니다"

해녀들이 해맑게 웃으며 말했다.

나는 이십 대쯤으로 보이는 파당이라는 젊은이와 친하게 지냈다. 그는 내게 잠수하는 법을 가르쳐주었고, 주변 지역에 대해 이런저런 이야기를 해주었다.

"나디르호는 또 언제 올까요?"

"저도 잘 모르겠습니다, 금빛 머리. 근처에서 검은 돛을 단 배가 서성이는 것을 봤다는 얘기가 있어서요. 지야라는 그들을 피해 시간을 보내는 것 같습니다."

"검은 돛을 단 배라고요?"

"흑진주 해협의 해적들이지요. 그들의 두목인 **도티케**는 몇 년 전부터 나디르호를 쫓고 있지만, 비취 나라 해변 가까이에는 오지 않고 있습니다."

"그들이 지도도 사나요?"

---

* 지야라의 별명.

"아닙니다, 금빛 머리. 그들은 거래를 하지 않습니다. 사람들을 죽이고 물건을 약탈할 뿐이죠."

내가 그에게서 알아낸 것은 그게 다였다. 빈 가오에서는 불행을 가져올 수 있는 것들에 대해 말하는 것이 금기로 여겨지고 있었기 때문이다.

우리는 모여 함께 저녁을 먹었다. 나는 종려나무를 엮어 만든 커다란 돗자리 위, 그들 옆에 자리를 잡고 앉았다. 모래 구덩이에 만들어놓은 화덕으로부터 먹음직스런 생선 냄새가 풍겨나오고 있었다. 제비갈매기의 날카로운 울음소리가 저녁의 미지근한 공기 속을 떠도는 가운데, 아이들은 내 무릎 위로 올라와 재미있는 이야기를 해달라고 졸라댔다. 그곳에서 느낀 삶의 달콤함과 상냥함 때문에, 하마터면 내가 왜 거기 머무는지조차 잊어버릴 뻔했다. 느긋한 대화와 아이들의 웃음소리에 감동받은 나는 지금까지 어떻게 신중한 올빼미 궁전에서 **밤의 대신들**의 끔찍한 감독을 받으며 달빛 속에서 침울하게 지도를 그리느라 탁자 위에 몸을 굽힌 채 그 수많은 시간을 보낼 수 있었는지 의아해졌다.

나는 파당과 함께 근처 섬들의 해저 동굴을 탐험해보았다. 나는 그에게 크산 섬까지 데려가 달라고 부탁했다. 그곳에서 돌고래 신전으로 사용되는 동굴을 보고 싶었다. 또한 비밀스러운 바람이지만, 지야란 여자에 대해서도 조금 더 알아내고 싶었다.

하지만 우리는 크산 섬까지 가지 못했다. 거기서 큰 연기가 치솟고 있었기 때문이었다. 집들이 불타고 있었고, 해안 쪽에서는 비명이 들려왔다. 코코넛 나무들 주위로 불길이 크게 타오르고 주민들은 강제로 배에 태워지고 있었다. 바로 그 순간, 나는 배들이 모두 검은 돛을 달고 있다는 사실을 깨달았다.

파당은 위험을 알리기 위해 약탈자들의 눈을 피해 뱃머리를 돌렸다. 우리가 시에스타 시간에 빈 가오에 도착했다. 얼마 지나지 않아 모든 주민이 회의를 열기 위해 한곳에 모였다. 활과 화살을 든 남자들은 격렬한 어조로 말했고 여자들은 걱정에 휩싸여 있었다. 처음에 그들이 자신들에 대해 걱정하고 있다고 생각했지만, 사실 그들은 지야라를 염려하고 있었다. 끊임없이 그들의 입에서 그녀의 이름이 새어나오고 있었다. 나는 큰 위험이 닥쳐오고 있는데도 그들이 왜 지야라에 대한 걱정에 사로잡혀 있는지 이해할 수가 없었다. 마침내 우리가 크산 섬 근처에 이르렀을 때 나디르호가 도착했다는 소식을 들었다.

"어떻게든 그녀에게 이 소식을 알려야 해요!"

진주잡이 해녀들이 말했다.

"검은 돛을 단 배가 크산 섬에 있는 동안 거기서 나디르호를 보지는 못했어요."

"지야라는 지금 우리에게 오고 있어오. 아마 도티케도 그걸 눈치챘을 거예요."

"우린 회의하느라 시간을 너무 끌고 있어요. 섬을 방어해야 합니다. 만약 검은 돛을 단 배가 이곳까지 온다면 아이들은 동굴로 데려가고, 우리도 모두 피신처로 들어가야 합니다."

파당이 대답했다.

"어쨌든 지야라에게 알려야 합니다."

"도티케보다 먼저 그녀를 찾도록 힘쓸게요."

파당이 말했다.

"내가 같이 가겠소."

내가 연이어 말했다.

밤이 되자 우리는 카누를 타고 작은 섬들 사이로 들어가 해변에 도착했다. 하늘은 맑았고 마치 대낮처럼 훤했다. 파당이 돛을 올렸다. 카누는 지그재그로 나아갔다. 바위 더미와 코코넛 나무 숲이 만들어낸 수많은 검은 그림자들을 두 눈으로 샅샅이 훑어보며 지나갔다. 새벽에 우리는 군도群島의 좁은 수로 중 한 군데로 들어섰다.

"나디르호다!"

파당이 팔을 들어 올리며 외쳤다.

두 개의 모래톱 사이로 지야라의 배가 서서히 들어오면서 커다란 암초를 우회하고 있었다. 그 커다란 바위는 그곳부터 물이 깊어진다는 것을 알리고 있었다. 갑자기 그때 숨어 있던 검은 돛을 단 배들이 나디르호의 길을 가로막았고, 일 대 오의 싸움이 시작되었다. 별안간 시야에서 그들이 사라졌다. 파당이 카누의 방향을 옆쪽으로 바꿨기 때문이었다. 바위 때문에 앞을 내다볼 수 없었지만, 선체끼리 충돌하여 으스러지는 끔찍한 소리와 죽음의 아우성으로 등줄기가 오싹해지는 것을 느꼈다. 무기들이 서로 요란하게 부딪쳤고 사람들의 비명이 들렸다. 마침내 반대쪽에서 나디르호가 모습을 드러냈다. 돛을 모두 펼친 나디르호의 모습은 옆구리를 물고 늘어지는 사냥개 무리를 간신히 떼어낸 쫓기는 사슴처럼 보였다. 물살은 배를 코코넛 나무가 있는 불규칙한 모래톱 사이로 떠밀었고, 해적들은 이미 갑판 위로 몰려들고 있었다. 달아날 길이 없어 보였다. 우리는 아무것도 할 수 없었다. 그래도 파당은 손이 하얗게 변할 정도로 온 힘을 다해 활시위를 당기고 있었다. 그러다 갑자기 순식간에 이 모든 소란이 아무 이유 없이 사그라졌다. 주변 공기는 흐릿해졌고, 마치 두꺼운 덮개로 소리를 덮어버린 듯 모든 것이 봉인되었다. 파당은 어리둥절한 표정으로 나를 쳐다보았다. 그와 마찬가지로 나역시 이런 갑작스러운 변화를 전혀 이해할 수 없었다. 그때 갑자기 넘실대는 파도로 몸이 들어 올려지는 것을 느꼈고, 속이 울렁거렸다. 모든 것이 흔들렸다. 하늘을 향해 들어 올려진 카누는 잠시 불안정하게 멈추더니 잠시 후 뒤쪽으로 한참을 미끄러져 내려갔다. 그런 뒤 빙빙 돌면서 뒤집어질 뻔하다가 가까스로 균형을 잡았다. 그때쯤 나는 우리를 그렇게 만든 파도를 직접 확인할 수 있었다. 그것은 마치 바다뱀의 등이 물 위로 미끄러지듯 올라오는 것과 같은 모양이었다. 우리를 밀치고 간 파도는 이제 싸움이 진행되고 있는 쪽을 향해 맹렬한 기세로 다가가고 있었다. 눈에 보이지 않는 고요한 분노가 터질 듯이 잠재되어 있는 것처럼 보였다. 마침내 파도는 크고 하얀 물결을 일으키며 배들을 뒤집어 모래톱 위로 던져 산산조각 내버렸다. 요란한 소리는 조금 뒤에 우리 귀에도 들려왔고 날카로운 바람 소리가 내 귓전을 때렸다. 거대한 파도가 썰물처럼 빠져나갔지만, 우리 배는 다행히 무사했다. 파당은 해변을 보면서 크게 미소 짓고 있었다.

"구조 요청을 해야겠어요. 어쨌든 더 이상의 위험은 없습니다. 확실한 것은 해적들이 다 죽었다는 거예요. 엄청난 파도가 그들을 삼켜버리다니……"

"어떻게 그럴 수가?"

"돌고래들을 보지 못했나요?"

나는 그때까지도 알아채지 못하고 있었다. 그러고 보니 여기저기에서 돌고래들이 물 위로 던지는 자갈이 물수제비를 뜨는 것처럼 물 위로 나왔다 들어갔다 하고 있었다.

흑진주 군도에서의 전투

"돌고래들이 파도를 몰고 온거야! 돌고래 여인을 구하러 온 거라고!"

파당은 환희에 차 소리를 질러댔다.

우리가 지원대와 함께 돌아왔을 때, 백여 개의 지느러미들이 물거품을 내며 부글거리고 있었다. 파도는 해적들을 쓸어갔고, 그들의 배를 박살냈다. 그들의 시체 또한 산산이 흩어버렸다. 그들이 납치했던 마을 주민들은 무거운 족쇄를 발에 매단 채 난파 잔해물들과 함께 해변 모래사장 위로 밀려와 있었다. 그들은 겁에 질려 있었지만 살아 있었다. 이해할 수 없는 일이었다. 신은 노여움으로 모든 것을 쓸어 가버리면서도 악인과 선인을 구분하는 지혜는 잊지 않았던 것이다.

그렇지만 전투 초반에 해적들에게 당한 나디르호의 선원들은 목숨을 구하지 못했다. 서른세 명의 선원들 중 단 다섯 명만이 살아남았고, 그들의 상태는 아주 비참했다.

우리는 배에서 내려왔다. 마을의 장로가 각자 해야 할 일을 나누어주었다. 모든 사람이 힘을 모았다. 죽은 사람들과 살아남은 사람들의 수를 파악하고 부상자들을 골라냈다. 잡혀 있던 자들의 족쇄는 모두 풀어주었다.

"금빛 머리!"

나는 물을 가져다주고 상처에 붕대를 감았다.

"금빛 머리!"

나는 아이들을 모으고 부모들을 안심시켰다.

"금빛 머리!"

다른 사람들의 등 뒤에서 파당이 나를 부르고 있었다. 내가 있는 곳에서는 그가 있는 곳이 잘 보이지 않았다. 나는 그에게 달려갔다. 그는 진주잡이 해녀들에게 내가 지나갈 수 있도록 길을 열어달라고 했다. 그들 중 세 사람이 누군가 길게 늘어져 누워 있는 몸 위로 무릎을 꿇고 있었다.

"숨을 쉬고 있어요."

파당이 말했다.

나는 가까이 가보았다. 그녀였다. 피투성이가 된 채 의식을 잃고 누워 있는 것은 바로 그녀였다. 모래 위로 흩어진 그녀의 길고 검은 머리카락은 계란같이 둥근 얼굴 주변을 휘감고 있었다. 나는 한 번도 그녀를 본 적이 없지만 그녀가 누구인지는 단번에 알 수가 있었다. 그녀는 하얀 치아 사이로 조개껍데기 같은 것을 물고 있었다. 그것은 부적처럼 보였다.

"지야라!"

나는 숨을 몰아쉬며 그녀를 불렀다.

장담할 순 없지만 그녀의 입술이 미소를 지으려는 듯 옆으로 길게 늘어났다. 그 바람에 입에서 부적이 튀어나와 턱밑으로 떨어지더니 쇄골 사이 움푹 패인 목 아래 부근에서 멈췄다. 그녀의 모든 생애가 이 작고 반짝이는 눈물방울 같은 부적 속에서 피난 처를 찾고 있는 것처럼 보였다. 그것은 그녀의 약한 호흡에 따라 요람이 흔들리듯 달랑거리고 있었다. 더 자세히 살펴보자 그것이 상아로 만든 작은 돌고래라는 걸 알 수 있었다.

갑자기 알 수 없는 당혹감이 밀려왔고, 나는 무릎을 꿇고 털썩 주저앉았다. 내 심장은 난폭하게 두들겨 맞은 것처럼 불규칙하게 뛰고 있었다.

부상자들을 빈 가오로 수송하는 데 거의 한나절이 걸렸다. 다음 날 우리는 나디르호의 부서진 선체를 밧줄로 끌고 갔다. 선창은 비어 있었고, 선체는 해변 위에 쓰러져 있었다. 화물은 사람들이 등짐에 지고 마을 위쪽 동굴로 옮겼다. 선실 안에서 파도에 휩쓸려 진흙 투성이가 된 매우 아름다운 항해용 지도 모음집을 발견했다. 나는 그것들을 한 장 한 장 닦아내고, 적당한 장소를 찾아 발을 펼친 다음 그 위에 잘 널어놓고 말렸다. 또한 발 가까이에 숯을 깔아 불을 피워 벌레와 곰팡이를 막았다.

우리는 살아남은 자들을 위한 큰 보호소를 지었고, 다른 섬에서 치료사를 불렀다. 하지만 그러한 노력에도 많은 사람들이 부상 후유증으로 죽어나갔다. 죽은 이들 중에는 나디르호의 선원도 두 명 있었다. 이제 나디르호 선원은 모두 합쳐 세 사람밖에 남지 않았다. 목수인 에르칼로스는 말 그대로 화살이 몸을 꿰뚫고 나갔고 칼로 베이기까지 했지만 누구보다 먼저 회복되었다. 그는 강인한 체력을 타고난 사람이었다. 그는 회복되자마자 마을 사람들의 도움을 받아 나디르호를 수리하기 시작했다. 몸이 약해졌을 텐데도 그의 망치질 소리는 다른 사람들보다 우렁찼다. 항해사인 마테오는 오른쪽 눈을 잃었다. 나머지 한 사람인 제낭드르라는 사내는 머리에 커다란 말발굽 모양의 흉터를 얻었고 머리카락 일부는 하얗게 새버렸다. 그는 왜가리처럼 꽥꽥대며 욕설을 하면서 이리저리 걸어 다니고 있었다. 원래부터 좀 모자라는 사람이 아니라면 제정신이 아직 돌아오지 않은 것 같았다. 혹은 열에 들떠 정신이 아예 나가버린 것인지도 모를 일이다.

아름다운 지야라는 여자들만 드나들 수 있는 장소에 머물고 있었다. 나이든 여자 치료사가 그녀 곁을 지키며 어딘지 믿음이 가지 않는 물약을 만들고 있었다. 진주잡이 해녀들은 그녀에게 봉헌물을 바쳤다. 그러는 동안, 그리고 그 후에도 돌고래들은 계속 작은 만灣 안에서 빙글빙글 돌며 헤엄치고 있었다. 우리는 식량을 걱정할 필요가 없었다. 돌고래들이 물고기들을 떼로 잡아 해변 위로 던져주었기 때문이다. 그저 주워 모으기만 하면 되었다. 어린 돌고래들은 물 위로 코를 치켜들고 같이 수영하며 놀자는 듯 아이들을 불러 모았다. 아침부터 밤까지 아이들과 돌고래의 즐거운 놀이는 이어졌고, 아무도 이 작은 마을에 닥친 불행을 참담한 비극으로만 여기지는 않는 것 같았다.

그러던 어느 날, 정크선 한 척이 와서 닻을 내렸다. 나는 해안에 닻을 내리러 오는 배 안에 있는 지 후를 알아보았다. 지 후가 모래사장으로 뛰어내렸다. 우리는 반갑게 서로 얼싸안았고 언제나처럼 열정적인 언변으로 그가 먼저 말을 시작했다. 그는 폭포처럼 안부를 묻고 또 질문을 해댔다. 위아는 건강을 되찾았고, 한편 베에리가 내게 안부와 우정을 전한다고 했다. 지 후는 예상했던 것처럼 **밤의 대신**들의 명을 받아 나를 데리러 이곳에 온 것이다.

"지 후, 난 여기에 더 머물러야만 해요."

"금빛 머리, 우리 상황에도 변화가 있었습니다. 물품 배송이 다시 시작됐어요. 이번에 받은 천은 한 달 전보다 품질이 좋습니다. 리앙 펭은 매우 기뻐했죠. 당신을 데려가야 합니다. 지도를 더 제작하기 위해선 당신이 꼭 필요합니다. 리앙 펭은 혹여 우리가 **검은 돛을 단 배**에 너무 가까이 다가가서 기분을 상하게 하지는 않을까 노심초사하고 있어요. 그들에 대해 뭐 좀 더 알아낸 것이 있나요?"

"검은 돛을 단 배 세 척을 직접 봤어요. 한 오 주 전쯤에요. 하지만 우리가 찾던 배는 아니었습니다."

그는 돛을 세우고 있는 나디르호 쪽으로 눈길을 던졌다.

"그 지야라는 여자와는 얘기해봤나요?"

"그 일과 그녀는 아무런 상관이 없어요! 절대 상관이 없습니다. 게다가 그녀는……"

지 후가 나를 아래위로 훑어보았다.

"금빛 머리, 당신 어딘지 수상하군요."

"뭐가 말이죠?"

"글쎄… 어딘지 이상한 데가 있어요."

"지 후, 부탁 한 가지가 있어요. 쉬운 건 아니예요."

그의 눈에서 놀리는 듯한 장난기가 언뜻 서리는 것을 보았다.

"내 입맛이 사라질 만한 부탁인가요?"

말을 꺼내기도 전에 내가 의도한 바를 파악하는 그는 진정 벗이라 할 만했다.

"이곳에서 정말 끔찍한 전투가 있었어요. 실은 여기에서 그리 멀지 않은 곳이었죠. 많은 사람들이 죽거나 파도에 휩쓸려 실종되었어요. 수도 없이 많은 사람들이…… 그 실종자들 중 한 사람으로 나를 넣어줬으면 해요."

"금빛 머리!"

"이렇게 내 여행이 끝나리란 걸 당신은 이미 알고 있지 않았나요? 하지만 여기서 우리의 우정이 끝나는 건 아닙니다. 내 마음은 이미 신중한 올빼미 궁전과 밤의 대신들에게서 떠났어요. 더 이상 밤을 새면서 지도를 그리고 싶지 않아요. 낮의 태양을 피해 다니고 싶지도 않고요. 그동안 빛을 얼마나 그리워하고 있었는 지 잊고 있었어요. 검은 돛을 단 배는 이제 전혀 중요하지 않아 요. '말해선 안 되는 것'도 마찬가지이고요…"

"혹시 이 모든 일들이 지야라와 관계있는 건 아니겠죠?"

그가 물었다.

그리고는 수평선 쪽을 바라보려다가 문득 걱정스런 눈빛으로 덧붙여 말했다.

"밤의 대신들에게 당신이 죽었다고 전하란 말인가요?"

나는 생각해보았다. 지 후는 혼자가 아니다. 위아와 아들 찬, 그리고 베에리와 그의 가족들이 있다. 그들은 모두 나와 깊은 우 정을 나눈 사람들이다. 만약 지 후가 관리들을 속인 것이 발각된 다면 그들은 모두 지 후와 함께 끔찍한 형벌을 받을지도 모른다.

"금빛 머리, 그들이 과연 내 말을 믿을까요? 전투가 끝난 다음 당신이 부상자들을 돌보는 모습을 사람들이 보지 않았나요?"

제낭드르가 알 수 없는 말을 지껄이며 우리 두 사람 사이로 지 나갔다. 그의 하얀 머리칼이 바람에 흩날렸다.

"지 후, 당신 말이 맞아요! 사람은 죽는 것 말고 다른 방법으 로 자기 몸을 감출 줄 알아야 하는데 말이죠… 내가 차오 치와 리앙 펭에게 보고서를 써줄게요. 내가 아직도 임무를 수행하고 있다고 그들을 설득하는 수밖에 없겠어요."

지 후는 나의 제안에 대해 고개를 숙인 채로 생각했다. 그런 뒤 다시 내 눈을 바라보며 말했다.

"그렇다면, 잘 한번 생각해보세요. 당신의 요리 솜씨처럼 글을 쓰면 될 거예요. 예를 들어… 지난번 당신이 만든 검정 버섯 수프를 기억해요? 끔찍한 맛이었죠. 해적과 싸우는 것보다 그것을 삼키는 게 더 어려웠어요."

"당신은 역시 내 형제예요."

지 후는 다음 날까지 그곳에 머물렀다. 그는 왜 내가 빈 가오 사람들에게 애정을 갖는지 잘 이해하지 못했다. 그는 빈 가오 사람들이 거칠다고 생각했고, 그들의 구릿빛 피부와 식사 습관도 좋아하지 않았다. 또한 은신처에 몸져 누워 있는 그 여인에 대해서도 아무런 동정심을 느끼지 못했다. 늙은 주술사가 향을 만들어 그녀에게 일종의 향기요법을 시술해주고 있었다. 하지만 검은 돛을 단 배와의 물물교환은 다시 성사되어야만 했다. 검은 돛을 단 배가 돌아오고 있었고, 밤의 대신들은 바로 그 점에 관심을 두고 있었다.

지 후와 헤어질 때 나는 조사한 사항들에 대해 붓으로 쓴 기록을 건네주었다. 거기에 검은 돛을 단 배와 함께 콧구멍으로 지옥 불을 내뿜으며 산과 바다에 모습을 드러낸 바다용에 대해 매우 자세하게 묘사했다. 또 파도가 나를 덮쳐 바닷속 돌고래 여인의 왕국으로 데려갔지만, 돌고래의 등을 타고 무사히 돌아왔다고 썼다. 지 후는 그 이야기가 내 정신 상태를 의심할 만하게 한다고 말했다.

"내가 그 여인을 기다리느라 카누에 앉아서 시간을 보내는 게 일이라고, 아예 반쯤 미쳐버렸다고 말해줘요."

"그 말이 완전히 거짓말이 아닌 것처럼 느껴지는 건 무슨 까닭일까요, 금빛 머리? 그 여자가 당신에게 정말로 마법을 건 걸까요?"

나는 그에게 귀고리에 연결할 만한 예쁜 진주 두 알을 건넸다. 아름다운 위아에게 줄 선물이었다. 그리고 찬을 위해서는 조그마한 활을 준비했다. 그는 향기나는 아름다운 하늘색 종이에 싸인 작은 벽돌 모양의 무언가를 내 손에 쥐어주었다.

"금빛 머리, 이것은 만 개의 시냇물로 흐르는 비 지방에서 나오는 최고급 청차입니다. 이 차는 영원한 기억을 보장해준다고 해요. 너무 많이 마실 필요는 없습니다. 가끔씩 날 기억하고 싶을 때 드세요."

"난 당신을 잊고 싶지 않아요. 친애하는 지 후. 당신이 내 가까이 있는지 없는지는 손으로 슬쩍 머리만 만져보면 알죠. 이제

179

무술 수련을 하지 않으니 손에 박힌 두세 개 굳은 살만이 당신과 했던 봉술 연습을 추억하게 해주겠군요."

그는 얼굴을 찌푸리며 자기 머리를 손으로 쓰다듬었다.

"좋으실 대로, 금빛 머리. 다시 한 번 말해두지만, 청차는 회상의 차예요. 과거를 추억하게 해주는 힘이 있지요."

그는 내가 아이처럼 손을 벌리고서 들고 있는 찻뭉치를 가리키며 말했다.

"안녕, 지 후!"

"잘 있어요, 금빛 머리!"

정크선은 사라졌고, 나는 나디르호 수리를 하고 있는 에르칼로스에게로 갔다. 그 거인은 자신의 말을 거역하지 않는다는 조건으로 일을 돕도록 허락했다. 그는 내가 지야라에 대해 조금이라도 흥미를 보이면 못내 거슬려했다. 우리는 배의 이쪽 끝에서 저쪽 끝까지 뿌리 내린 기생 식물들을 모두 긁어내고 깨끗하게 청소했다. 그런 다음 선체의 부서진 틈을 메우는 작업을 했다. 야자나무 열매의 섬유질을 코프라 기름*에 담가두었다가 배의 틈을 메우는 데 사용했다. 그러고 나서 이음매 부위를 망치질하여 튼튼하게 만들었다. 상당히 힘든 그 작업을 마치는데 여

---

* 야자열매의 핵을 건조하여 얻어지는 야자유의 원료이다. 비누, 양초, 마가린 등의 원료로 쓰인다.

러 날이 걸렸다. 진주잡이 해녀들이 활기를 되찾고 물질을 시작했다. 나름대로 지야라도 많이 나아졌을 것 같았다. 그녀의 은신처에 오가는 사람들이 전보다 많아졌다. 그녀는 아직 창백하고 여윈 모습이었지만, 해변을 산책하러 조금씩 밖으로 나오기 시작했다.

나는 아침마다 그녀에게 청차를 한잔씩 갖다주었다. 그러기 위해서 그녀의 호위 대원들을 설득해야 했고, 아름다운 지야라 주위에서 눈살을 찌푸린 채 경계 서는 그들을 받아들여야 했다. 청차는 그녀에게 과거의 추억을 떠올리게 해주었다. 자신만의 내면으로 푹 빠진 그녀는 손가락 사이에 조그만 상아 돌고래를 쥐고서 오랫동안 움직이지 않았다. 한마디 말도 없이 차만 한 모금씩 넘기면서 내가 있다는 것조차 잊은 듯이 보였다. 그곳에 그녀는 더 이상 없었다. 아니 그녀에게 나는 보이지 않는 것 같았다. 하지만 내 눈에는 그녀밖에 보이지 않았다. 폭포처럼 흘러내린 검은 머리칼, 아몬드 모양의 초록색 큰 눈, 그 아래로 높게 솟은 광대뼈, 독특한 그녀만의 고개를 숙이는 방식, 머리를 받치고 있는 섬세하고 탄탄한 목, 목걸이 끈 아래 대롱거리며 달려 있는 내가 부러워하는 그 부적! 그녀의 상처는 다 나았지만, 계속 우울해하는 것 같았다. 나는 다른 사람으로부터 그녀가 무엇 때문에 괴로워하는지 알게 되었다. 전투의 마지막 순간, 그녀의 부하들은 모두 그녀를 지키기 위해 등을 돌려 원을 만들었고, 한 사람이 열 명씩 상대하며 싸웠다고 한다. 그러한 인간 방어막이 무너지자 해적들은 가장 높은 돛에 그녀를 매달았고, 해적들은 그녀가 보는 앞에서 부상당한 사람들을 바로 죽여버렸다. 그러던 중 거대한 파도가 몰려와서 그녀를 살린 것이다.

에르칼로스와 제낭드르, 마테오는 이미 먼저 죽은 자들 사이에 내동댕이쳐져 있었다. 덕분에 그들은 목숨을 건질 수 있었다. 해적들은 그들이 죽은 줄로 알고 성큼 지나쳐 갔고, 대신 오랫동안 저항하며 그들을 자극하는 다른 사람들을 공격했던 것이다.

진주잡이 해녀들이 그녀를 찾아왔다. 지야라는 해녀들과 함께 몇 시간이고 물속에 있을 수 있었다. 그녀는 물속에 있을 때만큼은 나디르호의 수리 상황에 관심을 가질 만큼 힘이 나는 것 같았다. 나중에 그녀는 일종의 의례처럼 수영을 한 후 나디르호로 갔고, 마테오와 에르칼로스와 이야기를 나누었다. 나는 거기서 다른 사람들과 함께 갑판을 닦거나 못을 박거나 에르칼로스가 지시한 무언가를 하고 있었다. 내가 무엇을 하고 있었는지는 중요하지 않았다. 그녀는 나를 보지 못하는 것 같았다. 어느 날 아침 그녀가 항해 지도를 가지고 오라고 시켰다. 마테오가 그녀에게 그것을 갖다주자 지도에서 나는 연기 냄새 때문에 그녀는 구역질을 했다. 그때 에르칼로스가 차 애호가들이 쓰는 특이한 건조 방식에 대해 빈정거리며 말했다. 나는 그의 그런 태도에 화가 나서 망치질을 멈추었다.

"만약 내가 그것들을 손질해두지 않았다면, 지도들은 지금쯤 벌레 먹고 곰팡이가 핀 진흙투성이 종잇조각이 되어 있을 거요! 깨끗이 닦고 잘 마르게 널어놨기에 망정이지 아마도 진흙 덩어리가 되어 있었을 거요! 지금 냄새가 좀 심하게 나긴 해도, 어쨌든 지도를 볼 수는 있지 않소!"

나는 그들의 언어를 유창하게 말하지 못했다. 에르칼로스는 그 점을 이용해 못을 박으며 마테오에게 하는 것처럼 말을 이었다.

"불쌍한 사람, 그는 자기가 아는 대로 했을 뿐인데… 그가 사는 나라에선 종이 말리는 것과 생선 훈제하는 것을 혼동하나 보지! 그렇다고 그에게 뭐라 할 수는 없지! 누구나 지도의 가치를 알아보는 재능을 가진 건 아니니까 말이야."

"지도라면 내가 당신보다 훨씬 더 많이 알고 있을 거요. 에르칼로스, 내 말을 믿으시오. 당신이야말로 지도에 대해 문외한이지 않소!"

그가 단 세 걸음만에 달려와 손을 뻗었다. 그리고는 내 멱살을 잡으려 했다. 하지만 그는 아무것도 잡지 못했다. 내가 잽싸게 피해버렸기 때문에 그는 비틀거리다가 들통 위로 쓰러져 길게 뻗어버렸다. 그의 원맨쇼를 본 사람들은 웃음을 터뜨렸다.

그가 몸을 일으켰고 손을 자신 입술 쪽으로 가져갔다. 그의 두 번째 공격은 앞서 내가 그에게 준 모욕만큼 훨씬 위협적이란 걸 한눈에 알아차렸다.

지야라는 개입하지 않았다. 그런 주먹다짐은 선원들 간에 수도 없이 일어나는 일이었으므로 그리 대수롭지 않게 여기는 것 같았다. 그녀는 한 걸음 물러나서 싸움이 끝나기를 기다리고 있었다. 그는 덩치만으로도 나보다 두 배는 강해 보였으므로, 그녀는 자신의 목수를 잃을 걱정은 하지 않아도 되었다. 게다가 그 정도 소소한 싸움은 그의 성질을 억누르기 위해 정기적으로 필요한 것이기도 했다. 그가 으르렁거리며 달려들었다. 나는 다시 한 번 피했는데, 이번에는 뛰어오르면서 그의 손목을 잡아챘고, 그의 어깨 쪽으로 몸을 굴리며 있는 힘껏 궁둥이 아래에 그를 깔아 눕혔다. 우리 몸은 갑판 위로 무겁게 떨어졌다. 나는 한쪽 발로 그의 목을 누르고 두 손으로는 뒤로 꺾인 그의 팔을 꽉 잡고 있었다. 그는 어깨가 빠졌다고 해서 싸움을 그만둘 남자는 아니었지만, 머리를 구석에 부딪친 탓에 반쯤 정신이 없는 상태라 얼른 싸움을 끝내야 한다고 생각하는 것 같았다. 그렇지 않았다면 나는 그를 더 오랫동안 붙잡고 있어야 했을 것이다. 나는 비밀 호송대의 안마당에서 지 후에게 받았던 거친 무술 수련에 대해 마음속으로 감사했다.

마테오가 에르칼로스를 도와 일으켜주었다. 그는 에르칼로스가 꼴사납게 당하는 모습을 보고도 별로 기분 나빠하지 않는 듯했다. 그 역시 종종 에르칼로스의 나쁜 성깔을 참아줘야 했을 때가 많았기 때문이다. 지야라가 내게 지도를 잘 관리해줘서 고맙다는 인사를 함으로써 싸움은 끝났다.

그녀는 흑진주 군도의 지도를 펼쳤다. 내가 가까이 다가가서 지도의 한 부분을 가르켰다.

"이 부분이 틀렸습니다."

내가 가볍게 숨을 몰아쉬며 말했다.

"저는 **비취 나라**의 해안선을 잘 알고 있습니다. 이 바위 지형은 북쪽으로 만 리는 더 떨어져 있지요. 만 안쪽 깊숙한 곳에는 바위 층이 많이 퍼져 있어서 항해할 때 매우 주의해야 해요."

그녀는 내 눈치를 살폈다.

"금빛 머리, 이 문제에 대해 오늘 저녁에 더 이야기하는 것이 좋겠어요. 저는 램프 불빛 아래서 지도 보는 것을 좋아해요."

나는 손으로 입을 막고 기침을 했다.

"제 이름은 코르넬리우스입니다. 사람에 따라 코르넬리이스라고 발음하기도 하죠."

"그렇다면, 코르넬리우스 또는 코르넬리이스, 저희를 위해 당신이 베풀어준 모든 호의에 감사의 마음을 전합니다."

그날 저녁, 다 함께 식사를 하면서 나는 에르칼로스의 원망을 들을 각오를 하고 있었다. 어쩌면 그가 다시 공격을 해올지도 모른다고도 생각했다. 하지만 그런 일은 없었다. 식사 시간은 전에 없이 느긋하게 흘러갔다. 그 충동적인 인간은 자신의 주된 결점과는 반대로 희한한 장점을 갖고 있었는데, 그건 바로 원한을 품지 않는다는 점이었다. 나도 낮의 사건에 대해서는 잊기로 했다. 식사가 끝나자 지야라는 나를 따로 불러 지도에 대해 이것저것 물었고 나는 그녀에게 하나하나 짚어가며 빠진 것과 잘못된 부분을 지적해주었다. 하지만 불행하게도 나의 지식은 해안선에만 머물러 있었다. 비취 나라를 벗어난 바다에 대해서는 아는 바가 없었던 것이다. 그녀는 자신의 마지막 항해에 대해 이야기해주려고 다른 지도를 펼쳤다. 그녀의 이야기 속에는 함께 모험했던 많은 사람들이 등장했다. 그녀는 이야기꾼 특유의 달변으로 등장인물들을 살아 숨 쉬게 하는 재주가 있었다. 열정적이면서도 명랑한 그녀의 목소리는 밤의 대화에 완벽하게 어울리는 음색을 갖고 있어 나를 매혹시키기에 충분했다.

그다음 며칠이 그렇게 흘러갔다. 우리 두 사람은 따로 들어가서 지도 작업을 했고, 다른 사람들도 그런 우리 모습에 익숙해져 갔다.

그녀는 자신의 고향 캉다아가 얼마나 풍요로운 곳인지, 그리고 그곳의 관습은 어떠한지를 가르쳐주었다. 또한 그곳이 얼마나 화려한 곳인지, 그리고 **노인들의 빵 의식**과 **대귀항 축제**가 어떻게 진행되는지에 대해서도 가르쳐 주었다. 매일 저녁 그녀는 나를 자신이 알고 있는 세상의 끝까지 데려갔다. 그녀는 남반구로 내려가 전혀 다른 밤하늘과 별자리를 본 적이 있었기에 지구가 둥글다는 사실에 어떤 의심도 품고 있지 않았다.

여름이 거의 끝나가고 있었다. 나도 그녀에게 내 여행에 대해 들려주었다. 모래 위에 나무 막대기로 선을 그어가며 내가 지나온 기나긴 여정을 그려나갔다. 돌과 조개껍질로 지나온 도시들을 표시했다. 여기에선 이드리스 칸이 토끼 사냥개를 데리고 다녔고, 저기에선 캉비즈와 헤어졌다. 그리고 이 도시에선 베에리를 만났지…… 하지만 나는 그녀에게 내가 이렇게 방랑하게 된 진짜 이유에 대해서는 말하지 않았다. 또한 노예처럼 나를 가둬놓고 지도를 그리게 했던 밤의 대신들에 대해서도 말하지 않았다. 그 시간은 내게 수치스러운 시간이었다. 비밀 호송대에서 무의식적으로, 혹은 호기심으로 자신의 인생을 보내고 있는 다른 불행한 자들도 나와 비슷한 감정을 느끼고 있을 터이다. 사랑에 빠진 호랑이 여관에서 지 후와 함께 나누었던 우스운 이야기나, 눈꺼풀을 감고 있는 수호신의 동굴에서 달빛 돌을 깨우던 위에의 아름다운 노랫소리에 대해 이야기하는 것이 내겐 훨씬 쉬웠다.

빈 가오 풍경

어느 날 저녁, 가슴에 매달린 가죽 주머니에서 **구름천**을 꺼내 추위에 떨고 있는 그녀의 어깨 위에 둘러주었다. 그녀는 모슬린 보다도 더 섬세하고 가벼운 베일의 감촉에 감탄하며 구름천의 온기 속으로 몸을 웅크렸다. 그러면서 미심쩍은 듯 하늘빛에 따라 서서히 색깔이 변하는 구름천에서 눈길을 떼지 못했다. 나는 그녀에게 여관에서 보았던, 푸른 산을 향해 가는 장례 마차를 그린 풍경화에 대해 이야기해주었다. 빗속에서 길을 잃고 둑길 위에 서 있던 내 모습을 다시 떠올렸고, 지친 농부와 그의 누런 개도 다시 떠올렸다. 지금 생각해보면, 그들을 만났기에 여기 와 있는 것만 같았다. 이 해변, 다양한 종류의 식물들이 넘쳐나는 절벽 아래, 별빛이 찬란한 이 밤에, 진중하면서도 명랑한 이 여인의 옆에 있기 위해 그들을 만난 것만 같았다. 우리 두 사람은 서로 껴안았고 나는 그녀에게 입을 맞추었다. 우리의 입술이 서로 맞닿았을 때, 내 생애가 온통 그녀를 중심으로 흔들리기 시작했음을 느꼈다.

마침내 수리를 마친 **나디르호**가 바다에 띄워졌다. 배는 아름다운 외관을 되찾았지만, 그것을 관리할 사람이 없었다. 전투가 일어나기 전에는 서른 명에 달하는 선원들이 있었지만 지금은 단지 몇 명만이 남아 있을 뿐이었다 . 나는 달빛 돌을 팔아 선원들을 모집하자고 했지만 지야라는 동의하지 않았다.

"나는 선원을 찾는 게 아니에요. 항해를 사랑하는 사람을 원해요. 열댓 명 정도면 충분하죠. 나머지는 그냥 우리를 필요로 하는 사람이면 돼죠. 달리 생각해본 적은 없어요."

그녀의 말이 옳았다. 사람들의 마음 속에는 수평선을 향한 크나큰 열망이 숨어 있다. 그것은 단순히 불어오는 바람처럼 가벼운 것이 아니다. 그 열망은 사람들에게 뿌리칠 수 없는 영감을 불어넣는다. 항해가 갖고 있는 놀라운 매력은 어떤 이성적인 사고보다 수천 배, 아니 수만 배 더 강해서 그것을 뿌리치고 원래

191

자신이 있던 곳에 머물러 있기란 정말 어려웠다. 나는 파당과 함께 카누를 타고 섬 주변을 한 바퀴 돌았다. 우리는 큰 힘을 들이지 않고도 모험에 목마른 젊은이들을 충분히 모을 수 있었다. 그들은 모두 날쌔고 기운이 넘쳐 보였고 바깥에서 뛰놀며 어린 시절을 보낸 이들답게 몸놀림이 민첩했다. 빈 가오와 그 주변 지역 사람들은 다른 곳에서는 볼 수 없는 *끈끈한 가족애*로 맺어져 있어, 자신들이 태어난 곳을 벗어난다는 것은 쉽게 상상하지 못했다. 며칠이 지난 뒤, 단 세 사람만이 가족과 떨어지는 아픔을 감수하고 신속하게 떠날 준비를 끝냈다.

빈 가오로 다시 돌아오는 길에 우리에게 신호를 보내고 있는 아주 작은 두 개의 형체를 만났다. 그것은 물 위에 떠 있는 작은 카누에 탄 사람들이었다. 나는 그들이 조난자라는 가정은 배제했다. 왜냐하면 주변 섬들에는 대부분 사람들이 살고 있기 때문에 구조되지 못하거나, 또는 사람을 만나지 못한 채 오랫동안 표류될 일은 거의 없기 때문이다. 그들은 머리가 하얗게 샌 비쩍 마른 늙은 부부로서 노파의 주걱턱은 휘다 못해 코 밑까지 올라와 있었고, 영감의 듬성듬성 난 가늘고 긴 턱수염은 바람에 흩날리고 있었다.

파당은 그들과 방언으로 이야기를 나누었다. 그가 들은 바로는 두 사람이 돌고래 여인의 수하로 들어가기를 원한다고 했다.

"어떻게 그녀를 아는 거지?"

"지야라의 명성을 익히 들었다고 합니다. 그래서 그녀의 다음 항해에 함께하려고 한답니다."

"말도 안 돼. 그들을 데려갈 순 없어, 파당. 두 사람의 나이를 좀 생각해보게. 나는 지금까지 이렇게 늙은 사람을 본 적이 없 네. 그렇게 마르고 주름이 많은 몸도 본 적이 없어."

"누가 압니까? 그들보다 우리가 먼저 죽을지, 금빛 머리! 그 들은 크산 섬에서 왔다고 합니다. 오안 할아범은 섬들 사이에 난 모든 길을 잘 알고 있고, 날씨를 예견하는 능력이 있다고 합니 다. 타노베이 할멈은 아무도 그녀의 진짜 나이를 모르지요. 내 어머니의 어머니가 그녀를 옛날부터 조상으로 대했으니까요. 그녀가 바다 밑에서 태어났다는 소리도 있어요."

"지야라가 원하지 않을 걸세. 나디르호도 그리 넉넉하지 않 고. 그들을 데려갈 수 없어. 혹시 같이 갈 수도 있을지 모른다는 희망을 주는 것이 도리어 잔인한 짓이라 생각하네."

마치 햇볕을 쬐고 있는 것처럼 보이는 두 노인은 털 뽑힌 가 마우지 한 쌍 같은 모습으로 우리 대화에 귀를 쫑긋 세우고 있었 다. 두 사람은 눈부신 햇빛에 눈꺼풀을 깜빡이며 물결을 따라 흔 들리는 작은 배 안에 조용히 서 있었다. 파당은 아직도 주저하고 있었다. 나는 그의 귀에 대고 빠른 말투로 속삭였다.

"그들을 좀 잘 보라구! 제대로 서 있지도 못하잖아. 폭풍우 속에서 밧줄을 타고 올라가야 하는 상황이 닥치면 그들을 어떻게 할 셈인가?"

파당은 그들의 겨드랑이 아래로 손을 넣어 들어 올린 뒤 그 두 사람이 우리 배로 건너오도록 도와주었다. 그들은 톱밥을 넣어 만든 인형처럼 가벼웠다.

"금빛 머리, 그냥 지야라에게 결정하게 합시다."

놀랍게도 지야라는 주저하지 않고 그들을 받아들였다. 그녀는 마을에서 두 명의 남자 선원과 일곱 명의 진주잡이 해녀들을 데려왔다. 그들 중엔 지야라의 은신처를 지키던 세 마리의 암호랑이처럼 용감한 닌과 안, 나우가 있었다. 우리는 섬들을 왔다 갔다 하며 항해 준비를 하느라 겨우내 시간을 다 보냈다. 마테오는 키를 잡았고, 에르칼로스는 우리에게 바람에 따라 배가 나아갈 방향을 가르쳐주었다. 오안 할아범은 바람의 급변화를 간파해내거나 나쁜 날씨를 예견하는 능력을 갖고 있었다. 나는 그런 능력이 바람을 남보다 먼저 감지할 수 있는 그의 턱수염 때문일 거라고 생각했다. 그는 항해사 옆에 쭈그리고 앉아서 눈을 반쯤 감고 있었고 그의 말은 틀리는 법이 없었다.

나디르호는 달의 빵 축제가 끝나자 바로 돛을 올렸다. 별다른 일 없이 한 달 동안의 평화로운 항해 후, 우리는 '**세 가지 향수**'

석호潟湖에 도착했고 그곳에 오랫동안 머물렀다. 지야라는 수천 개의 말뚝 위에 지어 올린 **알리자드 시**를 탐험해보길 원했다. 그녀는 도시의 통치자인 **자모렝**에게 나를 소개했다. 복장으로 보아 그는 **고인 물 조합**에 속한 사람인 듯했다. 지야라는 내게 물결치듯 너울거리며 행하는 그들의 특이한 상거래 규칙을 알려주었다. 우리는 **달콤한 비의 계절** 내내 **떠다니는 정원** 위에서 시간을 보냈다.

지야라가 이 도시에 갖는 애착은 캉다아 선단을 이끌던해군 제독 **제논 당브르와지**에 대한 추억과 관련이 있었다. 그는 몇 년 전에 자취를 감추었다고 한다. 지야라는 내게 처음으로 이 석호를 건넜을 때 느꼈던 황홀함에 대해 말해주었다. 하늘과 찬란한 바다 사이에 있는 알리자드 도시의 아름다움과, 다른 어느 나라에서도 찾아볼 수 없는 그곳 주민들의 특이하고 경이로운 풍습에 대해서도 말해주었다. 그녀는 이곳을 여러 차례 방문했고 그들의 언어를 배웠다고 했다. 그녀는 그 언어를 발음할 때면 이 세상에 살아 있다는 소박한 기쁨을 깊이 느낄 수 있다고 했다.

나는 바다에서 보게 되는 모든 것들에 대해 그다지 큰 기대를 갖지 않았다. 때문에 지야라는 자신이 본 것들 중 가장 아름다운 것만 내게 보여주기로 결심한 것 같았다. 우리의 항해는 연안 쪽 항해와 긴 기항으로 구성되었다. 나디르호는 물살을 가르며 나아가는 것을 즐기는 듯했고, 물살 또한 나디르호를 반기는 듯했다. 항해하는 내내 돌고래들이 따라왔고, 새 무리들이 배 위를 빙빙 돌며 날았다. 우리는 신비로운 것들을 찾아다녔다. 특히 가볍고 귀한 물건들을 주로 취급했다. 진주나 상아로 만든 귀중품뿐만 아니라 바닐라, 계피, 육두구肉荳蔲*, 정향丁香**과 같은 향신료들도 사고 팔았다. 나디르호는 취할 듯한 향기로 가득 찬 떠다니는 궁전이었다. 지야라의 황금빛 피부는 늘 향기로웠고, 그녀가 잠에서 깨어 빗질을 할 때면 그녀의 부드러운 머릿결에선 늘 좋은 향기가 났다. 수익은 모든 인원이 나눠 가졌고, 배의 유지를 위한 물품을 보관하기 위해 따로 창고를 마련했다. 지야라는 공동의 살림이 필요한 부분에만 규칙을 정해두었고 다른 부분에는 간섭하지 않았다. 항해사든 선원이든 모든 사람들은 언제든 자신이 원할 때 별다른 설명을 하지 않아도 배를 떠날 수 있었다.

배를 떠나 다시 돌아오지 않은 사람들도 있었다. 제낭드르는 흑진주 해협에서 벌어졌던 전투에 대한 기억에서 완전히 벗어나지 못했다. 그는 첫 항해 이후 빈 가오에 머물기로 결심했다. 에

---

* nutmeg. 몰루카 섬이 원산지인 향신료이며 육두구의 씨 껍질을 말린 메이스mace는 '향기 나는 호두'라는 뜻이다. 주로 육류 요리와 소스, 피클, 케첩 등에 쓰인다.
**clove. 몰루카 섬이 원산지인 향신료. 정향나무의 꽃봉오리를 말린 것이며 향신료 중 방부 효과와 살균력이 가장 강력해서 한의학에서는 약재로 사용되기도 한다.

르칼로스는 알리자드로 가는 중간 지점에서 아름다운 섬 여인과 사랑에 빠져 우리를 떠났다. 두 늙은 마법사 오안과 타노베이는 작은 체구와 새를 좋아하는 식성에도 불구하고 천하무적이었다. 나는 그렇게 가벼운 사람을 예전에는 본 적이 없었기 때문에, 나디르호가 거센 바람을 만나 쓰러졌을 때 그들이 혹시 날아가지는 않을지 걱정이 되었다. 지야라는 종종 그들에게 이런저런 자문을 구하곤 했다. 앞서 오안이 변덕스런 날씨를 예견하는 능력을 가졌다고 언급했듯이, 그는 폭풍이나 회오리바람이 불 것을 며칠 먼저 알아냈고, 어디로부터 어떤 방향으로 불지도 알고 있었다. 덕분에 우리는 도망갈 시간을 벌고, 피난처를 찾을 수 있었다. 타노베이는 물 밑에 숨겨진 보이지 않는 위험을 감지하는 능력이 있었다. 그 가냘픈 노파가 턱을 움직이며 마구잡이로 알 수 없는 말들을 중얼거릴 때면, 으레 배가 위아래로 요동치고 있었다. 그러면 마테오는 우리를 돛대 쪽으로 보내 다른 때보다 몇 배로 주의하라고 단속했다. 물이 얕은 곳이나 암초, 모래톱, 그리고 바다 괴물 등 예상하지 못한 위험이 도처에서 우리를 기다리고 있었고, 우리는 스스로를 방어하기 위해 뱃머리를 돌려야만 했다.

지야라의 왕국은 영토가 마치 별자리와 같은 형태로 여기저기 흩어져 있었고 보이지 않는 길을 통해 서로 연결되어 있었다.

그녀의 왕국은 바람의 방향과 강물의 흐름에 따라 완벽하게 구역이 나누어져 있었다. 그 길을 잘 알고 있는 나디르호의 뱃머리는 폭풍과 회오리바람을 담대하게 헤쳐 나갔으며, 마치 이성과 본능을 조절할 줄 아는 한 마리 짐승처럼 명민함과 우직함을 함께 발휘하며 용감하게 물결을 가르고 앞으로 나아갔다.

나와 지야라 사이에 일치하지 않는 점이라면 단 한 가지밖에 없었다. 나는 뭍에 내려설 때면 그 땅 안쪽 깊숙한 곳까지 가봐야 직성이 풀렸다. 매번 그래야 한다는 필요성을 절실하게 느꼈다. 가까이 있는 땅이든 멀리 있는 땅이든 모두 아련한 쪽빛의 푸른 산을 떠올리게 했다. 하지만 반대로 지야라는 하늘 아래에서 영원히 불안정하게 흔들리며 시시각각 변모하는 드넓은 바다에서 오랫동안 떨어져 있는 것을 못견뎠다. 땅은 그녀에게 영감을 주지 못했다. 그녀는 강이나 급류를 거슬러 올라갈 때에만 땅을 밟을 뿐이었다. 폭포 아래 생기는 소沼는 그녀를 즐겁게 했지만, 산이 있다는 것은 그녀 안에 있는 어떤 고통스러운 기억을 일깨우는 것 같았다. 그녀는 매일 수영을 해야 했고, 진주잡이 해녀들과 함께 돌고래와 노는 즐거움을 만끽하면서 몇 시간이고 헤엄을 쳤다. 하지만 나는 물이라면 금세 지치곤 했다. 독을 지닌 알 수 없는 생물들이 득실거리고 촉수가 달린 해파리들이나 날카로운 이빨을 가진 상어들로 가득 찬 깊은 바다는 경계심을 불러일으켰다. 가끔 한 번이라면 모르지만 바다 밑 세계는 근본적으로 나를 불안하게 만들었다.

수평선에 섬이 나타나면, 대부분 나는 파당과 함께 뭍으로 올라갔다. 그도 나처럼 탐험하는 것을 좋아했다. 그동안 나디르호는 해안에 정박해 있거나 우리가 돌아오기를 기다리며 연안을 항해했다. 우리는 한 달 내내 걷기도 했고, 길을 잃기도 했다. **코모도**라는 섬에서는 날카로운 발톱을 가진 무사마귀 투성이의 시커먼 괴물에게 쫓겨 걸음아 나 살려라 하며 도망쳤던 적도 있었다. 뱀의 혀를 가진 용과 같이 생긴 그 괴물은 씩씩거리는 소리를 내며 으르렁댔고 시체 썩는 듯한 악취를 풍겼다. 믿기 어렵겠지만, 그 괴물이 꼬리를 한 번 휘두르면 커다란 나무둥치도 한방에 박살낼 수 있을 것 같았다. 다행히 우리는 아무 탈 없이 괴물에게서 벗어나 돌아올 수 있었다. 나는 지야라에게 금빛 깃털을 가진 극락조 한 쌍을, 혹은 꽃 한 송이를, 혹은 처음 보는 과일 한 알이라도 가져다줄 수 있을 때 너무도 행복했다.

무엇보다도 관심을 끄는 것은 화산이었다. 분화구를 만날 때면 반드시 산등성이를 타고 올라가 불에 탄 언덕 위에서 지옥문같이 끓어오르는 그 도가니 속을 들여다보곤 했다. 그리고는 다시 내려와 다리 위에서 구름천으로 몸을 감싼 채 기다리고 있던 지야라를 만났다. 우리는 함께 뾰족한 화산 봉우리와 촘촘히 별

코모도 섬의 용

이 뜬 둥근 하늘 아래까지 이어진 연기구름을 물끄러미 바라보았다. 나는 다시금 푸른 산을 떠올렸다. 저 멀리 아득한 곳에 있는 쪽빛 산 말이다.

나는 그녀를 세게 끌어안았다.

"난 그게 싫어요, 코르넬리우스. 당신이 화산으로 갈 때면 너무 불안해요."

나는 양손으로 그녀의 얼굴을 감쌌다.

"나도 자랑할 만한 게 하나 정도는 있어야 하지 않겠소. 당신을 두렵게 만들려는 건 아니에요."

"놀리지 마세요. 당신이 산을 바라볼 때는 평소 당신의 얼굴이 아니에요. 나는 당신이 말한 푸른 산이 싫어요. 길에서 만났다던 누런 개도 싫고요……"

"지야라, 직접 **오르배 섬**에 가보지 않는 한 이 이야기를 멈추지 못할 것 같소."

"오르배 섬, 거긴 정말 존재하는 곳인가요?"

"검은 돛을 단 배는 꾸며낸 이야기가 아니오. 구름천도 마찬가지고. 이븐 브라자딘과 그의 『인디고 섬 이야기』 역시 내가 만들어낸 것이 아니오."

"아, 당신이 기억을 더듬어 다시 쓴 그 책 말이지요, 월란에서 감옥에 갇혀 재판관들의 손에 남겨두고 왔다던……"

"내 기억력을 믿지 못하는 거요?"

"코르넬리우스! 화내지 말아요. 물론 난 당신을 믿어요!"

이런 말다툼은 아주 가끔 있을 뿐이었다. 마치 우리 두 사람 위 빛나는 하늘에 드문드문 떠 있는 구름처럼 말이다. 게다가 신비로운 오르배 섬을 만나러 간다는 생각은 어느새 지야라의 머릿속에 가야만 하는 길처럼 자리 잡고 있었다. 내가 그녀의 탐험 본능을 일깨웠던 것이다. 그러기 위해 보다 남쪽으로 뱃머리를 돌려야 했고, 전혀 생소한 미지의 세계로 들어가야만 했다. 하지만 그것이 어떠한 일인지를 우리는 아직까지 완전하게 깨닫지 못하고 있었다.

나는 그녀를 위해 하늘 지도를 다시 만들기로 했다. 그녀가 달의 밝기를 읽기 위해선 하늘 지도가 필요했기 때문이다. 하지만 잉크를 만들기 위한 몇 가지 재료들이 부족했다. 나는 잉크를 만들기 위한 첫 번째 시도를 망쳐버렸고 가지고 있던 **달빛 돌**을 반이나 써버렸다. 며칠 밤을 노력해서 마침내 **신중한 올빼미 궁전**에서 사용했던 것만큼 밝지는 않지만, 그래도 어느정도 비슷한 잉크를 만들어낼 수 있었다. 나는 새로운 하늘 지도에 우리가 알고자 하는 모든 나라와 모든 섬들을 다 그려 넣고 싶었다. 마치 이상향의 세계를 구축해내려는 것처럼……

항구에 도착한 뒤, 파당과 함께 부둣가로 선원들을 만나러 갔다. 수집할 수 있는 모든 이야기들을 주워 들으면서 그들이 아주 시시콜콜한 것들까지 낱낱이 들려주기를 바랐다. 어떤 사람은 거대한 산호 벽을 따라 인어 떼가 헤엄치는 것을 보았다고 했고, 또 다른 사람은 엄청나게 큰 흰 고래와 만났다고 했다. 누구는 안다망 해에서 개의 머리를 한 사람들에게 잡아먹힐 뻔 했다 했고, 또 누구는 야자나무를 돛 삼아 떠다니는 섬에서 일 년 동안 표류했다고도 했다.

"내가 겪었던 일을 말해주겠소. 아무도 믿지 않겠지만 사실이라오. 젊은 시절에 나는 **닐랑다르**의 왕을 위한 상선을 타고 항해하고 있었소. 처음 출발할 때는 아무 문제없이 바람을 타고 순항했지요. 그러다가 사흘 째 되던 날, 완전한 무풍지대 속에 빠져버렸소. 정말 바람 한 점 없었소. 반지르르한 바다와 뙤약볕만이 보였을 뿐이지. 끔찍한 열기 속에서 우리는 몇 날 며칠을 기다릴 수밖에 없었어요. 만약 그때 우리가 갈증으로 고통스러워하지만 않았다면, 입김으로라도 돛에 바람을 불어넣으려 했을 거요. 그러다 갑자기 구름이 커지는 걸 느꼈지. 짙고 두껍고 크게 말이오. 마치 하늘에 거대한 구름의 성이 서 있는 것처럼 보였다오. 그 구름은 수면 위까지 내려오더니, 방향을 바꿀 때마다 붉은빛과 푸른빛으로 번갈아 번쩍였지. 바다에는 내 심장을 뛰게 만드는 작은 파동 외에는 여전히 아무런 움직임도 없었소. 구름은 마지막으로 방향을 바꾸더니 우리 쪽으로 파고 들어왔소. 그 거대한 그림자가 배를 뒤덮더니 수만 조각으로 산산이 부서져 마침내 붉은빛 루비와 푸른빛 사파이어가 소낙비처럼 떨어져 내렸다오."

"오……"

"그것은 실은 새 떼였소. 아주 작은 몸집의 새였는데, 깃털 빛이 오묘했지요. 배는 붉은색이었고, 등은 푸른빛이었소."

"혹시 벌새였나요?"

"제비는 아니었고요?"

"잘 모르겠소. 어쨌든 바닷새는 아닌 것 같았소. 그것들은 길을 잃고 헤매던 중이었던 것 같소. 아마도 폭풍이 그들의 경로를 벗어나게 만들었겠죠."

"어쩌면 **신밧드 섬**에서 떠내려 온 거대한 알에서 태어난 것들인지도……"

"누가 알겠소? 새들은 우리 배를 움직이지 않는 육지처럼 여겼소. 처음에 사람들은 그 새들이 멋지다고 생각했죠. 우리 머리 위에서 천상의 지저귐이 들린다고 생각했으니까요. 그런데 점점 그 무리 수가 늘어나는게 아니겠소? 돛 위에나 선실 안, 갑판 위, 화물 창고…… 도처에 새가 있었죠. 억수처럼 내려앉아 떼로 달려들기 일쑤였소. 사람들의 머리 위에 앉아 떨어지지 않았고, 옷 안으로 파고들어 날카롭게 울기도 했소. 귀가 먹먹해질 지경이었다오. 깃털 때문에 숨이 막혀 팔을 꼬고 입을 막고 있어야 했고, 솜털이 날아다니다가 눈꺼풀에 붙기도 하고 콧구멍을 막기도 했죠. 하지만 가장 큰 문제는 새들의 무게 때문에 갑판이 점점 기울어 조금씩 아래로 가라앉고 있다는 것이었소. 마침내 일어나지 말아야 할 일이 일어나 버리고 말았소. 우리 배는 가라앉았다오."

"아니, 정말로 그렇게 가라앉았단 말이오?

"네, 그렇게요! 손바닥만 한 생쥐 새끼 같은 작은 새들 때문에 배가 가라앉았단 말이오! 살아남은 사람은 단 세 명 뿐이었소."

"당신 얘기를 들으니 한 그루의 나무로 된 섬에 표류되었던 때가 생각나는군요. 우리는 배의 돛을 떼어내고, 나뭇가지에 감긴 밧줄들을 잘라내느라 밤을 꼬박 새웠죠. 그러는 내내 짐승들의 울부짖는 소리가 우리 주위를 맴돌았소. 다시 바다로 돌아갔을 때 선원들 중 두 명이 사라진 것을 알았답니다. 갑판은 피투성이가 되어 있었고 암탉의 살점도 흩어져 있었죠."

땀 냄새와 썩은 생선 냄새를 풍기며 돛단배 사공이 거들먹거렸다.

"거긴 **셀바 섬**인데……"

온몸에 문신을 새겨 넣은 카누 사공이 말했다.

"그곳은 **하늘을 나는 호랑이**들이 출몰하는 곳이죠. 호랑이는 먹잇감을 앞발로 한 방 때린 후, 정신을 잃으면 이빨로 목덜미를 물어 끌고 가지요. **바니코아 사람들**이 날아다니는 호랑이를 사

207

냥하러 가지만, 도리어 죽임을 당하거나 사지가 끊어져서 돌아오는 경우도 많답니다."

"그런 건 대수롭지 않은 일이오! 당신들이 코모도의 거대한 용을 봤어야 하는데! 나는 금빛 머리와 함께 그것을 보았소. 거대한 용이야 말로 세상에 존재하는 가장 무서운 괴물이 아니겠소!"

파당이 으스대며 말했다.

"옳소!"

옆에 앉아 있던 사람들이 거들었다.

"그 지역 어부들은 용에게 제물을 바칩니다."

"나는 그래도 **키눅타 섬** 사람들보다 코모도의 용이 낫겠소."

카누 사공이 혼잣말하듯 말했다.

"왜 그렇소?"

"그들은 식인종이니까!"

"풉! 시시하긴!"

"더한 것은 그 식인종들이 섬에 있는 산을 같은 방식으로 먹여 살린다는 것이오!"

"인육을 준단 말이오?"

"그렇소! 그 섬은 겉보기에 낙원처럼 보이죠. 꽃과 과일이 넘치는 모습으로 자신을 위장하고 있지만, 사실은 선원들을 잡아먹는 함정입니다. 그곳에서 길을 잃으면 순식간에 사라져버리지요."

"그 섬이 북쪽인가요, 남쪽인가요? 위치를 좀 알려주시오."

내가 그에게 물었다.

카누 사공은 작은 자루에서 기하학적으로 서로 교차되어 있는 가는 갈대 다발을 하나 꺼냈다. 나는 그 물건을 어떻게 사용하는 지가 궁금했다. 몇 개의 줄기는 바람의 방향을 나타내는 것 같았고, 다른 것들은 파도의 방향을 말하는 것 같았다. 교차점에 있는 조개껍질들은 섬을 나타내고 있었다. 나는 그처럼 교묘한 지도는 지금껏 본 적이 없었다. 그는 내게 우리가 지금 있는 섬을 보여주었고, 그다음엔 코모도 섬을, 그다음엔 남쪽으로 세 배 거리 정도 내려간 곳에 있는 다섯 개의 코리 조개를 가리켰다. 그것들 중 하나가 키눅타 섬을 표시하고 있었다. 거기에서 두 배 정도 거리를 더 아래쪽으로 내려가니, 사방의 교차점 위치에 완벽하게 둥근 모양으로 된 자개 원반이 하나 놓여 있는 것을 발견했다.

"그럼 여기는 어딥니까?"

내가 물었다.

"저는 그곳에는 가보지 못했습니다. 그 섬은 숨을 쉽니다."

"섬이 숨을 쉰다?"

"네. 그렇습니다. 그 섬은 구름이 주변을 에워싸고 있어요. 그곳에 가려면 아침 일찍, 하늘에서 구름이 내려앉기 전에 가야 합니다. 밤에는 아예 보이지도 않지요. 그리고……"

종려나무 술을 한잔 가득 따라 마시면서 그는 신비로운 어조로 덧붙여 말했다.

"그곳에 가려면 검은색 베일이 필요합니다!"

"그 섬의 이름이 뭐죠?"

"오르대? 오를래? 뭔가 이와 비슷한 이름이었소. 가기 힘든 곳이지요. 엄청난 바람이 불고, 물살도 거슬러 올라가야 합니다. 우리가 가진 지도 위에 표시가 있긴 합니다. 그곳에 가려면 남쪽으로 계속 가야 하지요."

나는 그의 지도를 사서 내가 그린 하늘 지도와 비교해보기로 했다. 거리를 가늠해보니, 내가 이미 그려놓았던 많은 것들이 이 원시적인 지도 위의 조개 위치와 일치하고 있었다. 나는 그 위에 인어와 고래, 용 등을 부가적으로 그려 넣었다. 지야라는 그 지도를 조금은 의심스러워하면서도 매우 아름답다고 했다. 보름달이 뜬 맑은 저녁, 우리 두 사람은 갑판 위에 길게 엎드려 어깨를 나란히 한 채 지도를 펼쳐놓고 달빛에 반짝이는 지도 위를 손가락으로 짚어가며 상상의 항해를 시작했다. 자개 원반으로 표시된 둥글고 큰 그 섬은 다른 섬들보다 훨씬 밝게 빛나고 있었다. 실제로 모든 여정을 자기 쪽으로 끌어당기고 있는 것만 같았다.

"여기 이 커다란 원은 뭔가요, 코르넬리우스?"

"오르배 섬이요. 내가 만난 카누 사공에 따르면 정말 존재하는 섬이라오."

"당신 정말 고집쟁이로군요."

"당신만큼은 아닐텐데⋯⋯"

"좋아요. 시도해봐요."

그녀는 팔꿈치로 몸을 일으키며 말했다.

"뭘 말이오?"

"그곳에 가는 거 말이에요. 오르배 섬이요. 정말 그곳이 존재한다면 말이에요."

"난 확신할 수 없소, 지야라. 이 모든 것은 추측일 뿐이에요."

"그래도 시도해봐요! 직접 가보고 싶은 생각이 들어서 그래요."

그녀가 결심을 굳히자 모든 것이 빠르게 진행되었다. 우리는 코코넛, 마, 토란, 생선포, 살아 있는 암탉 등 식량을 잔뜩 준비했다. 사흘이 채 지나지 않아 지야라는 선단을 완벽하게 꾸렸다.

"우리는 나디르호를 남쪽 바다 끝으로 몰고 갈 계획입니다. 우리를 기다리고 있는 것은 엄청난 파도이고, 목을 축일 수 있는 샘이 있는 육지도 거의 만나지 못할 것입니다. 따라서 여러분들 중 어느 누구도 억지로 이 여행에 동참할 필요는 없습니다."

나디르호와 선원들은 한 몸이나 마찬가지였다. 기항지에서의 기쁨을 나눌 때 한 몸인 동시에, 지구 반대편을 보기 위해 미지의 세계에 도전할 때도 역시 한 몸이었다. 한 사람도 배를 떠나지 않았다. 우리는 다섯 개의 섬이 있는 쪽으로 돛을 올렸고 항해는 거의 한 달 동안 밤이건 낮이건 계속되었다. 수평선에 무지갯빛으로 아롱지며 반짝이는 불빛들이 보일 때쯤, 우리가 보유한 물이 바닥을 보이기 시작했다. 불빛들에 점점 가까워질수록 우리는 그 빛들이 육지를 뒤덮은 키 큰 나무들로부터 흘러 나오는 것임을 알 수 있었다. 그 빛은 키가 큰 나무의 위쪽에 달려 있는 나뭇잎이 햇빛을 받아 반짝이면서 흘러 나오는 것이었다. 나무 잎사귀는 부채 모양으로 펼쳐져 있었고, 반점 모양의 무늬가 있었다. 타노베이 할멈은 해류가 우리를 곧장 그쪽으로 이끌고 있음을 느끼자 고집스럽게 불평을 쏟아내고 있었다. 지나치게 반짝거리는 나무들이 그녀의 심기를 아주 불편하게 만들고 있었다. 그녀는 그곳 물 아래쪽에서 불길한 기운이 느껴진다고 말했다. 불안해진 마테오가 돛을 작게 만드는 동안, 우리는 투명한 물가 주변을 살폈다. 하지만 아무것도 발견할 수 없었다. 해변이 가까워졌고, 우리는 닻을 내렸다. 해안의 물은 수정처럼 맑아서 바다 밑 오색 물고기 떼가 시원스레 다 들여다보였다. 나는 파당과 함께 주변을 둘러보기 위해 배에서 내렸다. 한마디로 황홀경이라 할 만했다. 마치 공작새처럼 보이는 키 큰 나무들은 줄기가 하늘을 향해 높다랗게 뻗어 있었고, 부채처럼 펼쳐진 잎사귀들은 빛을 반사하며 바닷바람을 받아 조금씩 흔들리고 있었다. 잎사귀의 눈알처럼 생긴 반점 무늬는 공작 깃의 무늬를 닮아 있었다. 우리는 나무 그늘 아래서 투명하고 시원한 물을 찾아냈다. 물은 언덕으로부터 해변 쪽을 향해 흐르고 있었다. 나는 지야라에게 이 소식을 알렸다.

우리는 커다란 항아리에 물을 담아 뗏목으로 연결한 카누 두 대로 실어 날랐다. 세 번을 왕복하고 나서야 식수용 저장고를 다 채울 수 있었다. 지야라는 이 기항지에서 선체를 점검하고, 친구들과 수영하는 시간을 갖고자 했다. 나는 그녀가 왜 걱정하는지 이해하지 못했다. 그녀가 그토록 불안해하는 모습을 전에는 거의 본 적이 없었다. 그녀는 해변을 조사하고 바다 밑을 탐색한 후 하늘을 살폈다. 돛을 묶는 밧줄을 점검한 그녀는 나에게 빨리 서두르라는 말만 반복할 뿐이었다. 그날 저녁쯤 다시 출발할 수 있는 모든 준비가 끝났다. 때마침 바람이 적당한 방향에서 불어왔고, 내포內浦 위쪽으로 강한 바람이 규칙적으로 불어오고 있었다. 배는 닻을 내린 상태에서 방향을 틀어 외양外洋으로 나갈 준비를 마쳤다. 하지만 나는 섬을 탐험하기 위해 조금 더 머물고 싶었다. 처음으로 지야라는 내 의견에 맞서 강한 반대의 뜻을 표시했다.

"말도 안 돼요, 코르넬리우스. 지금 당장 떠나야 해요. 타노베이는 여기 도착했을 때부터 계속 중얼거리고 있어요. 그게 제일 마음에 걸려요."

"나도 타노베이를 좋아하오. 하지만 솔직히 그녀가 횡설수설하는 것이 한두 번이 아니지 않소. 나보다 당신이 더 잘 알 텐데…"

나는 웃으며 말했다.

그녀는 화가 나서 몸을 홱 돌렸다. 나는 설득하기 위해 그녀를 따라갔다.

"내 말 좀 들어봐요, 지야라! 시냇물 위쪽에 빵나무가 지천이오. 그걸 좀 따야하지 않겠소? 또 야생 멧돼지의 흔적도 보았소. 파당과 함께 가서 몇 마리 잡아오겠소."

"창고에도 식량은 충분해요."

"신선한 고기가 있다면 선원들도 좋아할 거요. 이 섬에서 구할 수 있는 신선한 과일들은 말할 것도 없고요. 그저 몸을 굽혀 줍기만 하면 되는데. 지야라, 대체 뭐가 그리 두려운 거요? 이 섬은 버려진 섬이오. 무인도라고요. 어디에도 사람의 흔적은 없었소. 냇물 근처에서도 인적은 보이지 않았다고요."

"나는 두려운 게 아니에요. 이곳에서 더 이상 지체하고 싶지 않을 뿐이에요. 선원들 모두 신경이 곤두서 있어요. 두 노인은 내 소매를 끌고 계속해서 재촉하고 있고요. 오안은 여기 도착했을 때부터 몸을 떨고 있어요."

나는 굴복했다.

"알겠소. 그럼 딱 하루만 더 있겠소. 산 정상이 그리 멀지 않으니, 그곳에서 이 섬의 형태를 좀 더 정확하게 볼 수 있을 거요. 그리 커 보이지는 않으니 말이오. 그러는 동안 나디르호는 섬을 한 바퀴 돌면 될 것 같소. 그런 뒤에 만나서 서로 정찰한 이야기를 해볼 수 있을 거요. 내일 저녁에 여기서 다시 만납시다. 어떻소?"

그녀는 몸을 돌려 매서운 눈초리로 나를 보았다.

"당신은 내 말을 알아듣지 못했어요. 안 된다면 안 되는 줄 아세요! 결코 허락할 수 없어요. 나 역시 이곳이 마음에 들지 않아요. 지나치게 조용한 것도 이상하고, 저 나무들도 의심스러워요. 마치 우리를 주시하고 있는 것 같아요."

"말도 안 되는 소리! 그건 쓸데없는 걱정일 뿐이오! 게다가 파당 역시 그 말은 믿지 않소. 그는 나와 함께 가기로 동의했소."

"두 사람을 여기에 두고 가는 건 있을 수 없는 일이에요. 단 몇 시간이라도 말이죠. 그런데 하룻밤을 더 기다리라니요. 당신들이 남는다면 우리도 모두 여기에 있겠어요. 하지만 먼저 선원들에게 의견을 물어봐야겠어요."

"왜 꼭 그래야만 하오?"

나는 예민해져서 그녀에게 물었다.

"선원들이 뭐라 대답할지는 물어보지 않아도 우리 둘 다 알 수 있는 사실 아니오. 특히 타노베이는 그 중얼거림을 멈추지 않을 것이오! 그들에게 명령을 내리는 사람은 당신인데 어째서 당신이 그들의 말에 따른단 말이오?"

"좋아요. 그렇다면 내 명령은 닻을 올리는 겁니다."

그녀는 나를 그곳에 세워둔 채 출발 명령을 내리러 자리를 떠났다. 나는 나대로 지야라의 금지령에 아랑곳하지 않고 파당을 찾아 뭍에 오르기 위해 발걸음을 뗐다. 그녀가 우리를 두고 갈지 말지는 나중에 보면 알 일 아닌가! 그런데 우리가 닻을 올리고 돛을 펼치자마자 갑자기 모든 바람이 멈추었다. 너무나도 갑작스럽고 예상치 못한 일이었기에, 우린 모두 이 절대적인 고요함이 어디로부터 오는지 알아보려고 하늘을 향해 고개를 쳐들었다. 조금 전까지만 해도 해변 위에서 바람이 살랑거리고 있었는데, 갑자기 어느 한순간부터 아무런 공기의 움직임도 느낄 수가 없었다. 배는 선체의 푸른 그림자 위에 얼어붙어버렸다. 돛들은 아무 힘없이 창문에 걸린 커튼처럼 움직이지 않았다. 솔직히 말해서, 그 상황은 바다를 항해하는 사람에게 가장 곤란한 상황이었다. 더 화가 나는 것은, 해변에 서 있는 나무들이 파도와 바람에 의해 쉬지 않고 잎사귀를 살랑거리고 있다는 점이었다. 마치 보이지 않는 큰 손이 배가 있는 곳과 해변 백사장 사이에서 바람을 가로막고 있는 것 같았다. 해변에 부는 바람은 점점 거세어져, 굳이 자세히 보려 하지 않아도 한눈에 알아차릴 수 있었다. 살랑거리던 나뭇잎들이 점점 성난 듯 찰싹거렸다. 나뭇잎들의 세차고 소란스러운 채찍질 소리 위로 한 차례 천둥이 내리쳤고, 뒤이어 우르르하는 북소리가 시작되었다. 그때 숲 속에서 해변 쪽으로 몸에 울긋불긋한 칠을 한 수십 명의 원주민들이 튀어나왔다. 그들은 각자 카누를 들고 있었고, 있는 힘껏 고함을 질러대고 있었다. 원주민들이 나디르호를 향해 노를 저어 순식간에 밀려들었다.

"식인종이다!"

파당이 외쳤다.

우리는 황급히 각자 활이나 창을 집어 들고 뱃전으로 뛰어갔다.

지야라는 갑오징어 뼈보다 더 하얗게 질린 입술을 하고 뱃전 난간에 기대섰다.

"돌고래들을 불러요."

마테오가 간청했다.

"그럴 수 없어요. 너무 늦었어요. 원주민들의 수가 너무 많아요. 돌고래들이 온다면 학살이 벌어질 거예요. 우리 잘못으로 죄 없는 바다 형제들을 희생시킬 순 없어요."

그녀는 나를 바라보며 말했다.

원주민들의 첫 번째 공격이 폭우처럼 빗발쳤다. 한 무리는 이미 갑판 위로 발을 들여놓았다. 나는 그들이 닌의 머리채를 붙잡아 끌고 가려는 것을 목격했다. 얼굴과 몸에 칠을 한 그들은 인상을 찌푸리면서 끔찍한 웃음을 짓고 있었다. 파당과 함께 나는 그들에게 달려들었다. 첫 번째 원주민이 내 발 밑으로 쓰러졌다. 나는 그의 곤봉을 빼앗아 그다음 놈을 내려쳤다. 마테오는 내 오른쪽에서 창 한 방으로 두 놈을 관통시켜 쓰러뜨렸다. 그는 닌을 약탈자들의 손에서 빼내어 우리 뒤로 숨겼다. 나는 절망적인 구원 요청 소리를 들었다. 등 뒤를 돌아보았다. 선원들은 지야라를 보호하고 있었다. 소리는 다른 쪽에서 들려오고 있었다. 원주민들이 안과 나우를 해변으로 끌고 가고 있었다. 두 사람을 태운 카누의 노를 젓고 있던 원주민이 누군가의 화살에 맞아 쓰러지면서 카누가 기우뚱거렸다. 두 여인은 물속으로 뛰어들어 재빠르게 용골龍骨* 아래로 헤엄쳤고, 배 반대편 안전한 쪽으로 가서 수면 위로 숨을 쉬며 선체에 몸을 붙이고 있었다. 사방에서

---

* 뱃머리에서 배의 뒷부분에 걸쳐 선박 바닥의 중심선을 따라 설치된 길고 큰 재목.

전투가 벌어지고 있었다. 지야라는 큰 소리로 명령을 내렸고, 손에는 칼을 들고 있었다. 나는 곤봉을 도끼처럼 휘두르면서 그녀를 향해 길을 헤치며 나아갔다. 그러면서 머리, 팔, 다리 할 것 없이 원주민들을 마구잡이로 때려눕혔다. 곤봉이 부러졌다. 원주민 하나가 돌격해 오는 것을 절묘하게 피했고, 지 후가 하던 것처럼 팔꿈치로 그를 때려 멀리 나가떨어지게 만들었다. 이 모든 활약은 성공적이었지만, 계속해서 우리 배를 장악하려고 악착같이 올라오는 공격자들의 수를 감당하기에는 턱없이 부족했다. 그러다가 갑자기 원주민들 편에서 우왕좌왕하는 것이 느껴졌다. 그들은 뱃머리 쪽으로 손가락질하며 서로 뭐라고 떠들어대고 있었다. 그들이 가리킨 곳에는 한 주술사가 머리카락을 쭈뼛거리게 하는 주문을 외고 있었다. 무슨 말인지는 하나도 알아들을 수 없었지만 목 뒤에서 나오는 것 같은 날카로운 소리는 가시처럼 살을 파고드는 듯했고, 목이 졸리듯한 경련과 함께 이를 빠득거리게 만들었다. 그 주술사는 다름 아닌 타노베이였다. 가까이 다가가서야 겨우 그녀를 알아볼 수 있었다. 그녀는 두 눈을 뒤집고 몸을 한껏 뒤로 젖히고는 손발이 뒤틀린 채 피와 깃털로 범벅이 되어 있었다. 그녀는 결코 누구를 웃기고자 분장한 게 아니었다. 그녀가 목구멍에서 내는 길고 불규칙적인 소리가 절정에 다다르자 원주민들은 모두 물러가고 말았다. 그들은 갑작스레 쏟아지는 우박을 맞은 양 다리를 휘청거리며 몸을 웅크린 채 황급히 도망갔다.

"어떻게… 어떻게 된 일이죠?"

마테오가 더듬거리며 물었다.

"나도 모르겠네. 타노베이가 저 놈들에게서 식욕을 사라지게 한 것 같아."

한편 오안 영감은 어떻게 올라갔는지 모르겠지만 가장 높은 돛의 꼭대기에 올라가서 바람의 신에게 우리를 구해달라고 빌고 있었다. 바람의 신이 정말 존재하는지는 모르겠으나, 그의 목소리를 들은 것 같았다. 물 밖에서 나무를 흔들며 우리를 비웃던 바람이 순간 우리 쪽으로 방향을 바꾸더니 밧줄로 팽팽히 당겨진 돛에 숨결을 불어넣어주었다. 우리는 기쁨의 함성을 질렀고, 원주민들은 혼란에 빠졌다. 두 가지 사태, 즉 피투성이 새 모습을 한 여자 주술사의 등장과 갑자기 방향을 바꾼 바람으로 터질 듯 부풀려진 돛, 이 두 가지를 목격하면서 원주민들은 이루 말할 수 없는 동요를 느끼는 것 같았다. 마테오는 재빨리 키를 잡았다. 배는 바람을 받아 즉시 앞으로 나아갔고, 육지에서 멀어졌다. 우리는 힘차게 노를 저어 섬을 빠져나왔다. 뱃머리를 돌려, 함정으로부터 탈출하는 데 성공한 배는 마치 길게 안도의 한숨을 내쉬는 것 같았다.

해변은 빠르게 멀어져갔다. 우리 뒤로 나무들은 하나둘씩 잎사귀를 닫았다. 나뭇잎의 빛이 흐릿해졌고, 우리를 도취하게 만들었던 낙원의 향기 대신 참을 수 없는 악취가 진동했다. 우리는 한동안 아무 말도 하지 못한 채 멀리 작아지는 섬을 바라보고 있었다. 그 섬은 곤충을 집어 삼키기 위해 아름다움으로 유혹하는 독성 있는 식물을 연상시켰다. 식물의 아름다운 빛은 항해사들의 눈길을 현혹시켜 섬으로 불러들였고, 나무 위에서 그것을 지켜보고 있던 섬의 주민들은 바람이 멈추길 기다렸다가 주술에 걸린 배를 공격한 것이었다. 나는 그들이 어떤 방식으로 희생자들을 먹어치우는지 상상하기도 싫었다. 사람을 홀리는 그 해변 뒤쪽에서 행해지는 살육의 현장이라니…… 그렇게 포식한 섬은 살이 발라지고 남은 해골을 바람과 파도 속에 버려둠으로써 자연스레 사라지게 만드는 것이다. 이런 악마 같은 과정이 반복될 수 있도록 바람과 조류는 우리를 난파선들의 묘지인 이곳 해변으로 끌어들였다. 몇 세기에 걸쳐 세상 곳곳으로부터 온 수십 척의 배들이 몸체가 뒤집혀 죽어가는 커다란 곤충처럼 아무것도 모른 채 소득 없이 돛을 올리고 바람을 기다렸을 것이다. 나는 지야라가 내게 쌀쌀맞게 구는 것을 탓할 수가 없었다. 하마터면 내 잘못 때문에 나디르호는 운명을 달리할 뻔했던 것이다.

나디르호는 밤이고 낮이고 동일한 속도로 계속 나아갔다. 어느 날 아침, 모든 선원이 뱃머리에 모여 떠오르는 태양 아래 장밋빛으로 물든 왕관 모양의 구름을 바라보고 있었다. 저녁 무렵에는 수평선을 가로막은 어마어마한 절벽이 보였다. 그 절벽은 동그란 지형의 섬 둘레를 따라 계속되고 있었다. 열흘 동안 해안선을 따라 섬 둘레를 한 바퀴 돌자 마침내 바위 절벽 뒤쪽으로 수백 척의 배들이 정박하고 있는 항구가 나타났다. 더 안쪽으로 들어가자 층층이 쌓아올려진 흰색의 거대한 도시가 드러났다.

"오르배!"

지야라는 내 손을 잡고 숨을 몰아쉬며 내뱉었다.

그녀의 두 눈을 통해 그녀가 나만큼이나 기뻐하고 있음을 알 수 있었다.

마테오는 능숙하게 우리를 항구까지 안내했다. 오르배의 관리들이 우리 배로 올라왔다. 호리호리한 그들의 통역관은 마른 몸 때문에 옷이 펄럭거려서인지, 아니면 자신의 통역사 역할에 심히 만족하여 그런 건지 아무튼 몹시 들뜬 모습이었다. 그는 알 수 없는 표현들을 줄줄이 읊어댔다. 내가 짐작하기로 그 말은 "당신들은 누구입니까? 어디에서 왔습니까?"라는 뜻의 말을 각기 다른 서른 가지 언어로 하고 있는 것 같았다. 그 두 문장은 다른 언어들 중에서도 왠지 귀에 쏙쏙 들어왔다. 우리가 그의 말을 이해한 것처럼 보이자, 그는 편하게 자리 잡고 앉아서 우리말로 대화를 계속하고자 했다. 하지만 그의 발음이 너무 특이해서 우리는 이마를 찌푸려가며 그가 무슨 말을 하는 것인지 알아내려고 애썼다. 그러는 동안 다른 관리들은 창고로 내려가 우리 물건들을 검사한 후 다시 올라왔다. 그들은 우리가 보여준 상품들에 매우 만족하고 있었다. 통역관은 우리에게 통관세로 가지고 있는 상품의 이십 퍼센트를 내놓으라고 말했다. 통역관이 우리 코앞에서 오른손 검지와 중지를 들고 흔들며 강조했기 때문에 그 '이십 퍼센트'란 말은 에누리 없이 명확하게 전달되었다. 관리들은 물건을 선택했다. 모든 것이 기록되었으며, 지야라가 간단히 서명을 했다.

갑판으로 다시 올라오면서 우리는 항구의 다른 배들을 관찰했다. 나디르호와 비슷하게 생긴 배는 하나도 없었다.

"우리가 정말 지구 반대편에서 온 게 맞긴 맞나 봐요."

지야라가 감격스러운 듯이 말했다.

우리는 배에서 내리기 위해 가장 좋은 옷으로 갈아입었다. 지야라는 선원들의 하선 순서를 정해주어야 했다. 왜냐하면 모든 선원이 이 새로운 세상을 경험해보고 싶어 했기 때문이었다. 평소 같으면 얌전하게 있을 타노베이와 오안까지 들떠 있었다.

그곳에는 없는 것이 없었다. 붉은 색깔로 칠해진 노점들, 산더미처럼 쌓여 있는 온갖 종류의 과일, 항구를 따라 이어진 야외 식당에서 풍겨오는 맛있는 냄새…… 그 옆에선 어부들이 생선으로 가득 찬 바구니와 항아리들을 늘어놓고 앉아서 그물을 수선하고 있었다.

정박한 지 사흘 째 되던 날, 정식 통관 절차와 화물 점검을 위해 오르배의 관리들이 다시 우리 배에 올라왔다. 이번에 그들은 지도를 보고 싶어 했다. 지야라에게는 거절할 만한 다른 변명거리가 없었다. 그들은 가장 아름다운 세 장의 지도를 골랐는데, 그중에는 하늘 지도도 포함되어 있었다. 그들은 우리를 '**우주학자들의 궁전**'으로 데리고 갔다. 그곳에서 우리의 세 가지 지도가 자세하게 검토될 것이라는 설명을 들었다. 그동안 나디르호는 항구에서 정확한 기한 없이 정박하고 있어야 할 것이라는 이야기도 들었다. 지도의 검토가 끝나기를 기다리는 동안 우리는 그들의 손님이 될 것이고, 모든 체류 비용은 오르배 측에서 책임질 것이라고 했다.

지야라는 체류 기간이 늘어나는 것을 감수하기로 했다. 내가 보기에 오르배는 지야라에게 캉다아를 떠올리게 하는 것 같았다. 시끌벅적한 항구와 하얀색 궁전, 강렬한 정오의 태양 아래 그늘을 만들어주는 아케이드나 미로같이 이어진 골목, 이 모든 것들이 캉다아와 흡사했다. 우리는 제일 높은 테라스까지 올라가서 항구를 내려다보았다. 그곳에선 복잡하게 얽혀 들어선 둥근 지붕들과 굽이굽이 계단으로 이어진 지붕들을 한눈에 볼 수 있었다. 우리는 회랑을 따라 우주학자들의 거리를 지나서 서점 구역으로 내려가 마테오를 만났다. 그는 다른 배의 항해사들이며 선장들과 함께 열띤 토론을 벌이고 있었다. 이런 광경은 저녁에 나디르호에서도 계속 볼 수 있었다. 여기서는 온갖 종류의 지도를 사고팔았다. 해양지도나 육지지도는 주요 교환 물품이었다. 반면 우주학자들이 '안쪽땅'이라 부르는 넓은 지역에 관한 지도는 엄격하게 거래 품목에서 제외되어 있었다.

두 개의 돛 사이에 쳐놓은 천막 아래에서 저녁 연회가 늦게까지 이어졌다. 오르배의 밤하늘은 맑았고 배 위에는 항상 사람들이 있었다. 이 평화로움을 깨는 것은 그들 중 하나가 갑자기 움직일 때였다. 모든 배의 머리가 한 방향으로 모여 있는 부근에서 마치 새처럼 가느다란 몸집의 배 세 척이 들어오는 것이 보였다. 그 배들은 즐비한 돛대 사이로 거의 알아차릴 수 없을 정도로 슬 그머니 소리 없이 들어왔다.

"지야라, 저 배의 돛을 좀 봐요!"

그 돛은 검은색이었다. 밤하늘의 검은빛과 똑같은 색이었다.

"**구름천**으로 만든 돛이군요."

돛과 같은 검은색 옷을 입은 선원들이 매우 정교한 동작으로 배의 돛을 이미 접어 넣은 뒤였다. 그들은 매우 익숙한 손놀림으로 노를 정리한 다음, 그들에게 배정된 선창으로 갔다. 그곳은 우주학자들의 궁전과 가까운 곳에 위치해 있었고, 해변의 경사면 바로 앞이었다. 한 시간쯤 지나자 그들은 돛을 분해하더니 갑판 위에 길게 정돈하여 놓았다. 이때 궁전 벽에 난 낮은 문이 열렸고, 세 척의 배는 경사면 위로 도르래에 의해 하나씩 끌어올려져 모습을 감추었다.

"그들은 조달 상인입니다."

포사니아스가 말했다. 그는 나디르호의 연회에 자주 참석했던 사람들 중 하나였다. 그는 나우에게 관심이 있었고 그녀에게 잘 보이고 싶어 했다.

"그들은 지구 반대편으로 지도를 찾으러 떠날 것입니다. 그들의 깃발로 알아볼 수 있지요."

"어떻게 그런 얇은 천으로 돛을 만들 수 있는지 모르겠어요. 이해가 안 돼요."

나우가 말했다.

"돛에 쓰는 천은 사선斜線으로 재단돼 있어요. 또한 몇 겹으로 겹쳐서 단단히 박음질되었기 때문에 보기보단 훨씬 튼튼합니다. 절대 찢어지지 않아요. 밧줄도 같은 재료로 만들어졌는데 결코 썩지 않는답니다. 하지만 그런 사치를 감당할 수 있는 곳은 궁전뿐이죠. 돛을 다 걷어내어 접으면, 친애하는 나우 양, 아마도 당신의 아름다운 두 손에 쏙 들어가고도 남을 겁니다. 그 값 또한 화물을 모두 포함한 나디르호 보다 더 나갈걸요?"

"선원들의 가치는 그보다는 높을 거요. 당신이 나디르호에 속해 있는 한."

마테오가 빈정대며 말했다.

"모르는 일이지요. 배의 선원들은 값을 매길 수 없으니까요."

포사니아스가 나우 쪽으로 살짝 몸을 기울이며 말했다.

"왜 조달 상인들이 따로 필요한 거죠?"

지야라가 물었다.

"지도는 항구 도처에서 구할 수 있는데 말이에요. 심지어 구석진 작은 가게에서도요. 또 그것들을 대량으로 베껴내는 복사 공장도 십여 개나 있지 않나요?"

"그런 것들은 흔한 지도랍니다, 친애하는 지야라! 조달 상인들은 매우 특이한 지도들만 구해오는 임무를 띠고 있습니다. 예를 들어 '테라 인코니타'*에 대한 지도 같은 것 말입니다. 그것은 제가 알기로는 단 한 번도 복사본이 제작된 게 없습니다. 궁전 밖으로 나온 적이 없으니까요……"

지야라도 나와 같은 생각을 하고 있는 것처럼 보였다. 마침내 그 길고 길었던 여정이 이곳에서 어떻게든 끝나겠구나 하는……

포사니아스는 우리와 마찬가지로 외국인이었지만 오르배를 정기적으로 방문하고 있었다. 그는 우리에게 우주학자라는 신분에 대해 자세하게 설명해주었다. 그들은 박식하고 거만하며 **'진귀한 물건'**을 발견하는 자들에게 다소 과장된 명예와 영광을 부여한다. 또한 오르배의 위용에 대해 과신하고 있으며, 방문객을 반겨주는 것 같지만 언제나 거리를 유지할 줄도 안다. 그리고 거대한 궁전 안에서 도시 전체를 지배한다. 도시는 섬으로 들어가는 유일한 관문이자, 바깥세상과 접촉할 수 있는 유일한 출입구였다. 궁전은 전체가 '지리학 예술부'의 책임 하에 만들어진 미로로 이루어져 있었고, 우주학자들에게 하나의 종교처럼 숭상되고 있었다.

---

* terra incognita. 라틴어로 '미지의 땅'이라는 뜻. 옛 지도학에서 아직까지 인간에 의해 탐험되지 않은 곳을 표시할 때 사용되었다.

"**안쪽땅 정원**을 다 둘러보는 데만도 며칠이 걸립니다. 그곳에 그들이 수집한 식물들과 동물들이 집대성되어 있습니다. 하지만 지금처럼 잠산 저녁 시간을 이용해서 볼 거라면 해변의 작은 정원들이 훨씬 더 매력적일 겁니다. 거기에선 시원한 음료수를 마시며 음악을 들을 수도 있으니……"

"그곳에 가보는 건 어떨까요?"

우리가 모두 조금씩 졸리기 시작했음을 눈치챈 나우가 제안했다.

"지금 이 시간은 밤 시간 중 꽃향기가 가장 진할 때죠. 같이 가실까요?"

포사니아스가 말했다.

그는 일어나 나우에게 팔을 내밀었다. 마테오도 그들과 같이 가기 위해 일어섰다. 나는 마테오의 소매를 슬그머니 잡아당겼다. 포사니아스와 나우는 골목길을 걸어 내려갔다. 마테오는 그들을 따라가는 걸 포기하고 화난 눈으로 나를 쏘아보았다. 혼자 남게 된 그는 자기 숙소로 돌아갔고, 지야라와 나는 터져 나오는 웃음을 참느라 혼났다.

"닌과 안이 나우 없이 헤엄치는 것에 익숙해져야 할 것 같소."

나는 멋진 연인의 팔짱을 끼고 부두 쪽으로 멀어져가는 나우의 모습을 보며 지야라에게 말했다.

"걱정 말아요. 요즘 그들은 자주 수영을 하지 않더라고요. 포사니아스가 진주잡이 해녀들의 눈길을 끈 유일한 남자는 아니랍니다. 눈치채지 못했나요?"

"음, 오르배는 정말 놀랄 만한 일들로 가득하군……"

나는 머리를 긁으며 대꾸했다. 지야라는 주제를 바꿔 계속 말했다.

"예를 들어, 그 **검은 돛을 단 배**들은 나디르호를 공격한 배와 아무 상관 없는 거겠죠? 비취 나라까지 아무도 모르게 항해하는 그들은 진짜 바다 사나이들이죠. 당신은 어떻게 생각해요?"

"당신 말이 맞소. 그건 항해 실력의 문제요. 한편으론 그리 크지 않은 배로 높은 파도에 어떻게 맞서는지 궁금해지는군요. 날이 쌀쌀해지는데 그만 들어갑시다."

도시 탐방은 다음 날에도 계속 되었다. 포사니아스가 항구 쪽 산책에 안내인으로 동행해주었다. **다섯 가지 호기심 항구**에서는 온갖 종류의 동식물들을 살 수가 있었다. 그는 안쪽땅 정원을 방문해 볼 것을 강하게 추천했다. 그곳에서 오르배의 진정한 다양성을 느낄 수 있을 것이라고 했다. 우리는 거기서 풍성한 모슬린 천으로 만든 옷을 입고 우아한 버섯 모양의 모자를 쓴 젊은 처녀를 만났다. 그녀는 수조 속에 있는 거북들이 자라면서 변화하는 모습을 그리는 데 열중하고 있었다. 그녀의 그림 솜씨는 감탄할 만했다. 그녀는 우리 쪽으로 몸을 돌리더니 놀랍게도 우리 말로 대화에 끼어들었다.

"당신은 아주 어려 보이는데, 다른 나라를 여행해본 적이 있나요?"

"아니요. 하지만 저는 여러 언어를 배웠습니다. **지도채색부**에 들어가려면 반드시 해야 하지요. 저는 '**지도 그리는 여인**'이 되려고 합니다."

나는 그녀에게 정원에서 제일 먼저 봐야 할 것이 무엇인지 물었다. 그녀는 그림첩을 덮더니 단숨에 일어나 자신이 안내해주겠다고 말했다. 그녀는 나무들의 이름을 가르쳐주었고, 꽃이 땅을 향해 아래로 피는지 혹은 하늘을 향해 위로 피는지, 그것들의 열매가 껍질의 형태인지 과육의 형태인지, 줄기가 하나인지 여러 갈래인지에 따라 어떻게 그것들을 분류하는지를 알려주었다. 그중에서도 쾌적하고 살랑거려서 기분 좋은 졸음을 안겨주는지, 아니면 반대로 습하고 어두워서 병이 나게 만드는지에 따라 나무 그늘의 종류를 나눈다는 것에 우리는 감탄을 금치 못했다. 그런 종류의 지식이 그녀로부터 마르지 않는 샘물처럼 계속 솟아나왔다.

"여기에서 본 것에 비하면, 캉다아의 정원에서 본 것들은 아무것도 아니군…"

지야라가 중얼거렸다.

"여기에 있는 모든 것들은 안쪽땅에서 나온 것들입니다."

소녀가 목소리를 가다듬으며 말했다.

"그곳은 너무나 크고 넓어서 전체를 다 둘러보려면 몇 달이 족히 걸린다고 합니다."

"단지 그것으로 이런 엄청난 다양성을 설명할 수 있을 것 같지는 않소. 모두 설명되지는 않는 것 같소."

내가 끼어들었다.

"하나의 땅덩어리에 어떻게 이렇게나 많은 다양한 동식물들이 뒤섞여 있을 수 있는지 이해하기 어렵군요. 여러 가지 기후가 동시에 존재하지 않는 이상 불가능한 일입니다."

"안쪽땅은 움직이는 땅입니다. 절벽 위에 떠 있는 왕관 모양의 구름을 보셨나요? 그건 안개강이라 불립니다. 알 수 없는 힘에 의해 계속해서 빙글빙글 돌아가고 있지요. 그 구름 떼를 보호막으로 삼아 외부 시선으로부터 스스로를 감춘 안쪽땅은 변화를 거듭하고 있습니다."

"형태를 바꾼다는 뜻인가요?"

"네, 움직인다는 거죠."

"우리를 감싸고 있는 구름과 바다처럼 말이죠."

지야라가 중얼거렸다.

"그래서 우리는 그곳으로 매번 새로운 탐험대를 보냅니다."

소녀는 매우 확신에 찬 표정으로 말했다.

"언제나 새롭지요. 저를 데리고 여러 번 탐험에 참가한 제 아버지도 발견자들 중 한 사람입니다. 저 동물이 보이세요?"

그녀는 뿔이 가면 모양으로 생긴 사슴을 가리켰다. 사슴이 머리를 숙이자 두개골 앞에 직각 방향으로 붙어 있는 뿔은 무서운 표정을 한 가면 형상으로 우리를 바라보고 있었다.

"이 정원에 모두 여섯 마리가 있습니다. 제가 어렸을 때는 없었던 동물이지요. 그런데 십오 년 전쯤 처음 한 마리를 데려온 이후로, 이제 탐험대는 수백 마리의 나무가면 큰사슴을 만날 수 있다고 합니다."

"자부심을 느낄 만하군요."

지야라가 말했다.

소녀는 부끄러운 듯 얼굴을 붉혔다.

"아버지가 '진귀한 물건'을 발견하고 가져온 날, 아버지는 '위대한 발견자'라는 칭호를 얻었습니다."

"'진귀한 물건'이라?"

"어떤 발견물이 '진귀한 물건'으로 불리려면, 회의장에 모인 우주학자들이 그것의 기원을 측정할 만한 가치가 있다고 판정을 내려야 합니다. 나무가면 큰사슴은 그중 하나였지요. **'한가로운**

벨라돈나'도……"

"예쁜 이름이군요. 무슨 뜻인가요?"

지야라가 물었다.

"즙을 내어 마신 사람의 꿈을 아름다운 색깔로 채색해주는 힘이 있다는 식물입니다. 제 아버지는 더 좋은 것을 발견했는데……"

"제 딸의 말에 너무 귀 기울이지 마십시오."

어떤 남자가 그녀 뒤쪽으로 걸어와서 그녀의 어깨에 손을 얹으며 말했다.

"'진귀한 물건'을 가지고 돌아오는 것은 제 생애에 단 한 번 있었던 일입니다. 그것을 이루자면 운도 따라야 하고, 재능도 있어야 하지요. 제 소개를 하겠습니다. 저는 알보랑디스라고 합니다. 브라자딘 가문 출신이지요."

그 이름을 듣고 나는 소스라치게 놀랐다.

"캉다아에서 온 지야라와 코르넬리우스 반 혼, 소개드립니다. 저희는 여행자이자 지도 제작자입니다."

"이곳에 오신 지 오래되셨나요?"

"삼 주가 조금 더 되었습니다. 저희 배 나디르호가 항구에 있습니다."

"위풍당당한 항해사들이시군요. 전 예전부터 그런 사람들을 존경해왔습니다. 그럼 언제 다시 떠나시나요?"

"실은 궁전의 결정을 기다리고 있는 중입니다. 그사이에 도시 구경을 하고 있지요."

"더 많은 곳을 둘러볼 수 있게 도와드리고 싶군요. 오르배에 선 여행자들과 만나 이야기하는 것보다 더 큰 기쁨을 주는 일은 없죠. 당신들을 초대하고 싶습니다. 저희는 여기에서 아주 가까 운 곳에 살고 있습니다. 아자데가 당신들의 배로 가서 길을 안내 해줄 거예요. 일곱 시쯤 어떠신가요?"

나는 지야라의 눈에서 호기심이 반짝이는 것을 보았다. 그녀 는 내 손을 세게 쥐었다.

"정말 기쁘게 받아들이겠습니다."

그는 헤어지기 전에 오른손을 가슴 위에 얹어 인사했다.

우리는 산책을 계속했다.

아자데에게 물었다.

"이해 안 되는 부분이 있어요. 만약 당신들의 섬이 그토록 끊 임없이 변화를 계속한다면, 이렇게 식물들과 동물들을 계속 모 으는 것이 무슨 의미가 있죠? 끝이 없다는 것은 결코 마지막을 보지 못할 거란 뜻 아닙니까?"

"이 정원은 우리 기억의 한 부분입니다. 우리가 그리는 지도 도 마찬가지지요. 각자의 기억에 따라 안쪽땅에 대한 이미지가 달라질 수 있다는 것이죠. 물론 우리는 세계가 방대하다는 사실과 다른 많은 섬들이, 더 큰 대륙들이 존재한다는 사실을 알고 있습니다. 하지만 그것들은 모두 오르배의 자식들일 뿐입니다. 왜냐하면 오르배야말로 가장 오래된 땅이고, 생명이 형태를 갖추기 시작한 최초의 땅이기 때문입니다."

"당신의 말에 반대할 생각은 없으나, 다른 곳에서는 달리 말하고 있다는 걸 지적하고 싶군요. 우리는 자신들이 세상의 기원이라고 믿는 다른 나라 사람들을 이미 많이 보았습니다. 설명하는 방법도 모두 제 각각이죠."

"그렇지만 증거를 갖고 있는 사람들은 드물지 않던가요? 이곳을 여행하는 모든 사람들도 같은 의문을 품습니다. 하지만 그들은 모두 세상의 기원을 경험해보았다는 느낌을 갖고 오르배를 떠나지요. 왜냐하면 바깥세상에 있는 모든 것들은 안쪽땅에 있는 것들과 같은 것들이거나, 혹은 형태와 종류만 조금씩 다른 것들일 뿐이니까요. 그걸 반대하는 것은 옳지 않습니다. 우리는 세상에서 가장 진귀한 식물과 동물들을 모두 보유하고 있습니다. 그들 중 일부는 태초에 기원한 것도 있습니다. 이쪽으로 오세요. 보여드리겠습니다."

그녀는 수로 곁을 따라 우리를 더 깊숙한 곳으로 안내했다. 석회질로 된 천장에는 수백 개의 양치식물이 흰색 석고로 뚜렷하게 조각되어 있었는데, 그 높이가 너무 높아 압도하고 있는 느낌을 주고 있었다. 움직임 없는 잎사귀들과 함께 거대한 동물의 뼈 모양을 한 조각상들도 있었다. 가장 키가 큰 것은 나디르호보다 더 큰 것 같았다. 그것은 고래와 비슷하게 보이는 네 발 짐승의 뼈로, 집채만 한 몸집에 끝없이 긴 꼬리가 붙어 있고 기다란목 끝에는 우스꽝스럽게 보이는 머리뼈가 달려 있었다. 그 옆쪽으로는 키메라*처럼 여러 동물을 하나의 몸뚱이에 모아놓은 짐승들도 있었다. 박쥐의 날개를 가지고 이빨이 뾰족하게 난 펠리칸의 부리를 한 새, 쫙 벌린 악어의 입을 한 도마뱀도 있었다.

"당신들은 정말 대단한 조각가들이군요. 또한 보기 드문 상상가이기도 하고요."

내가 말했다.

아자데가 놀란 눈으로 나를 쳐다보았다.

"상상이라고요? 무슨 말씀이신지 모르겠네요."

"이렇게까지 창조해낼 수 있다니! 정말 훌륭한 작품들입니다. 여기 있는 모든 것들이 발톱 하나, 이빨 하나 모자람이 없네요. 정말 존재했다고 믿겨질 정도로요!"

"이곳에 있는 모든 것들은 실제로 존재했던 것들입니다."

---

* Chimera. 그리스 신화에 나오는 머리는 사자, 가슴은 양, 꼬리는 뱀의 형상을 한 괴물로 영웅 벨레로폰에게 죽임을 당했다.

안쪽땅 정원

그녀가 따지듯이 대답했다.

"글쎄요. 지금까지 여행하면서 우리는 온갖 종류의 사람들과 생물들을 보았습니다. 바다 생물 중에 이런 크기를 가진 것이 존재한다면 믿겠지만, 육지 동물 중에는……"

지야라가 말했다.

"제가 아까 말씀드리지 않았나요, 우리 땅은 계속 변하고 있다고……"

나는 동물 모형 하나에 가까이 다가가 손톱으로 표면을 긁어보았다. 놀랍게도 석회질 아래에 진짜 동물이 들어 있었다. 뼈에 붙어 있는 피부 조직을 확인할 수 있었다. 어떤 것은 힘줄이 시작되는 부위도 눈으로 확인할 수 있었다. 그것들은 모두 석화된 진짜 미라였던 것이다. 아자데는 거짓말을 한 것이 아니었다. 이렇게 완벽하게 관절이나 치아를 재현해내기는 어려운 일이다. 하지만 이런 괴물이 실제로 존재했는지가 계속 의심스러웠다. 어떤 것은 막 달리고 있는 도중에 붙잡혔는지 공격자를 물기 위해 몸을 돌리는 순간을 그대로 보여주고 있었다. 잔인하게 살을 발라내고 광물질 속에 가둬버리는 동안 그것이 질러댔을 분노의 비명 소리가 들리는 듯했다.

"이 동물들은 우리의 가장 오래된 유물들입니다. 다른 종류의 동물도 더 찾아낼 것이라고 저는 믿습니다. 언제나 새로운 발견들이 있으니까요."

"그리고 저건요?"

지야라가 손가락으로 큰 원숭이처럼 보이는 해골을 가리켰다.

"그건 무두인無頭人입니다. 머리 없는 사람이죠."

"머리가 잘린 건가요?"

"아닙니다. 지금 보고 계신 것이 완전한 형상으로 보존된 유일한 것입니다. 다른 것들은 조각만 남아 있죠. 이 존재들은 머리가 가슴 한가운데에 있었을 거라 추측되고 있습니다. 갈비뼈 사이에 있는 눈구멍[眼窩]를 아주 확실하게 알아볼 수 있죠. 흉골 바로 아래에는 턱뼈와 연결된 구멍이 있습니다. 학자들에 따르면 그들이 우리 섬 최초의 거주민이라고 합니다. 인간은 그 이후에 출현했죠."

"그럼 아직도 안쪽땅에 사람들이 살고 있나요?"

그녀는 웃음을 터트렸다.

"물론이죠. 하지만 무두인은 아닙니다, 다행스럽게도요! 그곳에 사는 **인디간**들은 당신이나 나와 같은 인간입니다. 그들은 매우 야만적이죠. 도시에 살고 있는 인디간은 거의 없습니다. 대부분 안개강 너머에만 살고 있습니다."

지야라는 내 손을 꽉 쥐는 것으로 항구로 돌아가자는 신호를 보냈다.

배로 돌아오면서 나는 돌 안에 갇힌 동물들에 대해 계속 생각했다.

지야라는 중얼거렸다.

"내가 만약 여기서 죽는다 하더라도, 화장되거나 땅에 묻히고 싶지 않아요. 나는 그 석고상들 중 하나가 되어 돌 속에 갇힌 채 영원한 침묵 속에서 내 입술로 당신의 이름을 부르고 싶어요."

그녀는 내 어깨를 감싸 안았다. 하지만 난 그녀의 다음 말을 듣지 못했다. 행상들의 외침이 그녀의 소리를 집어삼켰기 때문이다.

그날 저녁, 아자데는 약속대로 우리를 데리러 왔다. 알보랑디
스의 집은 안마당을 에워싸는 형태였다. 분수 한가운데 꽃이 만
발한 아름다운 나무 한 그루가 심어져 있었고, 그 나뭇가지들은
위층 발코니까지 뻗어 있었다. 알보랑디스는 우리가 찾아와준
것을 영광으로 생각한다고 말했다. 그는 한 사람 한 사람과 악수
를 나눈 뒤, 식사 준비가 된 테라스로 안내했다. 지야라 쪽으로
알보랑디스가 몸을 기울이며 말했다.

"제 호기심을 용서하십시오. 사실 그 천으로 만든 스카프를 외
국인이 두른 걸 보기가 흔치 않아서 말입니다. 이곳에서조차 그
것을 지닌 사람을 찾아보기가 쉽지 않지요. 어디서 구하셨는지
물어봐도 되겠습니까?"

지야라는 당황하면서 대답하기를 주저하고 있었다. 내가 대신
대답했다.

"제가 선물한 겁니다. 그런데 어떻게 구했는지는 너무나 긴 이야기라서……"

"아, 다행이네요! 그 이야기를 나누며 멋진 저녁 시간을 갖도록 합시다. 우리는 오르배에 관한 이야기라면 뭐든 다 좋아합니다. 그 천이 매우 특별한 것임은 알고 계시겠지요?"

"저는 그 천에 대해 말만 해도 사형에 처해지는 나라에서 살았던 적이 있습니다. 그 천은 위대한 통치자인 **비취 나라**의 황제만이 사용하는 것이었죠. 그곳에서는 그 천을 '**말해선 안 되는 것**'이라고 부릅니다. 하지만 저는 그것이 이곳 오르배로부터 왔다는 사실을 알고 있습니다. 그것에 대해 최초로 제게 말해준 사람은 당신 집안의 성을 쓰는 사람이었습니다."

"우리 집안이라고 하셨습니까?"

"이븐 브라자딘이란 노인이었습니다."

"정말 그렇다면, 그분은 제 삼촌이십니다. 하지만 그분은 삼십여 년 전에 추방당하셨기 때문에 그분에 대해서는 아는 바가 거의 없습니다."

"그는 이 천이 안쪽땅에서만 자라는 섬세한 풀로 만든 것이라고 했습니다."

"사실입니다. '진귀한 물건'을 찾는 것 이외에, 우리 원정대의 첫 번째 목표는 **구름천**을 가져오는 것입니다. **인디간**들이 솜뭉치

형태로 **구름풀**을 수확해 오면, 우리는 그것들을 다른 물건들과 교환합니다. 물물교환은 솜뭉치가 아름다운 색깔을 띠는 밤에만 이루어십니다. 교환한 것들은 모두 궁전으로 가져와 직조실로 가져갑니다. 그렇게 만들어진 천은 배의 설비를 장만하고, 귀한 지도를 사들이는 일종의 화폐로 사용됩니다. 그것을 몸에 두를 권리는 없지요."

예민해진 지야라는 스카프를 풀어 가죽 상자에 넣으려 했다.

"그러지 마십시오. 당신들은 나의 손님이십니다."

알보랑디스는 지야라의 어깨에 스카프를 다시 둘러주며 말했다.

"당신의 삼촌 이븐 브라자딘은 넓은 평원에서 구름풀이 자라는 두 개의 섬이 그려진 지도를 나에게 보여준 적이 있습니다."

그는 눈썹을 치켜올렸다.

"**인디고 섬**을 말씀하시는 건가요?"

"인디고 섬을 알고 계신가요?"

"그 섬은 그분의 상상 속에서만 존재하는 것이 아닐까 생각됩니다. 저는 풀로 덮인 평원으로 수차례 탐험을 나갔지만, 구름풀을 본 적은 단 한 번도 없습니다. 신기루 속에서도 없었지요. 그가 남긴 미완의 지도와 수첩에만 구름풀이 기록되어 있을 뿐입니다. 그것에 관해 썼을 때만 해도 그는 미래가 창창한 젊은 발견자였지요. 그와 함께 그 수첩도 사라졌는데, 희한하게도 그것이 얼마 전에 되돌아왔습니다. (지야라는 나를 흘깃 바라보았는데, 그녀 또한 나와 같은 생각을 하는 것 같았다. 즉 **검은 돛을 단 배**에 대해 말이다.) 그것을 실은 배가 항구를 통해 들어오는 모습을 지켜보았지요. 직접 수첩을 한 장씩 펼쳐보았습니다. 제 생각에 삼촌은 지리학에 대한 관심이 그리 많지 않았던 것 같습니다. 어쨌든 우리가 같은 물건에 대해 말하고 있는 것만큼은 분명하군요. 더불어 그것을 직접 손에 넣은 사람은 그리 많지 않다는 사실도 말해두고 싶군요."

"수첩을 직접 보고 싶습니다. 제가 한때 그것을 가지고 있었습니다만 누군가 훔쳐갔어요. 제가 기억만으로도 복사본을 만들 수 있을 정도로 그 수첩을 수없이 보았습니다. 완벽하게 외우고 있기 때문에 보기만 해도 진짜인지 베낀 것인지 알 수 있습니다. 제가 직접 볼 수 없을까요?"

"내일 보여드릴 수 있습니다. 하지만 말씀드린 대로 실망하실지도 모릅니다. 아무런 가치도 없는 물건이니까요."

우리의 대화는 또 다른 여행 이야기로 이어졌다. 알보랑디스는 우리가 **우주학자들의 궁전**에 들어가도 될 정도로 신분이 확실한지를 알고 싶어 했고, 궁전에 대해 너무 많이 알려주는 것은 아닌지 염려하는 눈치였다. 그는 나에게 이드리스 칸을 떠올리게 했다. 잘 손질된 턱수염, 긴 속눈썹이 에워싼 눈, 우아한 몸 동작들은 윤곽이 뚜렷한 코와 정맥이 울룩불룩 튀어나온 탄탄하고 각진 손과는 대조적이었다. 특히 그의 손은 굉장한 힘을 휘두를 수 있을 것 같아 보였다. 놀라운 일도 아니다. 그만한 원정을 주도하려면 분명 강한 체질이어야 할 것이다. 그는 지야라에 대한 관심을 감추지 않았는데, 썩 기분 좋은 일은 아니었다. 아자데 또한 자신의 아버지처럼 단호한 면을 갖고 있었는데, 그들에게서 늙은 여관 주인 이븐 브라자딘에게서 보이던 짓궂은 장난기나 악의는 발견할 수 없었다.

연회는 밤늦게까지 이어졌다.

다음 날 우리는 궁전에서 알보랑디스 브라자딘을 다시 만났다. 우주학자의 예복을 갖춰 입은 그는 제일 먼저 천장이 뚫린 기상관찰실을 보여주었고, 다음으로는 구름 도서관으로 안내했다. 그곳에는 난해한 지도책들이 쌓여 있었다. 오르배의 우주학자들은 구름을 ―나로선 그것이 어떻게 가능한지 모르겠지만― 각각의 모양과 색깔, 알갱이의 굵기, 하늘에 나타나는 방식, 성별에 따라 분류해놓고 있었다. 남성과 여성, 군립群立과 독립, 무사태평한, 얼빠진, 멋부린, 성난… 등의 말로 구름들의 성격을 표현했다. 그 지도책들은 가죽 끈에 몸을 매단 상태에서만 볼 수 있었다. 그러한 기술에 익숙한 학자들은 마치 커다란 새를 연상시켰다. 그들은 지도를 잘 보려고 목청 높여 소리를 지르면서 지도가 걸린 곳을 향해 세차게 몸을 밀었다. 그 바람에 천장을 받치고 있는 기둥에 머리를 부딪히곤 했다. 가장 나이가 많은 학자들은 현기증이 날 만큼 높은 곳에 자리를 잡고 앉아 각자 선호하는 구름군의 특징에 대해 의견을 늘어놓고 있었다. 새처럼 행동한 탓인지 그들의 뇌세포도 새의 뇌처럼 축소된 듯 보였다. 실제로 학자들은 지나치게 자주 새처럼 부리로 쪼는 듯한 동작과 어수선한 날갯짓 같은 행동을 계속했다. 마치 미치광이들로 가득 찬 새장을 지나가는 것마냥 우리는 귀를 틀어막고 그곳을 빠져나왔다. 그다음으로 알보랑디스는 우리에게 여러 개의 방을 보여주었다. 귀족들을 위한 층은 제외하고, 지리학적인 방황과 몽상을 위한 방들이 이어져 있는 아래층으로 우리를 데려갔다. 마지막 방은 작은 크기의 책들이 쌓여 있는 곳이었다. 나는 그곳에서 보잘것없고 먼지 쌓인 책 더미 가운데 섞여 있던 『인디고 섬 이야기』를 한눈에 찾아냈고, 떨리는 손으로 집어냈다. 이븐 브라자딘의 친필이 맞았다. 그런데 누군가 그의 기록에 수정과 메모를 해놓았다. 네 번째 페이지에는 월란의 사법부를 나타내는 붉은 인장이 찍혀 있었고, 거기에 추가된 모든 메모는 비취나라의 언어로 씌어 있었다. 또한 18쪽과 23쪽에는 **밤의 대신** 리앙 펭과 차오 치의 인장이 하늘 잉크로 찍혀 있었다.

나는 그 책 때문에 갑작스런 감동에 사로잡혔다. 알보랑디스는 그 책을 내 손 위에 얹고 말했다.

"만약 이 책이 당신 것이라면 다시 가져가십시오. 부탁입니다."

"이게 어떻게 여기까지 왔을까요?"

"당신이 더 잘 아실 것 같은데요?"

"솔직히 말씀드리자면 전혀 모르겠습니다. 아는 것이라곤 이 책이 거짓과 추측으로 가득 찬 다른 자료들과 섞여 있어선 안 된다는 것이지요. 그 섬은 실제로 존재합니다. 당신 삼촌이 옳다면 말입니다. 그가 직접 말했습니다."

"어쨌든 저는 그 아련히 먼 푸른 산이라는 것을 본 적이 없습니다. 신기루로라도요!"

우리는 각자 생각에 잠겨 말없이 돌아왔다. 궁전의 계단에서 헤어질 때, 알보랑디스는 주저하면서 마지막으로 다시 한 번 내게 물었다.

"친애하는 코르넬리우스, 제 생각에 우리 두 사람의 공통된 관심사를 한곳으로 모으는 것이 어떨까 하는데요…"

"어떻게 말입니까?"

"이미 말씀드린 대로 저는 우주학자입니다. **안쪽땅**에 대한 견해를 변화시킬 수 있는 힘을 가진 영광스런 자리이죠. 하지만

'위대한 발견자'라는 칭호를 얻는 것은 별개의 일이죠. 그것은 우리 원정대원 중에서도 가장 뛰어난 자들에게만 부여되는 칭호입니다. '위대한 발견자'가 되기 위한 자격 조건이 뭐라고 생각하십니까? 직관력? 용기? 행운? 물론 그 모든 것이 필요합니다. 하지만 그것만으로는 많이 부족하지요."

그는 한숨을 내쉬었다.

"먼저 선택받아야 합니다. 그 특권은 쟁취되는 것이 아닙니다. 타고나는 것도 아니지요. 이곳의 변덕스런 지리를 지배하고 있는 보이지 않는 손에 의해 선택되는 것입니다. 안쪽땅이 우리를 선택하는 것이지요."

"저는 그런 신분에 속하지 않는데, 어떻게 연관이 있다는 말씀인가요?"

그는 한 손가락을 이븐 브라자딘의 책을 향해 뻗었다.

"그 책은 아무 가치도 없습니다. 아련히 먼 도달할 수 없는 푸른 산이 있다는 증거는 어디에도 없습니다. 제 삼촌의 풍부한 상상력 말고는 아무것도 없지요. 하지만 그의 책은 당신을 선택했습니다. 그것만은 확실하죠. 그 오랜 여정 동안, 몇 년이 지났는데도 당신은 지구 반대편으로부터 와서 결국 이 책을 찾아냈습니다. 이것이 쓰여진 이곳 오르배까지 온 것이죠. 아니면 그 책이 당신을 찾아낸 것이라고도 말할 수 있겠죠. 그렇게 생각하지 않으십니까? 당신이 없다면, 두려운 일이지만, 그 섬은 보이지 않는 채로 남아 있을 것 같습니다. 하지만 당신이 나와 함께 가 준다면 모든 것이 가능해질 것입니다."

나는 심장이 두근거렸다.

"당신과 함께 가자고요?"

"섬세한 풀이 자라는 그곳으로요. 그리 긴 여행이 되지는 않 을 겁니다. 우리는 그 여정을 오십 일 여정이라 부릅니다. 우리 가 그것을 찾아 떠나야 한다는 생각이 강하게 듭니다만……"

"그럼 이제 그 섬의 존재를 의심하지 않는단 말이군요?"

"그 섬이 당신을 찾아낼 거란 예감이 듭니다. 이 책처럼요."

"솔직히 당신 생각을 잘 모르겠군요."

"**안개강** 너머에 무엇이 있을지는 아무도 모릅니다. 인디고 섬 에 특이한 식물들과 동물들이 있을지 없을지 누가 알겠습니까? 나에게 '위대한 발견자'의 칭호를 거침없이 안겨줄 그런 생물 말 입니다. 당신이 진지하게 생각해주었으면 합니다. 다음 원정은 일주일 안에 시작될 됩니다. 그리고 나쁜 계절이 시작되기 전에 는 반드시 돌아온다고 약속드릴 수 있습니다."

"가지 않을 거죠, 그렇죠?"

나디르호에 오르자마자 지야라가 물었다.

"솔직히 잘 모르겠소. 그 책이 나를 선택했다는 말을 들었을 때 알보랑디스가 완전히 틀린 것 같지 않다는 생각이 들었소. 어쨌든 그것이 나를 이곳까지 이끌고 온 것은 맞으니까……"

"우리 이곳을 떠나요. 궁전에 보낸 지도들은 그냥 두고 떠나요. **키눅타**의 나무들을 생각해봐요. 그것들도 우리의 눈길을 끌었던 것 기억하죠?"

"그것과는 상관없는 일이오. 그 책은 증거랄까, 그 책이 없었다면 아마 우리 두 사람은 만나지 못했을 거요. 그 책과 여관 주인이 이 여행을 시작하도록 만들었소. 오십 일이면 돌아온다고 하니, 지야라……"

"오십 일에 당신이 그 섬을 찾는 데 걸릴 시간도 더해야겠죠. 아마도 한 달이나 두 달 더? 너무 길어요, 코르넬리우스……"

지야라는 멍한 눈으로 난간에 기댄 채 "너무 길어…"라며 혼자 중얼거렸다.

"그럼, 같이 갑시다."

그녀는 한숨을 내쉬었다.

"그럴 수 없어요."

"그러고 싶지 않다고 말하는 게 정확하겠지?"

"그건 내 이야기가 아니니까요, 코르넬리우스. 푸른 산에 대한 확신도 없고요."

"하지만 지야라, 목표가 코앞에 있는데 어찌 그냥 두고 떠난단 말이오? 이제 겨우 모든 걸 이해할 수 있게 될지도 모르는데?"

"뭘 이해한다는 거죠? 미치광이 늙은이가 말한 결코 다다를 수 없는 산이 어딘가에 있다는 거요? 그곳에 발을 댈 수 있을 거란 기대요? 그걸로 얻는 것이 대체 뭐죠?"

"당신은 여관에 걸려 있던 그림을 보지 않았잖소?"

"추워요. 들어가요."

나도, 그녀도 다음 날까지 그 일에 대해 차마 입을 열지 못했다. 저녁에 우리는 항구의 소란함 속에서 이야기와 노래를 즐기며 긴 식사를 했다. 포사니아스는 자신의 오랜 여행에 대한 이야기를 들려주었고, 다음 항해는 나우를 데려가겠다고 사람들 앞에서 말했다. 마테오는 배 위에서 짝을 이루어 산다는 것이 얼마나 어리석은 일인가에 대해 한동안 궤변을 늘어놓았다. 하지만 지야라의 검은 눈동자는 예외도 있다는 강한 부정의 눈빛으로 마테오의 말을 반박했다. 포사니아스가 마테오의 어깨를 붙잡고 보고 싶을 거라고 말하자, 마테오는 마치 신비로운 사랑의 비밀을 깨달은 무뚝뚝한 외눈박이 거인처럼 갑자기 한쪽 눈에서만 눈물을 쏟아냈다.

그 이후로 나는 우리에 갇힌 사자처럼 웅크린 채로 하루하루를 보냈다. 지야라는 나를 피했다. 그녀는 평소보다 오래 수영을 했다. 어느 날 아침, 내가 그녀를 따라 수영하러 갔을 때, 그녀는 돌고래의 지느러미를 잡고 깊은 바다로 내려가버렸다. 그녀가 내 시야에서 사라졌고 그녀를 쫓아 따라 내려가려 했지만 소용이 없었다. 그녀가 너무 깊은 곳까지 내려갔기 때문에 내 앞에는 암흑만이 있을 뿐이었다. 나는 그녀만큼 숨을 오래 참을 수도 없었다. 숨을 쉬기 위해 다시 물 위로 올라갔다. 고개를 이쪽저쪽으로 돌려가며 그녀의 이름을 몇 번이나 불렀다. 마침내 지야라가 물 위로 올라왔을 때 그녀가 물과 공기를 함께 내뿜는 소리를 들을 수 있었다. 그녀와 한 몸처럼 끈으로 연결된 작은 상아빛 돌고래가 춤추고 있는 모습도 보였다. 돌고래는 그녀에게 입맞춤을 해주기 위해 물 위로 다시 올라온 것 같았다. 아름다운 그 모습에 마음이 아린 나는 그녀를 물끄러미 바라보았다. 그녀는 슬픔 속에서도 자신만의 신비로움과 당당함을 잃지 않고 있었다. 우리는 물을 휘저으며 서로를 얼싸안고 돌아왔다. 우리두 사람의 몸 사이로 흐르는 바닷물은 마치 온 세상이 우리 둘사이로 흐르는 것 같은 느낌을 주었다. 나는 그저 행복했다.

나는 보석 세공인들의 거리에서 자석을 하나 구입했다. 어떤 것들은 조잡한 모양에 검은 색깔을 하고 철가루가 덕지덕지 붙어 있었다. 지야라는 이런 종류의 돌을 하나 갖고 있었는데, 북쪽 방향이 어디인지를 확인할 때 그것을 사용했다. 그녀는 그 돌을 나침반 돌이라 불렀고, 다른 항해 도구들과 함께 선실 안에 보관했다. 사람들은 그런 돌들이 하늘에서 떨어졌다고 해서 북극성의 딸들이라고 불렀다. 그 까닭에 떨어진 장소에서 어머니가 있는 밤하늘을 간절하게 바라보는 것이라고 했다. 스스로 움직이지 못하는 무생물이 마치 의지나 감정을 지닌 것처럼 보이는 것을 믿을 수 없을 것이다. 그럼에도 우리는 몇 번이나 그 돌이 가진 고집스런 특성을 시험해보았다. 아주 짙은 안개 한가운데에서도 나침반 돌은 언제나 북쪽을 향해 몸을 돌렸다. 내가 구입한 돌은 완전히 다른 모양이었다. 표면이 반들반들하고 제비알처럼 결이 있었으며 두 조각으로 나뉘어져 있었는데, 잘라진 단면은 불규칙했다. 자기磁氣를 띤 돌이 양극을 끌어당기는 힘은 두 명의 인간이 서로를 향해 느끼는 감정과 비슷하다고 할 수 있다. 우리가 가진 두 개의 자석은 서로 떨어지지 않으려는 힘이 너무나 강해, 떼어놓기 위해서는 칼날로 비집어야만 했다. 마치 조개껍질을 열 때처럼 말이다. 나에게 돌을 판 상인은 그 돌의 서로 당기는 성질이 우리가 죽을 때까지도 계속될 것이라고 진지하게 설명했다. 나는 두 조각의 돌을 각각 가는 가죽 끈으로 연결했다. 그리고 첫 번째 돌을 지야라의 손목에 매달아주었고, 나머지 하나는 내 손목에 달아달라고 그녀에게 부탁했다.

마지막 날 밤, 아자데가 나디르호의 선교船橋에 나타났다.

"아버지께서 출발을 위한 연회에 두 분을 초대하셨어요. 마지막으로 두 분을 다시 한 번 보고 싶어 하세요."

알보랑디스는 마치 한 나라의 대사를 영접하듯 우리 두 사람을 극진히 맞이했다. 맛있는 음식과 시원한 음료수가 넘쳐났다. 여러 명의 우주학자들도 그곳에 있었는데, 그들 중에는 원정대가 안개강을 넘도록 돕는 임무를 맡은 **장님 조합**의 대표들도 나와 있었다. 나는 알보랑디스에게서 함께 가자는 제안을 다시 듣기를 기대하고 있었다. 그러나 예의상 그러는 것인지 아니면 신중을 기하려는 것인지, 그는 일체 언급이 없었다. 대신 훌륭한 선장이자 지도제작자인 지야라의 뛰어난 점에 대해 칭송을 늘어놓느라 온 저녁 시간을 다 보내고 있었다. 지야라는 모든 대화의 주제였다. 그녀는 그러한 관심에 익숙하지 않았지만, 애매한 태도로 도망치기보다는 온갖 이야깃거리를 총동원하여 좌중을 사로잡았다. 나는 지야라를 잘 알고 있었다. 또한 이야기꾼으로서 그녀의 재능도 잘 알고 있었다. 약 서른 명 정도의 나이 든 턱수염쟁이들*(그들 중 몇 명은 턱수염이 그다지 많지 않았지만 한창 젊은 나이에 한결같이 거만하게 턱수염을 기르고 있었다)이 그녀에게 질문을 퍼부어댔고, 탄성을 지르며 놀라움을 드러내거나 웃음을 터트렸다. 대화가 무르익고 연회가 한참 진행되었을 무렵, 알보랑디스는 나를 따로 불러 아무렇지도 않은 듯이 안

---

* 우주학자들을 가리킨다.

쪽땅으로의 원정에 대해 생각해보았느냐고 물었다. 그가 지야라에게 보이는 관심에 질투를 느낀 나는 거절하고 싶기도 했지만, 그가 원하는 시간까지 준비를 마치겠노라고 대답했다.

나는 나디르호로 돌아와서 지야라에게 내 결심을 말했다. 우리는 갑판에 앉아 작은 화로 앞에서 차를 끓였다. 나는 지야라가 불같이 화를 내리라 생각했는데, 그녀는 체념한 듯 미소를 지으며 받아들였다. 그녀는 내가 결정을 내리기도 전에 이미 알고 있었다고 말했다. 나는 같이 가자고 한 번 더 그녀를 설득하려 했다.

"말도 안 돼요, 코르넬리우스. 같이 가지 않을 거예요."

"왜요?"

"왜냐하면 그 산은 다다를 수 없는 곳이고, 우리의 수평선을 가로막고 있기 때문이에요."

나는 배 반대편 쪽으로 걸어가 지야라에게서 멀어진 뒤, 그녀가 가진 자석 조각을 바닥 위에 올려놓으라고 했다. 그런 다음 왼쪽, 오른쪽으로 왔다 갔다 해보았다. 마치 보이지 않는 선으로 연결된 것처럼 두 조각의 돌은 서로를 향해 방향을 틀었다. 내가 보폭을 넓게 하든 좁게 하든 두 돌은 일정한 간격으로 서로를 향해 있었고, 방향을 바꿀 때마다 나를 따라왔다. 내가 가진 돌을 바닥에 내려놓고, 지야라에게도 똑같이 해보라고 했다. 그녀는 마지못해 내가 한 것과 똑같이 해보이고는 어린애 같다고 나를 놀렸다.

"우리는 서로를 잃어버릴 수가 없소, 지야라. 내가 안개강 너머 멀리에 있다 하더라도 당신에게로 돌아올 수 있을 거요. 당신이 어디에 있는지 알 수 있으니 말이오."

그녀는 먼 바다 쪽으로 얼굴을 돌렸다. 나는 그녀에게 다가가 한 손으로 조심스레 바람에 흩날리고 있는 긴 머리카락을 쓸어 주었다. 그녀는 내 눈을 바라보았다.

"그리 오래 걸리진 않을 거요. 인디고 섬의 구름풀 송이를 가지고 돌아오겠소."

그리고 짐을 꾸리기 위해 선실로 내려갔다. 나는 작은 짐으로 가볍게 여행하는 데 익숙했다. 알보랑디스가 식량과 잠자리를 책임지겠다고 말했다. 지야라가 내게로 다가왔다.

"언제 떠나나요?"

"한 시에 작별 인사하러 와줄 거요?"

"그럴 수 없을 것 같아요."

새벽이 밝기도 전에 무언가 선체에 스치는 소리를 듣고 잠에서 깼다. 지야라는 없었다. 나는 서둘러 옷을 입었다. 돌고래들이 나디르호 주위를 헤엄치고 있었고, 그들 가운데 지야라가 있었다. 그녀는 가슴을 반쯤 들어 올려 손으로 나에게 신호를 보냈다. 그리고는 내 눈 앞에 물속으로 완전히 모습을 감추었다. 그녀의 머리카락이 화관花冠처럼 펼쳐지더니, 물결치는 그림자 아래로 희뿌연 몸이 길게 보이다가 완전히 사라졌다. 그녀가 있던 자리엔 잔물결과 함께 정박된 배에 부딪쳐 찰랑거리는 바닷물만 남아 있었다. 그녀만의 이별의 방식이었다.

지야라를 뒤로 한 채 마음을 단단히 먹고 알보랑디스가 기다리고 있을 궁전을 향해 발길을 돌렸다. 예상한 대로 새벽 동이 터 올 때쯤 궁전에 도착했다.

스무 명 남짓한 사람과 그 두 배의 동물들이 이미 준비를 마친 상태였다. 나는 모여 있는 원정대의 가족들과 호기심 어린 군중을 헤치고 알보랑디스에게 다가갔다. 가죽 조끼를 입고 챙 없는 모자를 쓴 알보랑디스는 몇몇 사람들과 대화를 나누고 있었다. 그는 인사하기 위해 몸을 돌려 나를 포옹했고, 시를리스와 르피아스를 소개했다. 시를리스는 우리를 안개강 너머로 인도할 안내인이었고, 정탐꾼인 르피아스는 두 사람의 조수와 동행하고 있었다. 정탐꾼들은 예쁘게 장식된 사슴 가죽 부츠를 신고 있었다. 마침 아자데가 가까이 다가와 그녀에게 인사를 건넸다. 알고 보니 내가 가장 마지막에 도착한 사람이었다. 알보랑디스는 쇠를 덧씌운 지휘봉을 들어 올려 출발 신호를 보냈다.

도시 위쪽으로 난 포장도로를 따라 올라간 우리는 성벽의 마지막 문을 통과했다. 거기에서부터 소나무 숲과 정원 사이로 난 길은 절벽 위쪽까지 계속해서 오르막길이었고, 새로운 고개가 나오기 전까지 성벽을 따라 이어져 있었다. 두 개의 높고 큰 아치형 구조물이 안쪽땅의 시작을 알려주었다. 주변엔 자갈과 바람 외엔 아무것도 없었다. 거기서부터 안쪽땅이었다. 우리는 희뿌연 백색 안개 아래로 모든 것을 잠기게 만드는 습한 공기 속으로 빨려 들어갔다. 아무것도 보이지 않았다. 맨 앞에 가는 사람과 마지막 사람을 연결하고 있는 끈이 없었다면, 분명 길을 잃었을 것이다. 간혹 바위 위를 기어올라갔다가 떨어지기도 했고, 다리가 어렴풋이 보이는 듯 싶다가도 곧 사라져버렸다.

장님인 시를리스가 휘파람을 불면, 뒤따르던 정탐꾼들도 그를 따라 휘파람을 불었고, 그 소리는 내 등 뒤에서 기둥에 부딪쳐 다시 튀어 오르는 것 같았다. 우리는 사흘 동안 계속 산등성이를 넘었다. 그것들 중 몇 개는 꽤 높아서 안개강을 내려다 볼 수 있을 정도였다. 우리는 마침내 안개를 헤치고 나와 첫 번째 마을에 도착했다.

알보랑디스가 말했다.

"이곳에는 가장 훌륭한 안내인들이 모여 살고 있습니다. 그

원정대와 함께 안개강을 넘는 코르넬리우스

들은 모두 장님이고, 어렸을 때부터 이곳에서 살았지요. 그들은 시력을 앗아간 이 안개 속에서 위험 가득한 좁은 길 위를 뛰어다니며 어린 시절을 보낸 사람들입니다."

"길은 어떻게 찾나요?"

"귀로 듣지요. 발로도 듣습니다. 그리고 암흑 속을 나아갈 때 발 아래의 땅이 단단한지 아닌지 언제나 알고 있습니다. 그들은 아주 멀리까지 들리는 날카로운 휘파람 소리로 서로 소통하지요. 그들의 마을은 안개강과의 경계에 있습니다. 안개강이 위로 뜰 때면 마을은 완전히 드러나지만, 낮게 뜰 때는 그 속으로 완전히 숨어버리지요. 안개강이 위로 떠 있는 시기에는 길 하나만 건너면 마을로 들어갈 수 있습니다."

이제 몇 시간만 지나면 우리도 그럴 수 있을 것이다. 우리가 걸어온 좁은 길 끝에 거칠게 제멋대로 만들어진 계단이 나타났다가 곧 사라졌다. 그 계단은 허공 위로 돌출되어 있는 테라스로 이어져 있었다. 내가 도착했을 때 일순간 안개가 엷어졌다. 나는 숨을 멈추고 그 자리에 섰다. 등 뒤로 여태 지나왔던 마을이 사라졌다. 마치 움직이는 안개 절벽 아래로 떨어져버린 것 같았다. 안개 절벽은 마치 환영처럼 불쑥 솟아올라 있었다. 내 앞에는, 아니 내 발 아래에는 광대한 풍경이 펼쳐져 있었다. 산과 대초원, 숲과 예리한 햇빛 아래 드러난 호수와 강은 마치 비단 카펫 위의 섬세한 자수처럼 도드라져 보였다. 이곳이 바로 안쪽땅이었다. 나는 왜 여관 주인이 하늘을 나는 기구를 만들면서까지 스스로 새가 되는 꿈을 꾸었는지 이해할 수 있었다.

알보랑디스가 팔을 뻗었다.

"저곳이 일곱 개의 강이오. 저 강들의 긴 물줄기는 얽히고설켜 흘러가서 불확실한 바다로 들어가지요. 그리고 소리 나는 산의 발치에서 큰 늪을 이루오. 이곳에서는 **구름풀**을 찾아볼 수 없소. 구름풀은 이 맑은 물 너머에 있소. 아무리 늦어도 스무날 정도면 그곳에 도착할 수 있을 것이오."

장님 마을을 지나고 난 후로 너른 평원을 따라가는 내리막길이 계속되었다. 우리 중 세 사람의 정탐꾼들은 가벼운 발걸음으로 앞서 나가면서 땅을 살펴보려고 서로 위치를 바꾸며 걸어갔다. 그들은 의견을 나누면서 우리 쪽으로 돌아와서는 작은 골짜기 쪽을 가리켰고, 우리는 해가 질 때까지 그 방향으로 걸어갔다. 날씨가 좋았기 때문에 천막은 치지 않아도 되었다. 다음 날 우리가 나무가면 큰사슴 무리를 지나올 때, 그 짐승 무리가 갑작스레 놀라는 기색이 느껴졌다. 이제 와 고백하지만, 찌푸린 표정의 가면들이 일제히 우리를 향해 고개를 돌렸을 때 나는 엄청난 공포에 사로잡혔다. 수놈들은 한 걸음 한 걸음, 나중에는 조금 더 빠른 걸음으로 울음소리를 내며 우리 쪽으로 다가오고 있었다. 그러다 갑자기 속도가 빨라지더니, 무서울 정도로 요란하게 발굽 소리를 내며 앞으로 돌진해왔다. 알보랑디스는 우리에게 원형 대열을 만들라고 명령했다. 활시위가 당겨지고 창이 날아갔다. 화살이 짐승 무리로 날아가자 가장 가까이 있던 놈들부터 쓰러졌고, 그것에 걸려 뒤에서 오던 놈들이 넘어져 아수라장이 되어버렸다. 애초에 우리를 공격하러 오던 목적은 사라지고 말았다. 두 겹으로 에워싼 짐승들 무리는 우리 원형 대열 주변에서 오랫동안 땅을 울리게 했다. 마침내 두꺼운 흙덩어리를 위로 날리면서 마지막 남은 짐승들은 뒷걸음질쳤고 울음소리를 내며 흩어졌다. 다시 사방은 고요해졌다. 정탐꾼들은 죽어가는 짐승들의 숨을 끊어주기 위해 칼을 꺼냈다. 그중 죽기를 거부하는 늙은 수놈이 있었는데, 엉덩이를 깔고 앉은 채 우리를 향해 콧구멍으로 거친 숨을 뿜어내고 있었다. 앞으로 숙인 머리에는 분노하는 표정의 가면이 우리를 바라보고 있었다.

알보랑디스가 그 짐승에게 은혜를 베풀어주었다. 그는 몸을 일으켜 온통 파헤쳐진 주변의 땅을 눈으로 훑었다. 짐승들의 주검은 이 평화로운 장소를 전쟁터로 바꿔놓았다. 그는 칼을 닦으며 내게 말했다.

"기분이 그리 좋진 않군요."

"자연히 죽도록 내버려두고 싶었나요?

266

"우리가 나무가면 큰사슴들을 겁먹게 했소. 정탐꾼들을 좀 보시오."

세 사람의 정탐꾼들은 그들의 사슴 가죽 부츠 바닥에 무엇인가를 그려 넣느라고 분주했다.

"뭘 하고 있는 거죠?"

"용서를 얻기 위해 그들의 발밑에 새로운 기호를 새겨 넣는 거요. 생명을 죽이면서 안쪽땅에 들어왔기 때문에 안쪽땅이 우리의 목숨을 앗아가지 않도록 일종의 주문을 거는 거지요. 그들이 새겨 넣는 첫 번째 기호는 원정의 성공과 실패를 결정짓는다고 할 수 있소."

"저 의식만으로 충분할까요?"

"어쩌면 괜찮을 것이고, 또 어쩌면 안 괜찮을지도 모르오. 우리가 앞으로 걸어가야 할 모든 길은 지금까지 걸어온 길에 의해 만들어진다는 것을 말해주고 싶소."

정탐꾼들은 경로를 변경했다. 우리는 초원지대를 따라가기 위해 흙이 굴뚝처럼 삐죽빼죽 솟아오른 지역을 따라 멀리 큰 원을 그리며 가야만 했다. 그 굴뚝 같은 흙무더기들은 굴을 파고 사는 동물들이 환기를 위해 만들어놓은 구멍들 때문에 생긴 것이었다. 때로는 굴뚝이 무너져내린 곳도 있었고, 가끔씩 구멍을 통해 거대한 괴물이 울부짖는 끔찍한 소리가 경고음처럼 여기저기에서 들려오기도 했다. 나는 그 소란스런 지역을 떠나면서 안도의 한숨을 내쉬었다.

예민한 풀 평원에 도착했을 때는 우리가 이곳까지 걸어오는데 삼 주 정도가 지난 후였다. 기다란 풀이 돌풍에 일렁이자 어디까지가 하늘이고 어디부터가 땅인지 구분되지 않았다. 가까이서 보니 그 풀들은 생각보다 훨씬 키가 컸고, 살랑대는 바람에는 꼬떡도 하지 않을 만큼 튼튼해 보였다.

정탐꾼들 중 대장인 르피아스가 한쪽 무릎을 바닥에 대고, 바람에 실린 흙냄새를 들이마시며 무언가 알아내려 애쓰고 있었다. 알보랑디스가 그에게 물었다. 그는 아직 가야 할 방향을 결정하지 못했다.

"이곳에선 길을 잃기 쉽습니다."

알보랑디스가 나를 붙잡으며 말했다.

"이 풀들은 기억력을 갖고 있소. 기이한 방식으로 반응하지요. 만약 이것들이 우리를 방문자로 환영한다면 스스로 길을 열어줄 겁니다. 하지만 우리를 침입자로 판단한다면 빽빽하고 무성한 숲을 이루어 대항하지요. 만약 그렇게 되면 왔던 길을 되돌아갈 수밖에 없소. 풀을 베어보려고 시도해도 소용없소. 자신을 베어내려는 팔에 대항하여 풀숲이 만들어내는 방어벽은 지금까지 그 어떤 강한 의지도 지치게 만들었소."

르피아스는 살랑거리는 수풀 장막 속에 휩쓸려 들어가기 전에 장화를 벗었다. 풀들은 휙휙 소리를 잠깐 내더니 그를 알아보고 지나가게 해주었고, 그가 지나간 뒤로 다시 길을 닫았다.

우리는 엎드리거나 쭈그린 채로 따라오라는 그의 신호를 기다렸다. 그는 거의 한 시간이 지나서야 다시 돌아왔다.

"이쪽 길이 아닙니다. 여기가 맞는 줄 알았는데⋯ 한 번 가본 길이라 자신 있었는데 말이죠!"

나에게는 아무런 길도 보이지 않았다. 하지만 르피아스는 자신이 할 일을 잘 알고 있는 것 같았다.

두 번째 정탐꾼도 길 찾기에 실패했다. 그러는 동안 내내 파리들이 우리와 짐승들을 괴롭혔다. 세 번째 정탐꾼도 역시 아무런 소득 없이 돌아왔다. 그는 목마른 짐승 무리의 발자취를 따라갔지만, 한 바퀴를 돌아 제자리로 돌아왔을 뿐이었다. 르피아스는 아까 갔던 길을 다시 한 번 따라갔다. 이번에는 풀들이 바로 길을 열었다. 내가 풀숲으로 들어가면서 받은 첫인상은 푸른 하늘 속에 풍덩 빠진 듯한 느낌이었다. 단지 줄기가 땅 쪽으로 갈수록 암녹색으로 어두워진다는 점만이 땅이라는 것을 알려줄 뿐이었다. 곤충들이 찌르륵거리는 소리가 울리는 어둠 속에서, 우리는 걷는다기보다 헤엄치듯이 앞으로 나아갔다. 머리 위로 삼 미터나 높이 뻗은 솜털투성이 풀의 물결을 헤쳐나가기 위해 우

나무가면 큰사슴 무리

리는 두 팔을 번갈아 휘저어야 했고, 앞서가는 사람과 그 사람을 태우고 가는 짐승의 꽁무니를 놓치지 않기 위해 정신을 바짝 차려야 했다. 그러지 않으면 수풀이 장막처럼 금세 닫혀버리고 말았다. 정탐꾼들은 그들끼리 속삭이며 방향을 정하고 있었다. 나는 그들이 어떻게 길을 찾아내는지 신기할 따름이었다. 시간이 늦어진 탓에 첫 야영지를 가까운 곳에 정했다. 박쥐들이 수풀 위로 그림자를 드리우며 날아오르는 것을 보고서 밤이 왔음을 알았다. 나는 거의 잠을 자지 못했다. 도장 무늬 점박이 산돼지 무리가 겨우 든 잠을 깨웠다. 늪지대의 질척한 바닥 위로 초승달 형태의 발자국을 남긴 채 산돼지 무리는 사라졌고, 스스로 빛을 내는 뿔이 난 세 마리의 영양이 희미한 새벽빛 속에서 새끼들에게 물을 먹이기 위해 물가로 나왔다. 그 뒤로도 몇몇 놀라운 동물들과의 만남이 이어졌고, 이 방대한 초원에 얼마나 다양한 동물들이 살고 있는지 알 수 있었다.

　세 번째 날, 알보랑디스는 내게 옆에 있는 작은 언덕 위로 올라가보자고 했다. 그곳에서 우리가 지금까지 헤치고 들어온 행로를 가늠해볼 수 있었다. 소리 나는 산의 산마루가 멀리 왼쪽에 보였고, 더 멀리로는 안개강의 곡선이 보였다. 그것은 마치 하늘 위에 커다란 눈을 그리고 있는 것 같았는데, 우리가 지나온 길은 눈동자에 해당되는 부분이었다. 만약 아련히 먼 푸른 산이 정말 존재한다면 눈부시게 빛나는 저 지평선 끝에 있을 것만 같았다. 나는 땅 위를 조금 쓸어 공간을 만든 뒤, 그 위에 나침반 돌을 놓았다. 돌은 잠시 회전하더니 보이지 않는 지점을 향해 멈추었다. 그쪽은 구름 왕관의 중심부였다.

"지야라……"

나는 입속으로 중얼거렸다.

다섯째 날 밤, 인디간들이 모습을 드러냈다. 그들은 가죽 띠로 묶어 머리에 건 커다란 바구니 속에 구름풀 고치를 넣어 운반하고 있었다. 그들의 언어를 알고 있던 알보랑디스는 물건의 가격을 흥정했고, 이어 나를 소개해주었다. 내가 구름 저편, 아주 먼 곳으로부터 왔다는 사실이 그들에게 큰 인상을 남겼다. 그들 중 한 명이 손 안에 쥐고 있던 인디고색 고치를 내게 건네주었다. 그것은 바람이 곧 날려버릴 것같이 무게감이 전혀 없었다. 촉감은 이루 말할 수 없을 정도로 환상적이었다. 천사의 머리카락만큼이나 가는 실뭉치에서는 밤의 빛깔이 반짝이고 있었다. 거래는 한 시간을 넘기지 않았고 그들은 나타났을 때처럼 갈 때도 소리 없이 자취를 감추었다.

알보랑디스는 다음 날 아침까지 기다렸다가 그들의 흔적을 따라가자고 명령을 내렸다.

"그건 좋은 생각이 아닙니다."

르피아스가 반대했다.

"여기에서 우리는 이방인입니다. 예민한 풀들은 우리를 지나가는 방문자로서 받아들인 것입니다. 이곳 주민들의 뒤를 밟으며 이 땅을 더럽힌 자는 없었습니다. 그들은 우리가 뒤쫓아야 할 야생 짐승이 아닙니다."

"누가 누구를 뒤쫓는다는 거요? 우리는 그저 뒤를 따라갈 뿐인데……"

알보랑디스가 응수했다.

"그렇게 말한다고 뭐가 다릅니까? 우리는 아주 오래전에 인디간들과 협정을 맺었습니다. 그 협정은 한 번도 깨진 적이 없었습니다. 그들이 우리에게 구름풀 고치를 주는 대신 우리는 그들의 뒤를 캐지 않고 바로 떠난다는 것이 그 협정의 내용입니다. 그들의 은신처를 풀들이 보호해주고 있지요. 그 정도는 확실히 알 수 있다니까요!"

르피아스가 주장했다.

나는 키눅타 섬의 나무들이 떠올라 등골이 오싹해졌다. 하지만 인디고 섬이 존재한다고 가정한다면, 그 섬에 가기 위한 다른 방법은 없는 것 같았다.

"그러면 여기에서 헤어질 수밖에 없겠군. 나는 코르넬리우스와 함께 가겠소."

알보랑디스가 결단했다.

"당신들끼리는 길을 찾을 수 없을 겁니다. 제가 동행하지요."

르피아스가 어쩔 수 없다는 듯 한숨을 내쉬며 말했다.

알보랑디스가 이를 승낙했다. 그는 두 사람의 정탐꾼에게 나머지 대원들을 맡기고, 풀밭이 끝나는 지점에서 우리를 기다리도록 명령했다. 얼마 안 가서 우리는 그들과 멀리 떨어졌다. 인디간들의 발자국은 땅에 희미하게 남아 아직까지 완전히 사라지지 않고 있었다. 르피아스는 되도록 걸음을 빨리했고, 우리는 몸을 굽힌 채 그의 뒤를 따라 앞으로 나아갔다. 몇 시간을 계속해서 풀을 헤치며 가느라 어깨가 너무나 아파왔다. 땀이 비 오듯 쏟아졌고, 우리 세 사람은 인디간들의 발자국을 찾는 데 너무 집중한 나머지 천둥이 내리치자 깜짝 놀라 마치 한 몸처럼 일제히 그 자리에서 뛰어올랐다.

하늘이 우리 위로 내려앉았다. 수풀은 어두운 잉크빛을 띠기 시작했고, 주변은 아무렇게나 죽죽 그어 넣은 선들로 가득찼다. 비까지 내려 시야는 희끄무레해졌다. 르피아스는 소나기가 지우고 있는 인디간들의 흔적을 계속해서 쫓아갔다. 그는 매우 빠르게 걸어가고 있었다. 비가 너무나 세차게 쏟아지고 있어서 우리의 목소리는 열 발자국 앞에서도 들리지 않았다. 나는 그 와중에도 어둠에 여러 단계가 있다는 것을 알게 되었다. 어둠은 천둥이 한 번 내려칠 때마다 단계적으로 조금씩 진행되어 나중에는 완전한 암흑 속으로 빠져들어갔다. 동료들이 시야에서 사라졌다. 물은 점점 불어나 발목 위까지 올라왔고, 곧 무릎까지, 그다음엔 허벅지까지 차올랐다. 나는 얼굴을 때리던 풀줄기를 꺾고, 이마에 달라붙은 잎사귀들을 떼어냈다. 무엇보다도 엄청난 양의 풀들이 세찬 바람에 꺾여 한꺼번에 내 머리 위로 쓰러지면 어쩌나 걱정이 들었다. 그렇게 된다면 나는 풀 더미에 깔리는 동시에 차오르는 물속에 갇히는 신세가 되겠지. 피난처로 삼을 만한 높은 장소는 어디에도 보이지 않았다.

돌아갈 방향을 찾기 위해 나침반 돌을 꺼내어 묶어놓은 끈을 쥐고 돌의 움직임을 살폈다. 돌풍이 돌을 이리저리 뒤흔들어, 오히려 돌을 잃어버릴까봐 다시 소매 안으로 집어넣었다. 물이 가슴까지 차올랐을 때 천둥이 멈췄다. 이제 멀리서만 천둥소리가 들릴 뿐이고, 심하게 내리붓던 비도 사그라지고 있었다. 뇌우雷雨는 지나갔지만 물은 계속해서 하늘 끝까지 차오를 기세였다. 물이 어깨까지 차오르더니 다시 내려가기 시작하여 소용돌이 속으로 온갖 파편들을 쓸고 내려갔다. 무게를 이기지 못해 휘어지고 꺾여진 풀들 사이로 물이 빠지면서 길이 생겨났다. 내 가방은 등 뒤쪽에 있었는데, 그것이 어디에 있었는지 기억이 나질 않아 더듬더듬 찾아야만 했다. 가방 안에는 이븐 브라자딘의 책과 담요, 그리고 약간의 식량이 있었다. 한밤중이었다. 나는 몸을 덥히기 위해 계속해서 걸었다. 그 푸르렀던 초원이 진창으로 변하는 데는 몇 시간밖에 걸리지 않았다.

나는 진흙 위에 몇 번이나 드러누웠다. 그리고 알보랑디스와 르피아스를 목이 쉬도록 불렀다. 아침이 되자 장딴지에서부터 시작된 통증이 온몸으로 번져갔다. 몸을 숙이자 작은 수달을 닮은 동물이 지나가는 것이 보였다. 몸에는 줄무늬가 있고, 삐죽 튀어나온 주둥이를 갖고 있었다. 그것은 쉭쉭거리는 소리를 내며, 털을 곤두세우더니 수풀 사이로 슬쩍 몸을 숨기며 사라졌다. 그러다 순식간에 나를 물고 지나갔다. 대여섯 마리의 거머리들이 일찌감치 상처에 달라붙어 피를 빨고 있었다. 하루 종일 걸었지만 나는 내 발자국을 따라가고 있을 뿐임을 깨달았다. 다음 날도 계속해서 걸었다. 낮에도, 밤에도, 몇 날 며칠을 계속해서 걷는 것 외엔 아무것도 하지 않은 것 같았다. 앞으로 가야 할 길은 이미 걸어온 길에 의해 만들어진다고 알보랑디스가 내게 미리 말해주지 않았던가……

긴 섬에서는 **안개강**이 보이지 않았다. 안개강은 너무 멀리 있어서 보이는 것이라곤 풀로 뒤덮인 초원지대뿐이었다. 가는 풀들은 바람이 불면 부는 대로 이리저리 휘날렸다. 긴 섬은 풍부한 식물로 뒤덮인 산악지대로 이루어져 있었다. 남북으로 끝에서 끝까지 종단하기란 힘든 일이지만, 동서로 횡단하는 데에는 네댓새면 충분했다. 서쪽 방향에서 섬으로 들어오면 만나게 되는 사람들은 **구름천**의 제조자인 **인디간**들이다. 짙은 피부색의 그들은 빽빽한 대나무 숲 위에 높은 집을 짓고 살고 있다. 남자들은 부풀려진 바지를 입고 터번을 쓴다. 여자들은 천을 허리에 두르고 가벼운 스카프를 쓰며 머리는 화려한 색깔의 꽃으로 장식한다. 반대로 섬의 동쪽에 도착하게 되면 맞닥뜨리게 되는 사람들은 인디간들과 완전히 다른 부족이다. 그들은 구릿빛 피부에, 몸에는 여러 가지 색의 칠을 하고 깃털로 머리를 장식하고 있다.

해먹에서 잠을 자는 그들은 **지조틀 인디언**이라 불린다.

기묘하게도 인디간들과 지조틀 인디언들은 같은 섬에 살면서도 서로 만나지 못한다. 왜냐하면 같은 시간대에 활동하지 않기 때문이다. 인디간들은 매일 아침 태양이 떠올라 하늘에서 커다랗게 곡선을 그린 뒤, 다음 날 다시 떠오를 때까지 땅 속으로 사라진다고 말한다.

"태양은 끊임 없이 세상을 도는, 결코 사라지지 않는 불멸의 별입니다. 우리 인디간은 낮의 존재이기 때문에 태양이 지고 없는 밤에는 꿈의 세계를 여행할 수밖에 없답니다."

반대로 지조틀 인디언들은 낮이 반복되는 이유를 낮 동안 연약한 태양꽃이 무한정 계속 피기 때문이라고 말한다. 하지만 저녁이 되면 태양꽃은 태어났던 곳으로 돌아가 사라진다. 태양은 태곳적부터 밤이 지닌 미세한 틈에 잠시 비칠 뿐이다. 이것을 낮이라 이른다. "우리 지조틀인은 밤에 속한 존재이기에 아침이 오면 우리 육신을 보호하기 위해 낮의 잔인한 빛에 대항해야 합니다."

그런 이유로 인디간과 지조틀 인디언은 현실 속에서 서로 마주칠 일이 없다. 그들은 같은 길을 걸어 다니지만 서로를 보지 못한다. 인디간들은 한곳에 머무르길 좋아하고, 구름풀에서 고치를 수확한다. 지조틀 인디언들은 유랑하면서 **밤의 예의범절**을 실천한다. 나는 그 둘 중 어느 쪽도 아니니, 내 벗인 인디간들의 발자국을 따라 길을 가고, 내 형제인 지조를 인디언들보다 몇 발자국 뒤에서 걸을 뿐이다.

두 부족은 모두 나를 구름 저편에서부터 온 사람으로 여긴다. 그들에 따르면 나는 줄무늬 오젤리드르라는 동물에게 물린 것이라 한다. 오젤리드르에게 물린 사람은(병이 있는 사람은 결코 다시 깨어나지 못하는) 비몽사몽의 상태에 빠져 몇 주, 혹은 몇 달, 심지어 몇 년을 낮의 세계와 밤의 세계 그 어느 쪽에도 속하지 못한 채 쉬지 않고 걷기만 하는 증상을 보인다고 한다.

내가 그곳에 도착했을 때, 반짝이는 종려나무 사이로 하늘밖에 보이지 않았다. 흔들리는 나무 위로 난 잎새들 사이로 희미한 빛이 새어 들고 있었다. 사람들이 나를 식물로 엮은 들것에 올려놓고 운반하고 있었다. 호흡은 가빴고 침조차 삼킬 수 없었다. 그럼에도 나는 졸린 상태에서 보이지 않는 비밀스러운 힘에 떠밀려 밤마다 계속 걸어 다녔다. 아침에는 잠자리에 누워 짚으로 만든 천장을 향해 멍하니 눈을 뜨고 있었다. 그러고 있노라면 마을 사람들이 주변에서 일상적인 소음과 함께 하루를 보내는 소리가 들리곤 했다. 어두운 그림자가 혈관을 타고 점점 번져갔고, 체력은 떨어져갔다. 그래도 밤이 되면 어김없이 계속 걸어 다녔다. 북소리와 노랫소리, 울음 섞인 목소리가 들려왔다. 사람들이 나를 다시 들것에 눕혔다. 고개가 옆으로 젖혀졌을 때, 둑 위의 그 누런 개가 놀란 눈으로 나를 바라본 다음 눈을 내리 까는 모습이 보였다. 반쯤 뜬 눈꺼풀 속으로 마을의 높다란 집들이 열을 지어 들어왔다. 사람들은 나를 화려하게 채색된 상자 속에 길게 뉘었다. 내가 누워 있는 잠자리가 앞뒤로 흔들리기 시작했다. 바퀴가 굴러가는 소리가 들렸고, 내 몸이 수레에 실린 채 운반되고 있음을 깨달았다. 하지만 내 눈에는 꽃과 신성한 것들이 그려진 수레의 천장만 보였다. 수레는 천천히 앞으로 나아갔다. 물소가 숨을 쉬는 소리가 들려왔다. 튼튼한 네 개의 발이 키 큰 풀들을 옆으로 헤치며 앞으로 전진했다. 음악 소리와 노랫소리에 맞춰 흔들리는 수레 속에서 나는 심장이 뛰고 있는지조차 느낄 수 없을 정도로 너무나 평화로웠다. 한기가 느껴졌다. 오른쪽 손목에 차고 있던 팔찌만이 무게 때문에 유일하게 실재하는 것으로 느껴졌다. 나는 왼손으로 오른쪽 손목을 더듬었다. 손가락 사이로 자석돌이 느껴졌다. 꽤 오랫동안 꼼짝 않고 있던 내가 가까스로 한 첫 동작이었다. 젖 먹던 힘을 다해 겨우 몸을 뒤집었고, 한쪽 팔꿈치에 의지하여 몸을 일으킬 수 있었다. 수레 앞쪽으로 난 약간의 틈 사이로 물소의 엉덩짝이 보였고, 더 앞쪽에 있는 물소의 멍에를 지나 저 멀리 지평선 가까이에서 삼각형 모양의 무언가가 보였다. 그것은 사화산死火山이었다.

인디간 마을과 푸른산

"마침내 도착했군요, 코르넬리우스."

늙은 여관 주인이 내 귀에 대고 속삭였다.

"저기에 있습니다. 아련한 푸른 산이 저기에 있어요."

그는 손가락으로 가리키며 말했다.

나는 붉은색 배를 가진 앵무새 무리가 날갯짓하며 날아오를 때 질러대는 소리처럼 새된 목소리를 목구멍으로부터 끌어올려 가까스로 비명을 내질렀다.

수레가 멈췄다. 갑자기 주위가 조용해지더니 사람들이 나를 수레 밖으로 끌어내기 시작했다. 어떤 이는 내 다리를 잡아 아래로 내려오게 도왔다. 나는 인디간들에게 둘러싸여 있었다. 그들은 목청을 높여 떠들어댔다. 누군가 마실 것을 갖다주었다. 웃음소리가 이어졌다. 한 소녀가 입술에 잔을 대주었다. 물은 시원하고 맛있었다. 물소들은 귀찮게 하는 파리들을 쫓기 위해 귀를 펄럭였다. 나는 물소 한 마리의 허리께를 짚고 몸을 일으켰다. 비틀거리면서 앞쪽으로 걸어나가 맨 앞에 있는 물소의 고삐를 쥐고 올라탔다. 풀은 지평선 끝까지 펼쳐져 있었다. 내 뒤로는 **긴 섬**이 바다를 마주하고 있는 육지처럼 펼쳐져 있었고, 앞쪽으로 멀리 푸른 산이 있었다. 폭풍우 치던 밤, 여관에 걸려 있던 그림에서 보았던 바로 그 산이었다. 여기에서도 닿을 수 없을 만큼 멀게 보이지만, 그래도 지금까지 본 것 중에는 가장 가까이 있는 것처럼 느껴졌다. 그 산은 생각에 잠긴 듯 신비로웠다. 쪽빛 후광에 싸인 채 산은 침묵하고 있었다. 다시 심장이 뛰는 것을 느꼈다. 몇 번이고 호흡을 가다듬었다. 손복에 걸린 돌이 무겁게 느껴졌지만 팔을 들어 올릴 수는 있었다. 그러자 갑자기 구름풀들이 물결쳤고, 눈앞에서 빛이 빠르게 구불거리며 흔들렸다.

"지야라……"

내 마른 입술이 우물거리며 그녀의 이름을 불렀다.

조금씩 산의 형체가 사라졌다. 마치 멀리서 무언가가 화면을 흔들어놓은 것 같았다. 수레는 방향을 돌렸다. 나는 물소 위에 앉아 있었다. 사람들은 모두 사려 깊었고, 또 명랑했다. 과일이 담긴 그릇이 돌려졌다. 우리가 마을에 도착했을 때쯤 밤이 시작되고 있었다. 인디간들은 물소 한 마리를 잡았고, 내게 편안한 자리를 마련해주었다. 쿠션에 기대앉은 나는 주변의 집에서 나오는 불빛을 받아 춤추는 사람들의 그림자를 바라보았다. 정말 오랜만에 걷지 않고 푹 잘 수 있었다.

그 이후 나는 서서히 기력을 회복했다. 맨발로 땅을 걷기, 과즙이 넘쳐흐르는 과일을 한입 가득 맛보기, 아침 안개 속에서 나무 타는 냄새를 맡기, 이 모든 일들이 내 기분을 정말 좋아지게 만들었다. 말을 되찾고, 어린아이의 눈으로 삶을 바라볼 수 있는 것 또한 그렇다.

마을로 연결된 좁은 길은 너른 평원 쪽으로 난 급경사진 작은 언덕과 이어져 있었다. 그곳에서 나는 마음 내킬 때마다 언제든 푸른 산을 바라볼 수 있었다. 그러나 그곳에 가고 싶은 마음은 전혀 들지 않았다. 내가 바라는 것은, 돌아가서 나의 지야를 품에 다시 안는 것이었다. 하지만 아무도 구름풀 평원을 혼자서 넘어갈 수 없었다.

"우리가 돕겠습니다."

의식이 없던 나를 발견했던 청년 타네가 말했다.

"하지만 한동안 기다려야 합니다. 당신은 몇 달 동안 자리에 누워 삶과 죽음을 넘나들었습니다. 당신처럼 다른 사람들도 예전에 푸른 산을 향해 걸어갔지요. 하지만 산이 그들을 원하지 않았다고 들었습니다. 당신은 너무 많이 걷고 또 걸었기에 그토록 심신이 피곤한 것입니다. 아직도 많이 약한 상태입니다."

어느 날 불어온 가벼운 바람이 나뭇잎 위로 몇 개의 솜뭉치를 실어 날라왔다. 다음 날은 몇백 개, 몇천 개의 솜뭉치가 날아왔다. 마을은 바구니를 한 번에 여러 개씩 묶어서 운반하는 아이들로 가득찼고, 어른들은 기다란 망이 걸린 그물과 나무 빗장으로 발판을 댄 기다란 죽마竹馬를 꺼내들었다. 그런 다음, 마을 사람들 모두가 평원으로 내려가는 길로 모였다. 남자들, 여자들, 소년과 소녀들, 모두 구름풀 고치들이 하늘에서 떠다니는 모습을 가리키며 즐겁게 이야기하며 길을 내려갔다. 타네는 내 발목을 죽마에 고정시키도록 도와주었고, 내가 균형을 잡는 데 익숙해질 때까지 옆에 있어주었다. 다른 사람들은 키 큰 풀밭 사이로 가슴 위쪽만 드러낸 채 걸어간 뒤 제각각 흩어졌다. 플루트와 탬버린 연주에 맞춰 그물이 팔 끝에서 왔다 갔다 하며 솜털송이를 그러모았다. 처음으로 구름풀의 솜뭉치를 붙잡았을 때 나는 말할 수 없는 희열을 느꼈다. 수확은 며칠간 계속되었고, 그동안 따스한 바람이 규칙적으로 불어왔다. 봄바람과 같은 그 바람은 살짝 단내가 느껴지기도 했다. 마을 여기저기 처마 끝에는 버들가지에 붙잡힌 색색의 커다란 솜뭉치들이 대롱대롱 매달려 있었다. 하지만 가장 아름다운 때는 밤이 내리기 직전의 저녁 어스름이었다. 하늘이 벨벳처럼 부드럽고 깊은 푸른빛을 띠고 있을 때, 곧 암흑 언저리로 들어가려는 찰나의 쪽빛, 인디고 블루빛을 띨 때였다.

그런 푸른빛은 저절로 사람을 산책하게 만들었다. 따스한 밤공기는 매혹적이었으며, 주변은 반짝이는 별들로 밝았다. 그렇게 달빛 아래 오솔길을 따라 걷다가 나는 처음으로 지조를 인디언을 만났다. 우리는 서로를 마주한 채 한동안 움직임 없이 서 있었다. 그는 둥글고 부드러운 선을 한 근육질의 몸과 흑옥黑玉처럼 짙은 검은색 머리를 하고 있었다. 머리에는 깃털로 만든 왕관을 쓰고 있었고, 오른손에는 활과 반짝이는 깃털을 꽂은 긴 화살을 쥐고 있었다. 그는 세 명의 전사들과 함께 있었는데, 그들도 나를 보자 순간 멈춰 섰다. 그들 중 한 명이 나에게 다가왔다. 그는 천천히 손을 내밀어 내 머리카락을 쓸어내렸다. 다른 이들도 똑같은 행동을 했다. 그런 뒤에 그들은 발길을 돌려 나무숲 사이로 들어가버렸다. 나는 그들과 점점 더 자주, 심지어 낮 동안에도 마주쳤다. 그런 접촉이 보이지 않는 문을 열어버린 것 같았다. 그들은 나를 그들의 야영지로 초대했다. 그들의 깃털 장식과 장식용 세공품들이 내 눈길을 끌었다. 아기가 엄마의 벗은 몸에 직접 접촉한 채 해먹 위에서 젖을 먹는 모습도 신기했다. 그들은 물 흐르듯 사뿐사뿐 걸어 다녔고, 사냥을 할 때도 특유의 가벼운 걸음걸이를 잃지 않았다. 그들은 가벼운 발걸음을 일종의 예의범절로 여겼는데, 그것은 이 세상에 흔적을 남기지 않고 살다가야 한다는 믿음 때문이었다. 그들도 나처럼 몇 시간을 절벽 위에서 아련한 푸른 산을 바라보며 시간을 보내곤 했다.

내 느낌으로는 인디간들이 다니는 장소에서보다 이곳 지조틀 인디언들이 있는 쪽에서 푸른 산이 훨씬 생동감 있게 보였다. 능선이 보다 선명하게 보였고, 푸른 빛깔도 훨씬 깨끗하게 느껴졌다. 하지만 그들 모두에게 푸른 산은 다다를 수 없는 곳이었다. 그들은 서로의 존재를 모르고 있었기 때문에, 어쩌면 푸른 산의 변화를 확인할 수 있는 유일한 존재는 나뿐이라는 생각이 들었다. 푸른 산은 비단 환상으로만 있는 것이 아니었다. 산은 두 부족에게 완전히 다른 의미를 갖고 있었다. 인디간들에게 그 산은 죽은 자들이 하는 마지막 여행의 최종 목적지처럼 숭배되고 있었지만, 다소 침식작용을 겪어 조금은 덜 높게 느껴지는 장소였다. 하지만 지조틀 인디언들에게 그 산은 모든 만물이 시작되는 탄생 이전의 땅으로 추앙되고 있었다. 그들에게 있어 푸른 산은 가장 높고, 가장 험한 산으로 여겨졌다.

나는 폭풍우 속에서 인디고 섬에 관한 책을 잃어버렸다. 하지만 푸른 산이 지닌 두 가지 다른 의미는 이븐 브라자딘도 몰랐던 부분이었다고 확신할 수 있다. 그는 푸른 산을 땅의 마지막 지점, 즉 우리 눈으로 확인할 수 있는 지평선 끝에 있는 어떤 곳으로 묘사하는 데만 몰두했다.

이제서야 나는 그 산이 시간의 경계라는 사실을 깨달았다. 이곳 사람들의 믿음에 따르자면, 푸른 산은 생명의 원천인 동시에 무덤이다. 시작과 끝을 함께 상징하는 다다를 수 없는 장소이다.

어느 날, 타네가 **구름풀** 고치를 다른 물건과 교환하기 위해 출발할 계획이라고 내게 알려주었다. 우리는 너른 평원을 가로질러 가야 했고, 푸른 산은 우리 뒤로 점점 멀어져갔다. 짐을 그렇게 많이 지고 있으면서도 인디간들의 걸음은 매우 빨랐다. 말 그대로 물 흐르듯이 풀 사이를 걸어갔다. 그들은 아주 미세한 감각에 의지하여 길을 찾아갔는데, 예를 들면 맨발에 느껴지는 흙의 감촉이나 곤충들의 붕붕거림 등이다. 나는 나름대로 자석돌에 의지하여 방향을 가늠해보면서 나아갔다. 가끔씩 우리가 가고자 하는 방향과 어긋나게 가고 있다는 느낌은 받았지만, 지야라를 향해 가고 있음은 확실히 알 수 있었다.

우리는 오르배의 정탐꾼들과 접촉하기로 한 장소에 도착했다. 물물교환은 밤이 되면 시작될 것이다. 타네는 그들의 위치를 파악하기 위해 정찰대원들을 배치해두었다. 그들은 쭈그리고 앉아서 무릎 위에 바구니를 흔들리지 않게 올려놓았다. 그런 자세로 발가락 하나 까딱 않고 몇 시간이고 앉아 있을 수 있다. 나는 우리의 위치를 알려주기 위해 소리를 낼 필요가 있을 것 같아 고함을 지르기 시작했다. 하지만 타네는 그것이 오히려 방해만 될 뿐이라고 알려주었다.

"풀을 만져보면 반나절 거리에서 조용히 걸어오는 사람도 감지할 수 있어요. 반면 당신의 외치는 소리는 멀리까지 들리지 않습니다. 우리 귀만 더 피곤하게 만들 뿐이지요."

하지만 정탐꾼들은 오지 않았다. 우리는 잠이 들어버렸다. 다음 날에는 조금 더 멀리까지 가서 기다렸다. 두 명의 정찰대원을 보냈지만 아무 소득 없이 돌아왔다. 사흘 밤이 지난 후 타네는 돌아가기로 결정을 내렸다.

"그들은 이곳에 없습니다. 제 생각에 길을 찾지 못한 것 같아요. 가끔 이런 일이 생기죠. 풀들이 길을 내주지 않을 때가 있습니다. 이유는 모르지만요."

"그럼 나 혼자라도 찾아보겠소."

"많이 걸어야 할 텐데요."

그는 내게 나흘분의 식량을 주었다.

"만약 풀밭에서 벗어나지 못한다면, 정말로 길을 잃은 거예요. 더 이상 가봐야 아무 소용이 없어요. 행운을 빕니다."

나는 작별 인사를 한 뒤 풀숲으로 들어갔다. 나침반 돌을 앞세우고, 그것이 가리키는 방향에 의지하며 앞으로 나아갔다.

풀들은 자석이 가리키는 방향대로 길을 열지 않았다. 어떤 곳은 지나치게 빽빽하게 덤불을 이루고 있어서 지나갈 수가 없었다. 나는 자석이 가리키는 방향으로 가기 위해 수없이 우회해야 했고, 그랬음에도 내가 가고 있는 방향에 대한 확신이 서질 않았다. 두 번째 날, 자석돌이 이상하게 움직였다. 두 방향 사이에서 왔다 갔다 하고 있었는데, 마치 떨어져 있는 반쪽이 다시 반으로 갈려 서로 다른 두 장소에서 각각 끌어당기고 있는 느낌이었다. 나는 두 방향 사이의 각도를 재보기 위해 자석을 바닥에 놓았다. 각도가 십오 도 정도로 벌어졌다. 그렇게 갈린 두 길을 각각 하루 온종일 걸어갔다 와보니, 그 작은 십오 도가 나중에는 무시할 수 없는 큰 간격의 거리로 벌어졌다. 할 수 없이 나는 두 각의 중간 지점을 따라 걷기로 결정했다. 그러나 거기에서도 풀들이 눈에 띄지 않게 조금씩 나를 두 방향 중 더 높은 한쪽으로 떠밀었기 때문에, 나중에는 그쪽으로 가는 수밖에 없었다.

셋째 날 아침, 마침내 수풀 사이로 지평선이 드러났다. 그곳은 내가 처음 들어왔던 초원지대가 아니었고, 키가 크고 가는 나무들이 있는 숲이었다. 나뭇잎들은 작은 파라솔 모양을 하고 있었다. 나는 계속 나침반 돌을 따라 그 방향으로 나아갔다. 정오쯤에 어디선가 북소리와 고함 소리, 나뭇가지 부러지는 소리가 엄청나게 크게 들려왔다. 나는 몇 마리의 거대한 짐승들이 미친 듯 성난 울음소리를 내며 굴러 떨어지는 장면을 목격했다. 그 뒤로 짐승들을 매질하며 몰아붙이는 수많은 사람들이 보였다. 코끼리처럼 생긴 그 짐승들은 머리 위로 기다란 코를 들어 위협적으로 흔들어댔다. 무슨 이유에선지 모르지만, 그 짐승들이 근처를 지나면서 갑자기 방향을 바꿔 비스듬히 내 쪽으로 돌아서는 바람에 나는 어쩔 수 없이 재빨리 도망갈 수밖에 없었다.

그렇게 빨리 뛰어본 적은 없었을 것이다. 땅은 코끼리들의 무게로 진동했고, 나는 발에 걸리는 나뭇가지들을 밀어내면서 좌우로 껑충껑충 뛰었다. 그러다 몇 그루의 나무 사이에 커다란 그물 덫을 설치해놓은 곳에 이르렀는데 다행히도 마침 그물이 울타리처럼 내 앞에서 닫혔다. 나는 두 개의 가지 사이로 용케 빠져나갈 수 있었지만, 나를 쫓던 짐승들은 한꺼번에 덫에 걸려 옴짝달싹 못하는 신세가 되었다.

내 몸은 조금 더 떨어진 덤불 속으로 굴러떨어졌다. 숨이 턱까지 차올랐고, 심장은 뛰다 못해 멈출 것만 같았다. 코끼리들은 서로 몸이 뒤엉킨 채 그들을 포로로 사로잡은 나무둥치에 부딪치면서 거칠게 울부짖었다. 사냥꾼들이 가까이 다가왔다. 그들은 올가미를 던져 코끼리들을 한 마리씩 떼어냈다. 누군가가

낙지머리 코끼리

명령을 내렸다. 왠지 귀에 익은 목소리였다. 알보랑디스 브라자 딘이었다! 나는 덤불에서 뛰어나왔다.

그는 작업에 몰두해 있었기 때문에 나를 금방 알아보지 못했다. 세 번 이상 그의 이름을 부르고 나서야 비로소 그가 나를 향해 눈길을 돌렸다. 그는 나를 자세히 보기 위해 뒤로 몇 발짝 물러났다. 내가 그 앞으로 서자 비로소 나를 알아보고 얼싸안았다.

"코르넬리우스! 이런 놀라운 일이!"

그는 숨을 몰아쉬었다.

그러나 뒷 주위에서 들리는 날카로운 울음소리 때문에 그는 바로 고개를 돌려야 했다. 사냥꾼들은 쓸모없는 녀석들을 모두 풀어주었고 한 놈만 붙잡아 밧줄로 묶었다. 알보랑디스는 나를 짐승이 발버둥치고 있는 덫 쪽으로 성큼성큼 데려갔다. 그는 새로운 밧줄을 던지라고 명령했다. 그제야 코끼리는 가쁜 숨을 내쉬며 움직이지 못했다. 공포에 사로잡힌 녀석의 네 발은 이 나무에서 저 나무로 사방에서 묶여졌다. 앞으로든 뒤로든 한 발짝도 움직일 수 없는 상태였다. 알보랑디스는 기쁨에 차 있었다.

"내 생애 최고의 원정이었소, 코르넬리우스. 내가 진정 진귀한 동물을 생포했소. 이놈은 낙지머리 코끼리요. 예전에 사람들은 이놈을 멀리서만 볼 수 있었고 가까이 다가갈 수 없었지. 바로 내가 이놈을 오르배로 데려갈 수 있게 되었소!"

땅딸막한 남자 한 명이 우리 쪽으로 뛰어와 갑자기 멈춰서더니 나를 보고 몹시 놀라는 표정을 지었다. 정탐꾼들의 우두머리 르피아스였다. 나는 그의 어깨를 두드려주었고, 잡혀 있는 후피厚皮 동물 쪽으로 걸어갔다. 알보랑디스는 녀석을 구석구석 살펴보고 있었다. 크기가 어마어마한 그 동물의 피부는 약간 반짝이는 아름다운 청회색을 띠고 있었다. 머리는 낙지를 닮아 둥그스름했다. 그것의 검은 눈이 나를 괴이하게 바라보고 있더니 갑자기 내 쪽으로 길다란 다리같이 보이는 코를 뻗어 가만히 내 손목에 달린 자석돌의 냄새를 맡았다.

"당신이 가진 자석을 감지한 것 같군요."

르피아스가 말했다.

사냥꾼들이 나머지 동물들을 멀리 몰아내자, 성난 듯한 동물들의 울음소리가 숲 전체에 울려 퍼졌다.

"어쨌든 나를 그 짐승들에게 이끈 것은 이 돌의 힘이 분명해요. 간단히 설명하긴 어렵지만 말입니다."

내가 정확히 설명하지 않은 것은, 자석돌이 이제는 망설임없이 한 방향만을 가리키기 때문이었다. 마치 나를 우회하게 만들어 돌아가는 길을 찾을 수 있도록 만들어준 것 같았다.

알보랑디스는 마지막 명령을 내렸다. 그는 코끼리에게 먹이를 주기 위해 많은 양의 나뭇잎을 모아오라고 시켰고 그런 다음 정탐꾼들과 함께 짐승들에게 씌울 족쇄의 길이에 대해 의논했다. 앞으로 나아가는 동안 뒷발질하는 것을 막기 위해 네 발을 모두 연결해야 했기 때문이다.

저녁에 나는 폭우가 쏟아진 날 이후 떠돌아다닌 이야기를 했다. 의식을 잃었던 일이며 짐승에게 물린 일, 그리고 인디간들을 만난 이야기를 모두 풀어놓았다. 인디고 섬에 대해서는 되도록 상세히 말하지 않으려고 했다. 특히 푸른 산에 대해서는 언급을 피했다. 그것은 타네와 한 약속이었다. 인디간들은 푸른 산을 신성한 곳이라 여겼고, 이 세상에 속하지 않는 곳이라 여겼다. 르피아스는 몇 번이나 고개를 갸우뚱했고, 두 손을 들어 올렸다. 내 이야기가 그가 이해할 수 있는 범위를 넘어섰음을 말하려는 것 같았다. 풀밖에 없는 너른 들판에서 며칠을 지내다 살아났다는 사실부터 그에겐 불가능한 일로 여겨졌을 것이다. 그는 내가 인디간 주술가들에게 붙잡혀 반수半睡 상태에 빠진 채 환상을 본 것이라 믿는 것 같았다.

"그들은 그런 일에 능하지요."

그가 거만한 어투로 말했다.

"일단 의심을 해보는 것이 좋습니다. 그들이 가져오는 구름풀 고치를 받은 뒤에는 되도록 빨리 물건 값을 치르고 돌아오는 것이 상책이지요."

잠자리에 들기 전, 나는 알보랑디스를 따로 찾아가 그를 만났을 때부터 묻고 싶어서 입술이 달아올랐던 질문을 했다. 그때까지 그는 나에게 지야라에 대한 소식을 한마디도 전하지 않았다. 그는 성가신 표정을 감추지도 않고 내게 대답했다.

"그녀는 당신을 기다리며 당신을 찾으러 다녔소. **안개강**을 넘으려고까지 했었소……"

나는 그 뒷이야기를 기다렸다. 그러나 그는 내가 알고 싶은 모든 것을 다 말해주었다는 듯 태연했다.

"지야라가 나디르호로 돌아갔나요?"

나는 실망한 듯 한숨을 내쉬며 물었다.

"그녀가 바다에서 너무 오래 떨어져 살 수 없다는 걸 알고 있습니다."

"그때 이후로 벌써 두 해가 지났소, 코르넬리우스. 우리 모두 당신이 죽었다고 생각했소. 그녀만 빼고 모두 그렇게 생각했소."

그는 더 이상 설명하지 않았고, 돌아오는 내내 다른 어떤 이야기도 해주지 않았다.

안개강을 거슬러 오르는 긴 여정 동안 코끼리가 족쇄 하나를 풀고 길에서 반쯤 이탈한 사건이 있었다. 언덕 중간에 불안정한 상태로 멈춰선 그 짐승은 족쇄를 더 풀지 않고서는 올라올 수 없는 상태였다. 열다섯 명의 사람이 짐승을 다시 잡아 올리기 위해 밧줄을 당기는 데 온 힘을 쏟았다. 그들 중 한 명이라도 줄을 놓치면, 나머지는 모두 굴러 떨어질 판이었다. 다행히 다른 사람들이 합세해서 줄을 잡아줄 공간적인 여유가 있었다. 모든 행렬이 멈춰 섰다. 알보랑디스는 나를 부르기 위해 장님 한 명을 내 쪽으로 보냈다. 나는 그 장님과 함께 대열에 끼어 위로 올라갔다. 지형에 따라서 솟아난 곳을 건널 때는 외나무다리를 놓고 건너야할 때도 있었다. 그런 곳에서 어떻게 그 무거운 코끼리가 나무다리를 부러뜨리거나 계곡으로 굴러 떨어지지 않고 잘 건널 수 있었는지 신기할 따름이었다.

나는 짐승이 있는 높이까지 올라갔다. 짐승은 정탐꾼들의 응원과 핀잔을 동시에 받으면서 숨을 헐떡이며 콧바람을 거칠게 내뿜어대고 있었다. 나는 언덕을 한 걸음 한 걸음 내려갔다. 그런데 갑자기 코끼리가 머리를 쳐들었다. 내 자석돌이 짐승의 관심을 끌었던 것이다. 그 짐승이 위쪽으로 한 걸음 떼어놓자 자갈이 우르르 떨어졌다. 사람들은 자갈이 다 떨어지고 나서야 밧줄을 고쳐 잡을 수 있었다. 코끼리는 다시 한 걸음씩 내딛었다. 그리고는 조금씩 언덕 위로 올라가서 더 이상 미끄러져 내릴 위험이 없어 보이는 튼튼한 바위 위로 올라갔다. 그동안 사람들은 코끼리를 묶고 있는 밧줄을 온 힘을 다해 끌어당기고 있었다. 위로 다 올라간 코끼리가 기이한 행동을 했다. 어슬렁어슬렁 천천히 내게 다가오더니 손목의 돌에 코를 쿵쿵댔다.

"그 돌이 코끼리를 안정시키는 것 같소."

알보랑디스가 내 등 뒤에서 외쳤다.

"그 짐승에게서 너무 멀리 떨어지지 마시오. 그 짐승이 길을 잘 가려면 당신이 꼭 필요한 것 같소."

나는 남은 여정 내내 그 동물보다 열 발자국쯤 앞에서 걸어갔다. 마지막 고개를 넘기 직전, 우리가 원정을 시작한 길 초입에 세워진 두 개의 아치가 있는 지점에서 알보랑디스는 행진을 멈추고 야영을 명령했다. 정탐꾼들은 반대했다. 어느 누구도 안개 강 안쪽에서 야영하고 싶어 하지 않았다. 또한 매 순간 주의를 요하는 짐승과 여드레 이상 긴 시간을 지나오는 동안 우리의 신경은 날카로워질 대로 날카로워져 있었다. 게다가 밤이 시작되더라도 걸음을 빨리 재촉한다면 여정을 마무리할 수도 있었다. 나 역시 조바심이 나서 알보랑디스의 막사로 찾아갔다. 그는 단호한 목소리로 내 주장을 묵살했다. 그는 이미 다음 날 우리가 도착한다는 사실을 알리러 장님 협회의 두 사람을 앞서 보내놓은 상태였다.

"내 일은 내가 잘 알아서 하고 있소, 코르넬리우스! 나는 이 순간을 아주 오랫동안 기다려왔소."

아침에 그는 원정대의 모든 사람들을 둘러보며, 남은 물을 모두 모아 코끼리를 목욕시키라고 지시했다. 코끼리가 되도록 아름다워 보여야 한다고 생각했던 것이다.

앞으로 두세 시간만 더 걸으면 오르배에 도착한다. 모퉁이를 돌자 오르배 시의 전경이 파노라마처럼 눈에 들어왔다. 항구의 푸른 물에 잠긴 제일 끝단 절벽까지 다 보였다. 거리는 사람들로 가득 차 있었다. 점점 더 많은 사람들이 우리를 보려고 더욱 빽빽하게 몰려오고 있었다. 마치 물결을 거슬러 상류를 향해 강을 올라가고 있는 느낌이었다. 앞서 가던 정탐꾼들은 옆에서 밀고 들어오는 구경꾼들을 제치고 길을 트면서 앞으로 나아갔다. 르피아스는 알보랑디스 옆에서 걸어가고 있었다. 두 사람은 군중들에게 마치 축복을 내리듯 손을 흔들며 인사했다. 그들의 이름이 여기저기서 점점 더 크게, 점점 더 자주 불려졌고, 급기야 리듬에 맞춰 모두가 한목소리로 두 사람의 이름을 반복해서 외치고 있었다. 이런 난리법석과 요란함에 놀란 낙지머리 코끼리는 길 위로 흩뿌려지는 꽃비 아래서 거대한 머리를 연신 좌우로 흔들어댔다. 사람들은 그 짐승의 몸에 손을 뻗어 가져다 댔고, 한 경솔한 젊은이는 짐승의 배 밑으로 통과해 보이려는 쓸데없는 허세를 부리기도 했다. 뒷발질 한 방이면 그런 허풍선이쯤은 납작하게 만들 수도 있었을 것이다. 하지만 밧줄을 두 배나 더 단단하게 묶은 다음 서른 명에 가까운 건장한 남자들이 온 힘을 다해 그 줄을 잡고 있었기에 다행히도 불상사는 일어나지 않았다.

얼마 뒤에 나는 아자데가 사람들의 무리로부터 앞으로 나와 아버지를 만나기 위해 뛰어오는 모습을 보았다. 그녀는 나를 알아보지 못한 채 스쳐 지나갔다. 알보랑디스 브라자딘의 딸인 아자데는 아버지의 영광스런 귀환을 매우 자랑스럽게 여겼다. 앞으로는 '위대한 발견자'의 딸이라는 칭호를 듣고 살게 될 것이다.

그런데 어디에도 지야라는 보이지 않았다. 주위에 사람들이 너무 많았고, 너무 소란스러웠다. 기쁨 또한 너무 지나쳤다.

열광하는 군중들 때문에 원정대의 행렬은 한참이 지나서야 안쪽땅 정원 부근에 도착할 수 있었다. 우주학자들의 궁전 계단 위에는 우주학자들과 **지도 그리는 여인**들이 모든 협회와 동업조합원들, 정탐꾼들, 장님조합 회원들, 통역사들, 대리인과 서기들을 대동하여 예복을 갖춰 입고 그들을 기다리고 있었다.

그러한 집단적이고 광기어린 환희와 소란이 왠지 낯설었다. 내가 태어난 평평하고 차가운 땅에서 멀리 떠나 지금껏 긴 여정을 해온 내가 추구했던 것은 결코 이런게 아니었다. 그것은 늙은 여관 주인이 내게 준 구름천으로 만든 스카프의 섬세함과는 거리가 멀었다. 구름천은 매우 가볍고 다양한 색조를 지니고 있으며, 밤하늘의 빛을 띨 때는 신비롭기 그지없었다. 구름천 스카프가 아련한 푸른 산까지 나를 인도해줄 것이라고 여관 주인이 내게 말했지만 지금 나는 그 어느 때보다 더 길을 잃은 느낌이었다. 눈물이 앞을 가렸다.

그러다 갑자기 그녀가 내 눈에 들어왔다.

그녀는 가만히 서서 나를 바라보고 있었다. 내가 기억하는 모습보다 훨씬 아름다웠고, 더욱 신비로운 분위기를 풍기고 있었다. 어쩌면 지평선 너머에 있는 그 경이로운 환상에는 더 이상 다가갈 수 없을지 모르지만, 이제 그 무엇보다도 그녀가 내 가까이에 있었다. 나는 그녀에게 다가가 그녀를 얼싸안았다.

그녀의 목덜미, 그녀의 머릿결을 느꼈다. 그리고 낮은 목소리로 그녀의 이름을 속삭였다. 오직 그녀와 나뿐이었다. 그녀의 이름은 나의 시작인 동시에 끝이기도 했다.

'지야라!'

〈끝〉

낱말 풀이*

ㄱ

걷는 새 oiseau-marcheur 사막의 대상들이 이동 수단으로 사용하는 짐승. 사막의
건조한 기후와 세찬 바람에도 잘 견디는 튼튼함이 장점이나, 주인의 말을 알아듣
게 만들려면 오랜 훈련 기간이 필요하다.

검은 돛을 단 배 voile noire 1. 비취 나라의 밤의 대신들과 거래하는 오르배의 상선
단. 구름천으로 돛을 만들어 달고, 밤에만 움직이기 때문에 밤 하늘의 빛인 검은
돛을 단 배라고 불린다. 2. 흑진주 해협에 출몰하는 해적들의 배.

고인 물 조합 Collège des Eaux Dormantes 연꽃 나라의 호수와 연못의 관리를 책임
지는 조합. '흐르는 물 조합'에서는 각 도시의 물의 흐름을 조절한다.

구름천 toile à nuage 인디고 섬의 큰 섬 주민들이 구름풀을 수확해 만드는 옷감으
로. 비단보다 곱고 가벼우며 튼튼하다.

구름풀 herbe à nuage 인디고 섬의 긴 섬에서 자라는 풀로. 수확 시기가 되면 끝에
털뭉치 모양의 솜이 달리는 구름천의 재료로 쓰이는 풀. 키가 크며 매우 섬세한 감
각을 가지고 있어 외부의 자극에 민감하다. 풀잎의 빛깔은 시시각각 변하는 하늘
의 빛깔에 따라 바뀐다.

기상예보관 météorologue 다른 말로 '하늘을 살피는 자'라고도 한다. 비취 나라의
황제가 여름을 지내기 위해 비가 내리지 않는 산속 야영지를 찾는 책임을 맡은 관

---

* 낱말풀이에서 설명하고 있는 낱말들은 이 책의 전작인 『오르배 섬 사람들이 만든 지도
책』(전6권)을 토대로 독자들의 이해를 돕기 위해 역자가 덧붙인 것임을 밝힙니다.

307

직으로 궁궐의 최고 점성가이기도 하다. 기상예보관 자오 팅과 한 타오의 이야기는 『오르배 섬 사람들이 만든 지도책』 중 「비취 나라(J)」 편 참조.

기약 없는 장 foires capricieuses 아마조네스가 물물교환을 위해 도시로 내려와 열리는 장. 정확히 언제 어디에서 열릴 지 아무도 모르기 때문에 붙여진 이름이다.

긴 섬 île grande 인디고 섬 중 기다란 섬을 부르는 말.

깨우는 자 évilleuse 노래를 불러 잠들어 있는 달빛 돌의 빛을 발하게 하는 능력을 가진 사람. 돌을 깨우는 자라는 뜻으로 그 능력이 대를 이어 전수된다.

ㄴ

나디르호 le Nadir 지야라가 선장으로 있는 배. 지야라를 추종하는 선원들이 모여 세계 곳곳을 다니며 교역을 한다.

나스튀 nàsthus 사막의 상인들이 여가 시간을 이용해 즐기는 게임으로, 서양 장기 체스와 비슷하게 장기판 위에 상아로 조각한 돌을 말로 사용한다. 구경꾼들의 훈수를 허용하는 것이 특징이다.

노인들의 빵 의식 Rites de Pain des Vieillards 매년 열리는 캉다아의 귀항 축제에서 노인들의 빵을 나누어 먹는 의식. 노인들의 빵은 백 년 동안 전해져 내려오는 효모로 만든 빵이다. 이 의식 동안 자신의 빵에서 돌고래 부적을 발견하는 자는 캉다아의 최고 선장이 된다는 예언이 전해 내려오고 있다.

닐랑다르 왕국 Royaume de Nilandar 닐랑다르 왕이 다스리는 아름다운 나라. 나중에 두 왕자에게 영토를 반으로 나누어 각각 다스리게 한다. 닐랑다르 왕국의 두 왕자 이야기는 『오르배 섬 사람들이 만든 지도책』 중 「닐랑다르의 두 왕국(N)」 편 참조.

ㄷ

다섯 가지 호기심 항구 Quai des Cinq Curiosités 오르배 섬의 바깥쪽땅에 위치한 항구로 희귀한 물건들을 사기 위해 세계 곳곳에서 몰려온 선박들이 기항하는 곳이며, 안쪽땅과는 달리 외부인의 출입이 자유로운 곳이다.

달빛 돌 Pierre de Lune 달의 주기에 따라 발하는 빛의 세기가 달라지는 돌로서 하늘 지도를 그리는 데 사용되는 하늘 잉크를 제조하는 데 사용된다. 『오르배 섬 사람들이 만든 지도책』(전6권)에서는 셀레나이트석으로 옮겼다.

달콤한 비의 계절 saison des pluie-caresse　연꽃 나라의 두 가지 계절 중 하나. 달콤한 비의 계절에는 구름이 따스하며 우유 같은 단비가 내린다.

데굴데굴 구르는 불덩어리 종파와 눈덩어리 종파 스님들 moines de la secte de Boule de Feu et de la secte de Boule de Neige　두 종파 스님들은 모두 비취산에서 공중 제비를 돌며 데굴데굴 굴러 내려오면서 암호 형태로 메시지를 전달한다. 기다란 끈이 달린 비단옷과 날렵한 몸놀림으로 비취 나라 황제의 신하들에게 예언과도 같은 메시지를 전한다. 하지만 불덩어리 종파 스님들의 움직임은 너무 빨라서 그것을 완벽하게 해독하기가 힘들고, 눈덩어리 종파 스님들의 움직임은 훨씬 느리지만 눈이 내릴 때만 활동하기 때문에 활용도가 낮은 것은 마찬가지이다.

도티케 Dotikay　흑진주 해협에서 자주 출몰하는 해적선의 두목.

동굴 나라 Pays des Troglodytes　비취 나라의 북쪽 국경 지대에 위치한 나라로 달을 숭배하는 동굴족들이 살고 있다. 달빛 돌은 동굴 나라 사람들의 부의 원천으로, 귀족들의 호화로운 생활을 가능하게 한다. 사진사 이폴리트 드 퐁타리드는 동굴 나라의 유적에 대한 기록과 사진을 남겼다. 『오르배 섬 사람들이 만든 지도책』 중 「동굴 나라(T)」 편 참조

떠다니는 정원 jardin flottant　연꽃 나라에서는 배 위에 식물원을 꾸며놓고 사람들이 즐길 수 있게 한다. 뱃사공이 노를 저어 이동한다.

ㄹ

뢰키스 Leukis　닐랑다르 왕국의 서쪽 관문에 해당하는 항구 도시.

ㅁ

말해선 안 되는 것 l'Imprononçable　구름천을 일컫는 말. 비취 나라에서는 구름천이 오직 황제를 위해서만 사용되는 물건이므로 황제 이외의 다른 사람은 구름천을 쓸 수도, 구름천이라는 말을 해서도 안 되기 때문에 대신 이렇게 불려지고 있다.

뮈지달 부족 Musidales　해뜨는 제국 중 시랑단에 주로 거주하는 부족으로, 코르넬리우스가 구름천을 찾기 위한 대상단을 꾸릴 때 만난 두 번째 상인인 이드리스 칸

이 이곳 출신 사람이다.

ㅂ

바니코아 사람들 Gens de Vanikoa　셀바 섬 주변의 군도 중 한 곳인 바니코아에 사는
주민들.

바살다 Bassalda　해뜨는 제국의 서쪽에 위치한 도시로 코르넬리우스가 고향을 떠난
뒤 처음으로 정착하여 대상 숙소를 경영한 곳.

바위투성이 사막 désert des Pierreux　소금 바다와 카라귈 사이에 위치한 바위 사막.
어떤 거인이 추락하면서 몸이 땅에 부딪쳐 산산조각이 나면서 생겨난 땅이란 전
설이 있다. 거인의 몸통이 사방으로 흩어져 바위가 되어 사막을 이루었다고 한다.
『오르배 섬 사람들이 만든 지도책』 중 「바위투성이 사막(P)」 참조.

발의 예의범절 Politesse des Pieds　지조틀인들은 땅의 표면에 최대한 가벼운 발자국
을 남기는 것을 목표로 한다. 아름다운 발자국은 마치 식물의 씨앗과도 같아서 이
들이 지나간 뒤에는 싹을 틔우고 꽃을 피운다고 믿는다.

밤의 대신 mandarins de la nuit　비취 나라 황제를 위해 일하는 관리들로 구름천의
수급을 위한 비밀 업무를 담당하고 있으며, 구름천을 찾기 위한 지도를 만드는 일
에 코르넬리우스를 끌어들인다. 리앙 펭과 차오 치가 대표적인 인물이다.

베르도안 부족 Berdoanes　해뜨는 제국의 남쪽 지방 거주민. 코르넬리우스가 구름
천을 찾기 위해 비취 나라로 갈 대상단을 모집할 때 만난 캉비즈라는 인물이 이곳
출신 사람이다.

붉은 꽃 계곡 Defilé des fleurs rouges　소금 바다와 바위투성이 사막 사이에 위치한
가시덤불 계곡. 살인의 계절에는 붉은 꽃이 피고 뾰족한 가시가 돋아나와 지나가
는 생명체란 생명체는 모두 죽어버리는 무시무시한 곳이다.

비취 나라 Pays de Jade　코르넬리우스가 만든 지도에서 동쪽 끝에 위치해 있는, 황
제가 다스리는 큰 제국. 코르넬리우스가 가게 되는 도시인 월란, 크시낭, 크시안
진이 모두 비취 나라의 도시들이다.

ㅅ

석질인 Pierreux 바위투성이 사막에 사는 사람들. 하늘에서 추락한 거인의 손톱에
서 태어난 사람들로 거인의 치아에서 태어난 거북을 타고 사막을 돌아다닌다. 움
직임이 느린 것이 특징이다.

세 가지 향수 석호 Lagune de Trois Parfums 연꽃 나라를 찾을 수 있는 관문이 되는
석호潟湖(바다의 일부분이 떨어져 나와 생긴 호수). 먼 바다에서 온 배들이 정박하
기 좋은 곳이다.

셀바 섬 île de Selva '한 그루의 나무로 된 섬'. 연꽃 나라 남단 해역에 위치한, 거대
한 한 그루의 망그로브 나무로 이루어진 섬.

시랑단 Sirandane 해뜨는 제국의 가장 동쪽 끝에 위치한 도시이며 뮈지달 부족이
거주하는 지역이다.

신밧드의 섬 île de Sindbad 오팔 해 남단에 위치한 섬으로 선원들 사이에 퍼져 있는
모험적이고 신비로운 풍문으로 가득한 섬.

신성한 산 mont sacré 인디고 섬 중 위의 작고 동그란 섬에 자리한 푸른 산을 일컫
는 다른 말.

신중한 올빼미 궁전 pavillon des Chouettes Avisées 비취 나라의 밤의 관리들이 지도
제작을 위해 일하는 곳이다. 제작된 지도를 두루마리 형태로 보관하는 서고가 있다.

ㅇ

아마조네스의 나라 Pays des Amazones 전설의 여전사 아마조네스 전사들이 산다는
지상 낙원이다. 『오르배 섬 사람들이 만든 지도책』 중 「아마조네스의 나라(A)」 참
조.

아마조네스 전사 Amazones 모두 일곱 부족으로 이루어져 있으며 이들은 매년 겨울
이 끝나갈 무렵이면 핏빛숲에 모였다가 뿔뿔이 흩어진다고 한다. 이들은 길을 가
면서 나지막한 목소리로 산과 호수, 숲과 강, 땅과 하늘 그리고 물속에 사는 모든
것들에게 이름을 붙여준다고 한다. 이들의 음성은 너무나 곱고 아름다워 노래가
머무는 곳마다 잠자던 것들이 깨어나 기지개를 편다고 한다.

아련한 쪽빛 bleu de lointain 인디고 섬 중 '신성한 섬'의 수평선에 아련한 안개처럼
떠도는 푸른 기운을 일컫는다.

안개강 fleuve de brume   오르배 섬의 안쪽땅을 감싸고 있는 짙은 안개로 이루어진 경계막으로 스스로 빙글빙글 돌아간다. 장님 조합 회원인 길 안내자를 동행해야만 안개강을 건너서 안쪽땅으로 들어갈 수 있다.

안쪽땅 terre intérieure   짙은 안개강에 의해 베일처럼 싸여 있는 오르배 섬의 중심부 쪽 땅. 키가 큰 풀로 뒤덮힌 너른 평원으로 이루어져 있고, 다양한 식물군과 동물군이 살고 있다.

안쪽땅 정원 jardin de terre intérieure   오르배의 안쪽땅을 탐험한 '위대한 발견자'들이 바깥쪽땅으로 가져온 식물들과 동물들이 집대성되어 있는 일종의 박물관 같은 장소. 정원처럼 꾸며져 있어서 붙여진 이름이다.

알리자드 시 ville d'Alizade   연꽃 나라의 교역의 중심이 되는 항구 도시.

오르배 섬 île d'Orbæ   코르넬리우스의 고향인 북쪽 나라와 해뜨는 제국, 비취 나라가 북반구 쪽에 위치해 있다면, 오르배는 남쪽 끝단에 위치한 크고 동그란 섬나라이다. 안개강으로 둘러싸여 있으며 안쪽땅이라 불리우는 내륙의 중심부에는 너른 평원과 인디고 섬이 있다. 안쪽땅, 안개강, 바깥쪽땅으로 이루어져 있다.

오팔 해 Mer d'Opale   해뜨는 제국과 닐랑다르 왕국 사이의 바다.

우주학자들의 궁전 Palais des Cosmographes   오르배를 다스리는 통치 계급인 우주학자들이 업무를 보는 궁전. 세계 곳곳의 지도들이 보관되어 있고, 오르배의 안쪽땅을 기록한 어머니-지도가 있다..

웅갈릴 산 Monts Houngalils   웅귀르 산맥 일대에 사는 산적 웅갈릴들의 나라. 웅갈릴 산적을 이끄는 두목과 공주의 이야기가 『오르배 섬 사람들이 만든 지도책』 중 「웅갈릴들의 나라(H)」 편에 담겨 있다.

윌뤼쥘 바람 vent d'Huluzul   웅귀르 산맥에서 부는 아주 매서운 바람.

인디간 Indiganes   인디고 섬 중, 긴 섬에 사는 주민들로 구름풀을 수확하여 구름천을 만든다. 이 구름천으로 바깥쪽땅 주민들과 교역을 한다.

인디고 섬 île Indigo   오르배 섬 중심부에 위치한 알파벳 'i' 모양의 두 개의 섬을 일컫는 말. 'i'의 윗 점에 해당하는 푸른 산은 '신성한 섬'으로, 아래의 막대 부분에 해당하는 땅은 '큰 섬' 혹은 '긴 섬'으로 불린다. 인디간들과 지조틀인들이 살고 있다.

일만 가지 변화무쌍한 하늘 궁전 Pavillon des Dix Mille Cieux Changeants   비취 나라 황제가 매일 아침 깨어날 때의 기분을 인장에 새겨 그날 아침의 하늘빛을 머금은 구름천과 함께 보관해두는 곳이다.

ㅈ

장님 조합 Guilde des Aveugles 오르배 섬의 상인 조합으로 유일하게 안개강을 건널 수 있는 특권을 갖고 있다. 이들의 안내 없이는 아무도 안개강을 건널 수 없다.

제논 당브르와지 Zénon d'Ambroisie 강다아의 최고 상선을 지휘하는 해군 제독. 강다아의 대사 자격으로 연꽃 나라에 왔으나 연꽃 나라의 매력에 푹 빠진 그는 연꽃 나라 물의 왕의 신임을 받고 그곳에서 여러 관직을 역임한다. 지야라와 만날 약속을 하지만 그 약속을 지키지 못했고, 죽을 때까지 연꽃 나라 사람으로 살아간다. 제논의 이야기를 보다 자세히 알고 싶다면 『오르배 섬 사람들이 만든 지도책』 중 「연꽃 나라(L)」 편을 보라.

지도 그리는 여인 enlumineuse 안쪽땅을 탐험하고 온 원정대의 기록을 토대로 우주학자들의 학회에서 결정된 내용을 '어머니─지도'에 그려 넣는 지도채색부에 소속된 여인들.

지야라 Ziyara 열다섯 살에 강다아의 귀항 축제에서 노인들의 빵을 먹던 중, 빵 속에서 돌고래 부적을 발견하고 최고 선장이 된 산골 소녀. 돌고래들의 보호를 받는다. 후일 코르넬리우스를 만나 그의 연인이 되고, 함께 오르배 섬을 찾아 떠난다.

지조틀 인디언 Indiens Zizotls 인디간들과 함께 인디고 섬에 살고 있는 주민들로서 인디간들과는 다른 시간대에 활동한다. 지조틀인들이 인간 존중을 위한 최상의 표현으로 남기는 아름다운 발자국에 대해서는 **'발의 예의범절'** 항목을 참조. 지조틀 인디언들의 이야기를 보다 자세히 알고 싶다면 『오르배 섬 사람들이 만든 지도책』 중 「지조틀인들의 나라(Z)」 편을 보라.

진귀한 물건 le mervéille 오르배 섬의 안쪽땅에서 가져오는 지금까지 없었던 새로운 식물이나 동물을 부르는 말. 진귀한 물건을 바깥쪽땅으로 가지고 오는 자는 '위대한 발견자'라는 칭호를 얻고 평생 명예롭게 살 수 있다.

ㅊ

청동산 Montagnes de Fer 움직이는 모래늪이 있는 사막 한가운데 솟은 산으로, 거대한 바윗덩어리와 급경사진 좁은 계곡으로 이루어진 지역이다. 험준한 지형 탓에 넘어가기가 몹시 힘드는 곳이다.

ㅋ

카들림 술탄 Sultan Khadelim 망드라고르 산맥 주변의 넓은 지역을 아우르는 제국
의 통치자로서 지도를 이용해 권력을 행사한다.

카라귈 Karagül 바위투성이 사막과 비취 나라 사이에 위치한 대도시. 대상들을 위한
숙박소가 있어서 여러 지역에서 온 다양한 출신의 사람들을 만날 수 있는 곳이다.

코모도 Komodo 연꽃 나라 남단 해역에 위치한 섬으로 거대한 용이 출몰하는 곳.

크산 섬 Xan 흑진주 해협의 섬들 중 돌고래 신전이 있는 섬.

크시안 진 Xian Jin 비취 나라 북쪽에 위치한 도시로, 이곳에서 코르넬리우스는 신
중한 올빼미 궁전의 관리들에 의해 지도 제작과 비밀 호송대 일에 동참하게 된다.

키눅타 섬 Quinookta 식인종들이 사는 섬. 공작 나무의 영롱한 빛으로 선원들을 홀
려 섬으로 이끈다. 식인종들이 화산 분화구에 던져 넣은 인간 제물 역시 '키눅타'라
고 부른다. '먹을 것을 가져오는 자'라는 뜻이다.

ㅎ

하늘을 나는 호랑이 tigre volant 셀바 섬에 사는 호랑이로 날아다니면서 먹이 사냥
을 한다.

하늘 잉크 encre céleste 비밀 호송대가 자신들의 여정을 지도 위에 표시하기 위해
사용하는 잉크로 밤에만 그려진 흔적을 알아볼 수 있다.

하늘 호송대 garde céleste 비취 나라의 밤의 대신들이 제작한 지도를 구름천과 교환
하기 위해 약속한 장소까지 운반하고, 구름천을 가져오는 임무를 맡은 비밀 단체.
고도의 무술 실력과 날쌘 몸을 가진 자들로 구성된다. 비밀 호송대라고도 불린다.

한가로운 벨라돈나 belladone oiseuse 안쪽땅에서 발견한 '진귀한 물건' 중 하나로 식
물이다. 즙을 내어 마시면 마신 사람의 꿈을 아름다운 색깔로 채색해주는 힘이 있
다고 한다.

해뜨는 제국 Empire du Levant 캉다아의 동쪽에 위치한 큰 제국이며, 서쪽에 바살
다. 동쪽에는 시랑단이라는 큰 도시가 있다.

옮긴이의 글

나는 어린시절부터 길치였다. 어렸을 때는 어딜 가든 부모님이
나 언니의 뒤를 따라 다녔기에 방향감각이 모자란 것에 대해 그
다지 불편함을 느끼지 못했다. 가끔 언니의 귀찮아하는 핀잔을
듣는 것이 다였던 것 같다. 그러나 성인이 되고 나서 혼자 해야
할 일이 많아졌을 때, 낯선 곳에 가는 일은 언제나 모험이었다.
대학 시절, 헤메는 것에 대한 불안감과 사람들에게 길을 묻는 것
조차 부담스러워하는 숫기 없는 성격 탓에, 운전을 배우기도 전
에 서울 시내 도로 지도부터 구입해서 어디를 가든지 들고 다녔
다. 지도마저 없이 길을 헤매고 있다 보면 내 키가 거인처럼 커
지거나 혹은 날개를 달고 높은 하늘에서 아래를 내려다보고 싶
은 욕망을 강렬하게 느꼈다.

지도 그리기에 대한 인간의 열정은 미지의 세계에 대한 갈망
일 것이다. 지도는 세상에 대한 인간의 인식 확장을 실현시켜주

는 도구이기도 하다. 오르배 섬 사람들은 지도를 그리고, 되도록 많은 지도를 보유하는 것이 세상을 알아가는 최선의 방법이라고 생각했다. 그들의 생각은 옳았다. 우리는 오르배 섬 사람들이 그린 지도들을 통해 많은 흥미로운 나라들을 여행할 수 있었다. 상상의 날개를 활짝 펼치다 보면 정말 이런 나라들이 지구 어느 한 구석에 숨어 있지 않을까, 단지 내가 모르고 있는 것이 아닐까 하며 이야기 속으로 빠져들곤 한다. 그 이야기들 중 이번에 우리가 본격적으로 만난 이들은 바로 코르넬리우스와 지야라이다.

코르넬리우스는 천 상인이지만, 단 한 번 본 것은 결코 잊어버리지 않는 비상한 머리와 관찰력을 소유한 남자이다. 그는 인디고 섬의 장례 마차를 그린 그림을 우연히 보고 난 후, 그 그림에 이끌려 인디고 섬과 구름천을 찾아 길을 떠나게 된다.

호메로스의 대서사시『오디세이아』는 "모험을 떠난 오디세우스가 모든 역경을 헤치고 무사히 고향으로 돌아왔다."라는 한 문장으로 요약할 수 있다고 했던가?『코르넬리우스의 여행』은 "구름천을 찾아 인디고 섬을 향해 떠난 코르넬리우스가 신비로운 여인 지야라를 만나 오르배 섬의 비밀을 탐험하게 되는 이야기"로 요약할 수 있겠다. 이 책 전체를 통해 작가는 우리에게 한 인간이 다른 나라의 문화에 대해 느끼는 이질감, 권력과 무력 앞에서 굴복할 수밖에 없는 인간의 유약성, 미신적인 원시 종교의 세계와 이성을 앞세우는 서구 합리주의와의 대립, 끊임없는 미지의 것에 대한 인간의 갈망과 그러한 끈질긴 욕망이 가진 위험성에 대한 지적 등을 한편의 아름다운 이야기를 통해 들려주려 한다.

하지만 이 모든 것을 떠나 우리가 잊지 말아야 할 것이 한 가지 있다. 그것은 바로 『코르넬리우스의 여행』이 세상의 많은 러브 스토리들 중 하나라는 것이다. 코르넬리우스는 마침내 최종 목적지인 인디고 섬의 신성한 섬을 찾아내지만, 정작 직접 그곳에 발을 들여놓는 것을 포기한다. '아련한 쪽빛'은 말 그대로 아련하게 남아 있을 때만 진정 아름답다는 것을 깨달았을까…… 그가 최종적으로 행복을 찾은 곳은 그의 연인 지야라의 품 안이었다. 이것이 바로 내가 이 이야기를 사랑 이야기로 정의하고 싶은 이유이다.

코르넬리우스와 함께한 지난 봄은 정신없이 바쁘면서도 한편으로는 행복했던 시간이었다. 번역 작업은 고되었지만, 이 글을 함께 읽고 감동을 느낄 독자들이 있다면 기꺼이 할 만한 일이다. 프랑수아 플라스의 다음 작품이 벌써 기다려진다.

2013년 봄
공나리

옮긴이 공나리

한국외국어대학교 불어교육학과를 졸업하고 동대학원 불어과에서 박사과정을 수료했다.
현재 대덕대학에 출강 중이며 옮긴 책으로는 『오르배 섬 사람들이 만든 지도책』(전 6권),
『파워 DJ 브뤼노의 클래식 블로그』, 『부모가 헤어진대요』, 『헤어지기 싫어요!』, 『철학 기초
강의』, 『호모 사피엔스에서 인터랙티브 인간으로』 등이 있다.

오르배 섬의 비밀_코르넬리우스의 여행

1판 1쇄 인쇄 2013년 6월 14일
1판 1쇄 발행 2013년 7월 5일

지은이   프랑수아 플라스
옮긴이   공나리
펴낸이   임양묵
펴낸곳   솔출판사
책임편집   홍성화
편집   정은주
제작관리   황지영, 홍성화

주소   서울시 마포구 서교동 342-8
전화   02-332-1526~8
팩시밀리   02-332-1529
홈페이지   www.solbook.co.kr
이메일   solbook@solbook.co.kr
출판등록   1990년 9월 15일 제10-420호

ISBN   978-89-8133-310-2 04860
           978-89-8133-314-0 (세트)
• 이 도서의 국립중앙도서관 출판시 도서목록(CIP)은 e-CIP 홈페이지
(http://www.nl.go.kr/ecip)에서 이용하실 수 있습니다.
(CIP제어번호: 2013007725)
• 잘못된 책은 구입한 곳에서 바꿔드립니다.
• 책값은 뒤표지에 표시되어 있습니다.

이브 브라자딘의
오르배 섬 지도

안개강

인디고 섬

구름풀 바다

오르배

흑진주 해협의 지도

비취 해안

티에바오

티에보아

흑진주 해협

빈 가오

로쿠

크산

피티악